업
사이
클링

업 사이 클링

드로우앤드류
인터뷰집

SANDBOX
STORY

우리가
서로의 등불이
될 수 있다면

저는 실패한 디자이너입니다. 비싼 등록금을 내고 대학을 나왔지만 취업할 자신이 없어 도망치듯 미국으로 인턴십을 갔습니다. 사회가 원하는 스펙을 쌓으려 노력했지만 들어가고 싶던 대기업은 근처도 가본 적이 없고, 제 포트폴리오에는 당당히 내세울 만한 굵직한 작업이라곤 찾아볼 수가 없죠. 믿었던 회사로부터 하루아침에 해고당하는 경험을 한 뒤로는 늘 고용 불안에 시달리며 회사를 다녔습니다. 서른이 다 되기까지 모아둔 돈은 없고 하루 벌어 하루 사는 삶의 연속에 저는 언제든 버려질 수 있는 존재라는 걸 너무나 잘 알고 있었습니다.

"지금 내가 일하고 있는 이 자리도 때가 되면 아주 쉽게 대체되겠지?"

그런 막연한 두려움을 안고 유튜브를 시작했습니다. 저의 이야기와 메시지, 부족하지만 제가 가진 가치를 나누려 했습니다. 그리고 그걸 알아봐 준 많은 사람들이 공감과 지지의 메시지를 돌려주기 시작했습니다. "꼭 필요한 정보였어요.", "제 이야기인 줄 알았어요." 그들 덕분에 3년이 흐른 지금 저는 꽤나 성공한 프리워커가 되었습니다. 현재 운영 중인 두 개의 유튜브 채널 구독자는 총합 65만 명이 넘고, 다양한 브랜드들과 협업을 진행했습니다. 그중에는 이름만 대면 누구나 아는

브랜드도 상당수였고요. 핫한 사람들이 다 모인다는
성수동에 팝업 스토어를 열기도 했고, 제가 디자인한
굿즈들은 완판되었습니다. 또 최근 출간한 도서
『럭키 드로우』는 출간 일주일 만에 10쇄를 발행하며
베스트셀러가 되었어요. 북토크를 진행할 때마다 수백
석이 매진되고 있고요.

이제는 저의 이름이 하나의 브랜드가 되었습니다.
회사로부터 독립하여 출퇴근 걱정 없이 전에는 상상할 수
없는 수익을 만들고 있으며, 한강뷰 오피스텔에서 네 명의
팀원들과 함께 또 다른 도전을 이어 나가고 있습니다.

실패한 디자이너에서 성공한 프리워커가 되기까지
분명 쉽지만은 않았습니다. 사회가 정해준 길이 아닌
나만의 방식으로 새로운 길을 개척한다는 것에는 많은
용기가 필요했죠. 울기도 많이 했고 좌절하던 순간들도
있었습니다. 그럼에도 불구하고 저를 움직였던 건
남을 위해 일하는 것이 아닌 나의 일을 한다는 것, 해야
하는 일이 아닌 하고 싶은 일을 한다는 것, 회사에서
불리는 '직'이 아닌 나를 먹여 살릴 '업'에 집중한다는
것이었습니다.

그때부터 저의 삶에 워라밸은 존재하지 않았어요. 퇴근

후에 저녁 먹을 새도 없이 콘텐츠를 만드는 데 집중했고, 주말에도 친구들과 노는 것을 포기하고 유튜브 영상을 만들었습니다. 자유롭게 일할 수 있는 지금도 언제나 머릿속은 일 생각뿐이죠. 책을 보다가도 길을 걷다가도 밥을 먹다가도 아이디어가 떠오르면 노트를 펼쳐 기록을 합니다. 그러다 보니 아침에 일어나 밤에 잠이 드는 순간까지 일로 시작해 일로 끝나는 매일입니다.

그런 저를 보며 주변에선 워커홀릭이라고 하지만 저에게 일은 노는 것이기도 합니다. 프리워커로 일하며 저의 하루하루를 스스로 경영하다 보니 때로는 소꿉장난을 하는 것 같기도 해요. 시스템이 잘 갖춰진 회사에서는 나에게 주어진 업무에만 집중하면 되지만 혼자 일할 때는 디자이너가 되기도 하고 작가, PD, 출연자가 되기도 하니까요. 제 안에는 대표로서의 책임감도 있지만 아직 더 배우고 싶은 막내 직원의 열정도 있습니다.

혼자서 나의 일을 시작한 지 3년 반이 흘렀습니다. 앞만 보고 달리다 보니 어느새 주변에 있던 사람들과 꽤나 멀어져 있더라고요. 저에게는 함께 회사에 대한 불평을 할 직장 동료도, 월급 받는 날을 기다리며 기뻐할 친구도 없습니다. 때때로 찾아오는 번아웃도 스스로 다독이며 이겨내야 하죠. 끝이 보이지 않는 긴 터널 같은 이 길을

홀로 외로이 걸으니 '내가 가는 이 길이 맞는 걸까?' 하는
생각이 들기도 했습니다. 그래도 묵묵히 걷다 보니 저 멀리
빛이 보이기 시작했어요.

긴 터널을 지나 출구로 나오자 환한 빛과 함께 사람들이
하나둘 보이기 시작했습니다. 우리는 서로를 쉽게 알아볼
수 있었죠. "너도?" 서로 지나온 터널은 달랐지만 혼자서
묵묵히 걸어왔다는 공통점 하나만으로 공감대를 형성하기
충분했습니다. 홀로 걷는 이 외로운 길에서 좋은 동료를
만난 것 같은 기분이었죠. 노동의 가치가 폄하된 시대에
'업'의 의미를 다시 정의하고 자신만의 방식으로 일의
가치를 높인 사람들. 우리는 서로의 이야기에 공감하고
응원하며 이제는 함께 걸어가자고 이야기했습니다.

『업(業)사이클링』은 자신이 가진 가치를 활용해
새로운 '업'을 만들어간 사람들의 이야기입니다. 8팀의
인터뷰이를 만나 이야기를 나누고 난 뒤 저는 그들에게서
한 가지 공통점을 발견할 수 있었습니다. 한때는
사회로부터 외면받기도 하고 예상치 못한 시련에 힘든
시기를 보내기도 했지만, 주저앉지 않고 자신이 할 수 있는
일에 집중했다는 것입니다. 저는 그들을 '업사이클러'라
부르기로 했어요.

취업난으로 얻은 우울증에 스스로 삶의 끈을 놓으려
했던 송희구 과장님은 10년이 넘는 시간 동안 남들보다
이른 시간에 출근하며 쓴 글로 23만 부의 판매고를 올린
베스트셀러 작가가 되었습니다. 한 번 사는 인생 재미있는
일을 해보자며 창업한 디에디트의 에디터 H 님과 M 님은
1년 넘게 수익이 없었지만 꾸준히 콘텐츠를 만들며 지금은
수십만 명에게 사랑받는 미디어이자 에디터가 되었죠.
어렵게 준비한 박사 학위까지 포기하며 육아에 전념했던
이대양 작가님은 경추 골절 사고로 몇 달을 병상에서 누워
지내게 되자 그나마 움직일 수 있는 오른손으로 그림을
그려 21세기형 르네상스맨이라 불리는 웹툰 작가가
되었습니다. 일러스트레이터를 꿈꾸었지만 코로나19로
유학길이 막히자 메타버스 크리에이터가 된 젬젬 작가님,
우울증으로 시작했던 달리기가 콘텐츠가 되며 운동
인플루언서가 된 달리기 전도사 안정은 님, 뮤지컬을
전공했지만 캐스팅이 되지 않아 그 이야기를 인스타툰으로
그려낸 슌 작가님, 신인 배우 시절 받은 상처를 누구도
불편하지 않은 농담으로 풀어내며 배우, 감독, 작가의
길까지 걷고 있는 펭수의 작가 염문경 배우님, 대학 시절
시작한 패션 사업은 실패로 돌아갔지만 이제는 여는
곳마다 핫 플레이스를 만들어내는 외식업 사업가가 된
조조 디자이너님까지.

그들의 이야기를 듣고 있자니 업사이클러들의 메시지를 관통하는 한 문장이 생각났어요.

"삶이 레몬을 준다면 레모네이드를 만들어라."

그들이 피할 수 없었던 시련은 자신만의 방식으로 새로운 길을 개척하는 원동력이 되었습니다. 마치 버려진 현수막이 멋진 가방으로 업사이클링된 것처럼 자신의 가치를 새로운 업으로 탄생시킨 그들의 모습에서 저는 반짝임을 발견했습니다. 일을 사랑하는 마음만으로 어두운 터널을 걸었던 그들의 반짝임이 누군가의 등불이 되어줄 거라는 생각이 들었어요.

지금 새로운 일을 시작하고 싶지만 용기가 나지 않나요? 나의 길을 걷고는 있지만 어디로 가야 할지 길을 잃었나요? 여기 소개하는 업사이클러 8팀의 이야기가 당신의 좋은 동료가 되었으면 합니다. 그들 또한 성공한 사람이기 전에 지금도 성장하고 있는 사람들이거든요. 당신이 걸어가고 있는 그 길에서 의심이 들 때면 그들과의 대화를 통해 다시 걸어갈 용기를 얻었으면 좋겠습니다.

어려운 길을 먼저 걸어가 준

8팀의 업사이클러들에게 감사를 표하며.

Contents

사소한 루틴을
10년간 지키면
벌어지는 일

사진 — 배수현 정승진

"어떤 것이라도 꾸준히 해보세요.
10년쯤 하다 보니 막다른 동굴처럼
느껴지던 인생에도
끝은 보이더라고요."

송희구

직장인. 대기업 12년 차 과장이자 베스트셀러 『서울 자가에 대기업 다니는
김 부장 이야기』 3부작의 저자. 블로그에서 시작한 글은 한 달 만에 각종
커뮤니티 조회수 1천만을 기록했으며, 책으로 출판되어 23만 부 이상
판매되었다. 현재는 책을 원작으로 한 웹툰과 드라마 제작이 진행 중이다.

출근길 지하철. 빼곡하게 들어찬 사람들의 얼굴에는 각자 저마다의 그늘이 드리워 있다. 피곤함이 가시지 않는 눈빛. 그 암울함을 더 깊어지게 하는 건 매일같이 쏟아지는 뉴스들이다. '취업난, 집값 폭등, 벼락거지, 패닉바잉, 영끌, 빚투…'

이런 시대에 대한민국 직장생활과 부동산을 적나라하게 풀어낸 한 소설이 뜨거운 관심을 받았다.『서울 자가에 대기업 다니는 김 부장 이야기』시리즈는 '2021년판 미생', '직장인 아포칼립스'라 불리며 입에서 입으로 후기가 전해지는 중이다. 이 책을 쓴 송희구 작가는 자신의 이야기를 '송 과장'이라는 캐릭터로 풀어냈는데 그 누가 읽어도 내 이야기가 아닌가 할 정도로 하이퍼리얼리즘의 끝을 달린다. 작가는 실제로 12년째 새벽 4시 30분에 일어나 두 시간 반 동안 독서, 글쓰기, 부동산 투자 공부를 해왔다.

20대엔 취업 실패로 우울증에 자살 기도까지 했던 청년이 긴 터널을 지나 '웹툰과 드라마 제작을 앞둔 베스트셀러 작가'라는 타이틀을 거머쥐었다. 도대체 어떻게 흔들리지 않고 자신만의 루틴을 꾸준하게 지켜낼 수 있었을까? 이렇게 탄탄하게 삶의 철학을 구축하기까지 어떤 고민의 시간을 지나온 걸까? 대기업 특유의 사내문화에도 흔들리지 않고 겸손함을 유지하며 자신만의 길을 걸어온 '서울 자가에 대기업 다니는 송 과장 이야기'다.

앤 요즘 『서울 자가에 대기업 다니는 김 부장 이야기』
시리즈가 장안의 화제잖아요. 이제 베스트셀러 작가님이라고
불러야겠죠? 얼마나 팔렸나요?

송 부끄럽네요. 지금 한 20만 부* 정도요.

앤 와, 이 어려운 출판 시장에서 정말 대단한 성과네요. 이
책으로 여러 매체에서 주목을 받고 계신데 어떠세요?

송 우선은 참 신기하고요. 저도 이렇게까지
반응이 크게 올 거라고는 생각을 못 했으니까요. 저의
척박했던 회사생활에 한 줄기 빛이랄까, 그런 게 생긴
것 같아요.

앤 작가님께서 사이드 프로젝트처럼 시작했던 글쓰기가
초대박을 터트렸잖아요. 보통 그런 상황이면 회사를 나와서
본업으로 전향하는 경우가 많은데요. 작가님도 그러실
법한데, 계속 회사를 다니고 계시네요.

송 네, 계속 다닐 것 같아요. 경제적인 이유 때문은
아니에요. 저는 회사를 다니면서도 하고 싶은 일이
있다면 할 수 있다고 생각해요. 시도할 수 있는 자유는
개인에게 있는 거니까요. 어떻게 보면 스스로를
압박하는 거라고 할 수도 있어요. 시간을 더 쪼개서

* 2022년 9월 기준, 23만 부 이상 판매되었다.

이것저것 해보고, 내가 어디까지 해낼 수 있는지 지켜보면서 계속 푸시 하는 것 같아요. 사실 회사 일이 바쁘니 해보고 싶은 걸 다 하고 있지는 못하지만요. 또 저 같은 회사원분들께 '그냥 한번 해보자' 하는 본보기가 되고자 하는 마음이랄까요. 이런 사람도 있으니까 나도 뭔가 하나 해볼까, 그런 마음이 생긴다면 저한테도 보람일 것 같아요.

⑩ 한편에는 회사에서 글 쓰다가 결국 나가버린다는 말 안 들으려고, 더 오기로 버텨내겠다는 생각도 있으실 것 같아요.

⑧ (웃으며) 네, 맞아요.

⑩ 책에 김 부장, 정 대리, 최 부장, 권 사원, 송 과장이 나오는데요. 책을 읽다 보면 결국 다들 송 과장을 부러워하는데, 실제로도 그랬었나요?

⑧ 아니요. 저는 회사에서는 글과 다르게 좀 더 아웃사이더였거든요. 회사를 마치 단과 학원 다니듯이 다녔어요. 주어진 것만 딱 끝내면 퇴근하고 다시 일어나서 가는 식으로. 일과 사생활을 철저히 분리했죠. 일은 일이니까요. 내부적으로 그렇게 잘 어울리는 스타일은 아니에요.

⑩ 아, 그럼 책 속의 송 과장은 본인의 성격에 사회성을 더 추가한 캐릭터였군요. (웃음) 그렇다면 작가님은 정말

관찰자 입장으로 무리에서 한발 떨어져 있었겠네요. 이제는
회사에서 좀 부러워하지 않나요?

송 음… 그렇지만도 않아요. 좋아해 주시는
선배들도 물론 있지만요. 사실 색안경을 끼고 보시는
분들이 더 많죠. '쟤 일 안 하고 글 쓴다'라고. 제가
업무 시간에 딴짓한다고 보시는 거죠. 그런데 저는
정말 업무 외 시간에만 글을 썼거든요. 사무실도 다
오픈되어 있어서 사실상 그게 불가능해요. 그렇지만
회사를 다니는 사람들 중에는 회사 다니면서 어떻게
책을 썼지, 업무 시간에 썼나 보다, 생각할 수 있을 것
같기도 해요. 반면 후배들은 오히려 질문이 많아요.
요즘 2030 세대가 더 스마트해졌다고 느낀 게,
어떤 성공사례가 있으면 그걸 빨리빨리 배우려고
하더라고요. 어떻게 했는지, 어떤 과정을 거쳤는지
알아보고 자기도 할 수 있는지 가늠해 보는 거죠.
그래서 이 책이 후배들이랑 좀 더 가까워진 계기가 된
것 같아요.

예 저는 새벽까지 시간 가는 줄도 모르고, 이 책을 정말
재미있게 읽었어요. 책의 묘사가 정말 뛰어나더라고요.
여기서 개인적인 질문 하나. 처음 대기업에 들어가면 실제로
품위유지비가 많이 들어가나요?

송 네, 아무래도 그렇죠. 대기업의
특징이라기보다 사회 초년생들은 다 비슷한 상황을

겪을 것 같아요. 입사하면 처음에 연수를 가거든요. 그때 자긍심 같은 걸 엄청 심어주는데, 직장생활의 신혼여행 같은 거라고 보시면 돼요. 그때가 가장 행복해요. 이후로는 부부 싸움의 연속이라고 볼 수 있지만요.

그렇게 취직을 하면 없던 돈이 갑자기 생기니까 소비가 확 늘어나기 마련이에요. 취업했다는 들뜸이 소비에 박차를 가하고요. 초반에 절제를 못하고 친구들과 가족에게 취직 턱을 계속 내기도 하죠. 이제 회사원인데 이 정도도 못 살까 하면서 좋아 보이는 정장, 가방, 구두를 계속 사다 보면 소비패턴이 금세 굳어져요. 굳어진 소비패턴을 되돌리기는 정말 쉽지 않죠. 그렇게 1년 지나고 나면 통장에 아무것도 안 남고요.

🅔 아무래도 취업을 했다, 대기업에 들어갔다 하는 것이 안정감을 주기 때문일까요?

🅢 그게 첫 번째 이유인 것 같고요. 두 번째는 학창 시절과 취준생 시절을 보상받고 싶은 심리도 있는 것 같아요. 취업난 시대에 그 어려운 취업의 문을 연 거잖아요. 수능을 준비하던 학창 시절, 취업을 준비하던 취준생 시절에 마음고생도 많았을 거고요. 하고 싶은 것 참아가며 노력만 하다가 이제 목표를 이루었으니까 아무래도 그만큼 보상받고 싶어 하는 것

같아요.

ⓔ 생각해 보면 SNS의 영향도 무시하지 못할 것 같아요.

　　ⓢ 맞아요. SNS의 폐해가 굉장히 크죠. SNS 보면 다들 맛있는 거 먹으러 다니고, 좋은 데 놀러 다니는 것 같잖아요. 나는 소파에 누워서 핸드폰이나 보고 있는데 말이에요. 특히 그 대상이 나랑 친했던 사람, 나랑 비슷한 경제적 수준의 사람일수록 상대적 박탈감이 더 심하고요. 사실 SNS란 정말 단편적으로 내가 보여주고 싶은 것만 보여줄 수 있기 때문에 좋은 곳에 갔을 때, 좋은 물건을 샀을 때 올리는 경향이 크잖아요. 그렇지만 보는 사람은 그게 다인 것처럼 보이니까 '쟤는 행복하겠다' 하는 거죠.

ⓔ 맞아요. 실제로 작가님은 대기업에 다니시니까 입사한 후에 잘 꾸미고 다니거나 씀씀이가 큰 사람도 많이 만나 보셨을 것 같아요. 견물생심이라고 주변에 보이는 것들에 흔들릴 수밖에 없었을 텐데, 어떻게 그 유혹을 끊어내셨나요?

　　ⓢ 제가 회사 입사했을 때 패션 테러리스트 수준의 패딩을 하나 받았는데요. 전 그걸 해질 때까지 계속 입고 다녔어요. 왠지 애사심 있어 보이기도 하고요. 그리고 괜히 옷을 자주 바꿔 입다 보면 내 밑천이 드러날 수밖에 없잖아요. 그러다 보니까 그냥 교복처럼 입고 다녔어요.

송희구　　　　　　　　　　　　　　　　　　**021**

⬤ 왜 그러셨어요?

　　⬤ 저는 부자가 되고 싶었어요. 어릴 때부터요.
제가 생각한 부자라는 건 그렇게 거창한 것도
아니었어요. 분식집에 가서 먹고 싶은 메뉴 돈 걱정
없이 다 시키는 것 같은. 이거 추가하면 만 원이
넘으니까 이건 빼자, 하는 거 말고요. 또 제 친구가
이런 말을 했는데요. "인생에 돈이 전부는 아니지만,
돈이 있어야 행복해질 확률이 높다." 저는 그 말이
정말 와닿아서 부자가 되고 싶었어요.

⬤ 그러고 보니 저는 책 3편에서 그 부분도
인상적이었어요. '정 대리는 부자가 되고 싶은 건지 부자처럼
보이고 싶은 것인지 모르겠다. 부자처럼 보이고 싶으면
지금처럼 살면 되고, 부자가 되고 싶으면 지금처럼 살면 안
된다.' 280쪽

　　⬤ 아까도 이야기가 나왔지만 요즘 SNS를 보면
부자 흉내를 내시는 분들이 되게 많아요. 실제로
그렇지 않더라도 어떻게 비칠지 스스로 만들어낼 수가
있으니까요.
　　근데 그 사람들은 과연 행복할까, 그런 질문을
해보고 싶어요. 그들이 행복하지 않다거나 그게
가짜라고 말하려는 게 아니에요. 그렇게 보여주는 게
그 사람 행복의 기준이라면 비난할 일은 아니라고
생각해요. 팔로워가 늘어나고 좋아요를 받는 것도

순간적으로는 성취감을 줄 수 있을 테니까요. 그런데 진짜로 내가 원하는 걸 성취하게 되면, 그때 누린 짧은 성취감과는 비교가 안 되는 기쁨을 느낄 수 있다는 걸 말해주고 싶었어요.

🄐 저는 책에서 후배가 상사보다 더 좋은 차를 타면 안 된다는 에피소드도 충격적이었는데요. 이건 상사 입장에서도 좀 불행한 이야기 아닐까 싶어요.

🄢 저도 어느덧 12년 차 직장인인데요. 12년 전만 하더라도 신입사원이 외제차를 끌고 오는 게 금기시됐었어요. 누가 검사를 하는 것도 아니고 그러라는 규칙이 있는 것도 아니지만 아무도 못 끌고 왔어요. 상사보다 더 좋은 차를 타는 순간 예의 없는 사람이라고 평가받았으니까요. 지금도 많지는 않지만 그런 곳이 있을 거예요. 회사마다 암묵적으로 다들 알아서 조심하는 것들도 있을 테고요.

한번은 제가 신입사원 때 아주 옅은 줄무늬가 들어간 정장 바지를 입고 출근했었어요. 그런데 부장님이 제 옷을 보시고 '너 여기가 동대문이니?'라고 하셨어요. 그다음부터 아예 못 입고 갔죠. 복장에도 간섭이 있던 시절이었어요.

그런데 이제 자유 복장으로 전부 바뀌었어요. 겨우 10년 사이에 말이에요. 세상은 이렇게 빨리 변하는데 아직 적응 못 한 부장님들이 많죠. 복장이

자유화되고 누군가의 복장에 간섭하는 게 무례한 일이
된 세상인데 아직 10년 전을 살고 있는 거죠. 자신들이
지켜왔던 과거의 전통이나 규율이 와르르 무너지니까
거기서 자괴감도 느끼시는 것 같고요. 지금까지
자신이 잘못해왔다는 걸 인정하기는 누구에게나 쉽지
않으니까요.

근데 생각해 보면 그분들은 회사에
올인해왔잖아요. 회사가 나의 전부고, 집보다 더
소중한 곳이고, 내 배우자보다 상사가 더 중요한
거예요. 그런 분들은 회사에서 비치는 모습이 자아의
전부거든요. 그런데 여기서 만약 내가 밀리면?
난 설 곳이 없다고 느끼는 거죠. 그렇기 때문에
회사에서만큼은 내가 항상 최고여야 한다는 마인드로
줄곧 살아오신 거예요.

🅔 책에서도 시대가 만들어낸 인물이지 않냐는 이야기가
나오잖아요. 마냥 꼰대라고 욕할 수만은 없는 것 같아요.

🅢 맞아요. 어떻게 보면 우리 사회가 만들어낸
피해자죠. 과거 수직적이고 권위적인 조직의
희생양이라고 생각합니다.

🅔 작가님은 회사와 자신 사이의 거리두기를 잘하시는 것
같아요. 우리는 모두 관계 지향적인 사회에서 살다 보니 조직
내 사람들의 영향을 받기 쉬운데요. 어떻게 10년 넘도록

회사와 나를 잘 분리시킬 수 있으셨나요.

ⓢ 저도 처음 5년간은 집에 가서도 회사 일이
계속 생각났어요. 회사에서 안 좋았던 일이 집까지
이어졌죠. 그렇게 되면 쉬어도 쉬는 게 아니에요.
일은 일일뿐이라는 걸 빨리 깨달아야 해요. 머리로는
알지만 잘 안되는 게 사실이고요. 근데 요즘 제
후배들을 보면 그걸 이미 잘하더라고요. 나는 나고
회사는 회사다, 하는 거를 이미 알고 사회에 나오는 것
같아요.

제가 신입사원 시절만 해도 회식이나 주말의
동아리 활동도 모두 업무의 연장이라고 들었거든요.
지금은 물론 그렇게 생각하는 신입사원은 없겠지만
말이에요. 그 시절에는 모두가 그렇게 했어요. 저도
처음에는 그게 당연한 줄 알았는데, 시간이 지날수록
좀 아닌 것 같다는 생각을 하게 됐어요. 이건 좀
아니다. 그리고 나서 회사와의 거리두기를 하겠다고
계속 마음먹었죠. 계속 하다 보니 결국 되더라고요.

ⓔ **그럼 작가님은 회사 다닐 때 행복하셨나요.**

ⓢ 왔다 갔다 하는 것 같아요. 회사에서 좋은
분들도 많은데, 그분들과 으쌰 으쌰 할 때는 기분
되게 좋죠. 함께 무언가를 성취해 내는 것, 굉장히
짜릿하잖아요. 반대로 실적 압박받을 때는 너무
힘들고요. 업무량이 많아서 힘들고, 자괴감이 들어서

힘들기도 하고. 결국 플러스마이너스 제로가 아닌가 싶어요. 그래서 내가 진짜 즐겁게 할 수 있는 것들을 회사 일 말고 회사 밖에서 찾으면, 삶의 질이 훨씬 올라가는 것 같아요.

제 경우를 예로 들자면 저는 부동산 투자가 정말 재밌었어요. 재밌으니 그만큼 몰두할 수 있었고요. 본격적으로 책을 읽기 시작하면서부터는 제가 좀 성장했다고 느끼는 순간도 몇 번 있었죠. 내 사유가 좀 넓어졌구나 하는 걸 스스로 느낄 수가 있었어요. 책으로 남의 삶을 엿보기도 하고, 좋은 문장을 만나기도 하면서요.

㉠ 회사 밖에서 찾는 즐거움이 회사를 계속 다닐 수 있게 만드는 원동력이 된 거군요.

㉡ 맞아요. 회사가 아무리 힘들어도 퇴근 후 혹은 출근 전이 즐겁다면 어느 정도 괴로움이 상쇄된다고 생각해요. 그게 없으면 집에 가서도 회사 일이 자꾸 생각나고, 출근하면서도 정말 괴롭거든요. 그러다 여긴 정말 아니다 싶어 퇴사를 하고 다시 취준생으로 돌아가죠. 그래서 그런 고민이 있는 후배들과 이야기할 때는, 다시 취준생으로 돌아가는 것과 지금 여기 있는 것 중 어느 편이 더 고통스러울지 비교해 보라고 해요. 대부분은 어딘가 속해 있는 게 덜 고통스럽다고 대답하거든요. 그러면 저는 회사 일

사소한 루틴을 10년간 지키면 벌어지는 일

말고 다른 재미있는 걸 찾아보라고 얘기해요. 여기를
그만두고 다른 회사에 간다고 해도 이런 상황은 계속
반복될 테니까요. 그렇다면 회사는 회사로 두고 그
밖에서 무언가를 찾아야 해요. 그게 자아실현을 할 수
있는 류의 활동이면 더 좋고요. 악기를 배워본다거나
글을 써본다거나 유튜브 촬영도 괜찮을 것 같아요.

⒠ 작가님은 회사를 다니면서 새벽 4시 반에 일어나서 6시에
출근하셨는데요. 8시 반 근무 시작하기까지 두 시간 반을
독서와 글쓰기에 활용하셨잖아요. 이걸 얼마나 하신 거죠?

⒮ 12년 된 것 같아요.

⒠ 진짜 보통 일이 아닌데, 이걸 어떻게 12년이나
하셨어요?

⒮ 그렇게밖에 할 수 없는 환경을 만들면 되는
것 같아요. 저는 집이랑 회사랑 거리가 좀 있어서,
한 시간을 서서 출근하는 게 너무 고통스러웠어요.
그래서 처음에는 쾌적하게 가자는 마음으로
시작했어요. 하루의 시작을 고통스럽게 하냐, 쾌적하게
하냐의 문제였거든요. 그날 아침 기분에 따라서
하루의 컨디션이 결정되는 것 같아요. 그러니 출근할
때만이라도 조용하고 쾌적하게 가자고 생각한 거죠.
그리고 아침 일찍 출근하면 교통비가 할인되고요.
몇백 원 절약되는 것도 큰 기쁨이었어요. 그래서 한번

해보자 싶었죠. 나는 잘하는 게 없으니까 출근이라도
1등 하자, 이거라도 해야 이 세상에서 살아남을 수
있겠다는 생각도 했고요.

사실 제가 전국에서 다섯 손가락 안에 들어가는
고등학교를 나왔는데요. 저희 반에서만 서울대를
10명씩 보낼 정도였거든요. 그런데 저는 하위권이라
열등감이 좀 있었어요. 그래도 꾸준히 하는 것, 그냥
계속하는 것, 그거 하나는 자신 있었어요. 제가 그
친구들보다 성적이 좋진 않지만, 일찍 등교해서
오랫동안 공부하는 건 잘할 수 있었거든요. 결국 그걸
회사생활에도 적용한 거죠. 내가 진짜 잘할 수 있는
건 꾸준하게 오래 하는 거니까 여기서라도 승부를
봐야겠다고 마음먹었어요.

⑩ 정말 덤덤하게 말씀해 주시네요. 힘들진 않으셨어요?

⑥ 근데 일찍 일어나는 게 지하철 서서 가는
것보다 쉬워요. 지금 안 일어나면 지옥철 타야 한다. 그
생각 하면 눈이 번쩍 떠져요. (웃음)

⑩ 한두 번은 저도 할 수 있을 것 같은데 장장
12년이잖아요. 많은 사람들이 일확천금을 바라는 시대에
그렇게 꾸준히 자기 규칙을 지킨다는 건 보통 일이 아니고요.
그런데 작가님을 모르는 누군가는 작가님이 하루아침에
우연히 성공한 것처럼 볼 수도 있을 텐데요. 실제로 작가님은

사소한 루틴을 10년간 지키면 벌어지는 일

10년 넘게 독서와 글쓰기를 꾸준하게 하면서 쌓인 것들이 이제서야 빛을 본 거잖아요.

ⓢ 네, 맞습니다. 항상 인풋이 있어야 아웃풋이 있는 것 같아요. 인풋이 없고 아웃풋만 있는 건 사기라고 보면 되죠. 운동선수가 많은 훈련 과정 없이 갑자기 올림픽에서 금메달 못 따듯이 말이에요. 사람들은 결과만을 보니까 '갑자기' 이루어진 일이라고 생각할 수도 있을 것 같아요. 하지만 전 그렇게 난데없는 일은 없다고 생각해요. 투자한 만큼 결과가 나오는 거죠.

ⓔ 요즘 '갓생', '미라클 모닝'이라는 키워드가 유행인데요. 작가님이야말로 10년 전부터 찐으로 미라클 모닝을 해오신 거네요. 이 꾸준함은 지구력 때문이란 생각이 드는데, 지구력을 기르는 데 도움될 만한 방법들이 있을까요?

ⓢ 쉽게 설명하기 어려운 얘기긴 하네요. (웃음) 일단 나를 그런 환경에 빠트리는 게 가장 중요한 것 같아요. 무언가를 꼭 해야 돼, 이거 안 하면 나는 정말 바보야. 나 자신에게 용납할 수 없는 규율이라고 해야 할까요? 그런 걸 하나 만들면 좋겠어요. 내 자존심이 허락하지 않는 규칙이 있으면 억지로라도 지킬 수밖에 없으니까요.

사소한 루틴을 10년간 지키면 벌어지는 일

내가 진짜 잘할 수 있는 건
꾸준하게 오래 하는 거니까
여기서라도 승부를
봐야겠다고 마음먹었어요.

"

ⓔ 아, 자기와의 약속인가요. 아니면 명령인가요. (웃음)

　　ⓢ (웃으며) 명령이죠. 약속은 좀 약해요.

ⓔ 듣다 보니 작가님은 더 최악의 상황을 생각한 후 나은
방법을 선택하게끔 마인드셋을 강화하는 게 비법 같아요.
예를 들어 '아, 내일 또 새벽 4시 반에 일어나서 책 읽어야
해', '인스타그램 더 하고 싶은데 책 읽어야 해' 이러면
지키기 어렵잖아요. 작가님은 '지옥철 타느니 아침에 더 일찍
일어나자', '이런 쓸데없는 시간 보내느니 독서나 하자'라고
재미를 찾아서 '하기 싫다'는 마음 자체를 '더 나은 상황'으로
바꾼 것 같다고 할까요.

　　ⓢ 네, 맞는 것 같아요. 무언가를 해야 한다고
생각하면 괴로워지거든요. 차라리 힘든 상황을
벗어나기 위해 이런 걸 해볼까 생각하는 것이
훨씬 생산적이라고 생각해요. 같은 일을 할 때도
마음가짐에 따라서 달라지니까요. 그렇다고 할 수
있다, 이걸 하면 난 성공할 거야 하고 자신을 몰아치면
그건 또 오래가기 어려워요. 그러니 작게 시작할 수
있는 루틴을 만들게 된 거죠.

ⓔ 작가님의 개인적인 목표가 궁금한데요. 서울 자가에
대기업 다니는 송 과장의 미래는 어떻게 그리고 계신가요.

　　ⓢ 글쎄요. 한 치 앞도 알 수 없다고 생각해요.
저는 작년까지만 해도 이렇게 카메라 앞에 설 수

있을 거라고 상상도 못했거든요. 블로그에 연재할
때도 이렇게 출판사, 영화 제작사, 드라마 제작사
같은 곳에서 연락을 받을 줄 몰랐고요. 그래서 앞날이
어떻게 될진 모르겠지만, 최종적으로 하고 싶은
건 도서관을 만드는 거예요. 제 자비로 도서관을
만들어서 독서 모임도 하고, 뭔가 배우고 싶은
청년들에게 책도 추천해 주고 싶어요.

🅰 **책 3편에 나온 내용이 정말 본인의 목표에 대한
이야기였군요.**

       🅢 맞아요. 사실 책에 부동산 이야기가 많이
나오지만, 결국 사람에 대한 이야기를 하고 싶었어요.
이 책의 주제는 3편에서 송 과장과 와이프의 대화
속에 다 녹아들어 있다고 보시면 돼요. 사람들이
인생의 향기를 찾기 위해 시간을 다 쓰지만, 정작
자기 자신에게서 그 향기가 나고 있다는 걸 모른다는
이야기요. 그러다 송 과장이 와이프에게 당신은 삶의
의미나 목적에 대해서 생각해 본 적 있냐고 묻는데,
와이프는 잠들어서 대답을 못하거든요. 이 질문에
대한 답은 독자들의 몫인 거죠.

🅰 **작가님은 본업도 열심히 하시지만, 부동산 투자와
사이드 프로젝트도 열심히 하시잖아요. 제 채널에도 회사
다니면서 사이드 프로젝트를 해보거나 자신만의 콘텐츠를**

만들어보고 싶은 구독자분들이 많은데요. 작가님이 좋은 본보기라고 생각되는데, 그런 분들께 어떤 조언을 드릴 수 있을까요?

ⓢ 저는 일기를 매일 썼어요. 매일 6시에 출근을 했으니까 업무 시작 시간인 8시 반까지 두 시간 반이라는 자유시간이 생기잖아요. 제일 처음 시작했던 게 일기 쓰기였어요. 어제 무슨 일이 있었고, 오늘 무슨 계획인지를 쓰다 보면 나만의 이야기가 누적되거든요. 그렇게 일기를 쓰고 나서, 블로그에는 살짝 공적인 형태의 글을 써요. 이건 남들이 보는 글이니까 때로 욕을 먹기도 하고 칭찬받기도 해요. 그렇게 두 가지 종류의 글을 쓰면서 동시에 내가 누구인지를 알 수 있는 것 같아요. 나만 아는 나와 사람들에게 보여지는 나를 알 수 있으니까요.

제가 곰곰이 생각해 봤는데, 세상을 바꿔온 사람들은 덕후들이었던 것 같아요. 어디 한 가지에 아주 빠져있는 사람들이요. 예를 들어 컴퓨터를 너무 좋아했던 스티브 잡스나 투자를 너무 좋아했던 워렌 버핏은 결국 정점에 섰죠. 예전에는 다 잘하는 제너럴리스트가 인정받았다면, 이제 남들이 관심 갖지 않는 분야여도 나만 잘하면 성공하는 것 같아요. 내가 이런 걸 하고 있다거나 이런 분야도 있다는 걸 알리기도 쉬워진 시대잖아요. 그래서 이것저것 찔러보기보다 내가 좋아하는 것 하나를

사소한 루틴을 10년간 지키면 벌어지는 일

"

제가 곰곰이 생각해 봤는데,
세상을 바꿔온 사람들은 덕후들이었던 것 같아요.
어디 한 가지에 아주 빠져있는 사람들이요.

"

송희구

계속 파고들면 좋을 것 같아요. 내가 무언가 몰두해 있으면 자연스럽게 다른 사람들도 관심을 갖는 것 같더라고요. "그게 뭐야?" 하면서 말이에요.

자신을 알리는 활동이 저처럼 글쓰기가 될 수도 있지만, 영상이나 사진이 될 수도 있죠. 인스타그램 릴스나 유튜브 쇼츠도 그렇고. 이젠 내가 어떤 사람인지 보여줄 수 있는 창구가 많아졌으니까요. 거기서 부수입이 생겨날 수도 있고요. 저도 처음에는 블로그로 수입을 얻을 수 있을 거라고는 생각하지 않았거든요.

⑩ **그때는 블로그가 유행할 때도 아니었잖아요.**

⑧ 맞아요. 처음에는 수익을 생각하지 않기도 했지만 계속 수익이 없었어요. 사실 제가 회사 다니면서 옷 장사도 했었거든요. 블로그에 옷을 직접 재단해서 만들어 팔았었어요. 진짜 별일 다 했죠? (웃음) 그때 열심히 키워드를 넣어서 올렸더니 블로그 수익이 몇만 원씩 나더라고요. 그땐 그냥 그런가 보다 했어요. 블로그 글을 올려서도 수익이 날 수 있다는 걸 어렴풋이 아는 정도였어요. 근데 이번에 김 부장 시리즈를 연재하면서 유입자수가 늘어나니까 갑자기 블로그 수익이 어떤 달에는 200만 원까지 올라간 거예요. 아니, 이런 걸로도 이 정도 돈이 되네? 블로그에 매일 하나씩 무언가 올리면 주수입이 될

수도 있겠구나 싶더라고요. 실제로 그런 분들도
꽤 있고요. 블로그에 글을 계속 쓰다 보면 자기 가치가
올라가는 것뿐만 아니라 수익도 얻을 수 있어서 좋은
것 같아요.

⟨예⟩ 그렇게 생각하면 재밌게 할 수 있을 것 같아요. 그런데
보통은 시작하자마자 바로 큰 수익을 얻고 싶어 하잖아요.

⟨송⟩ 맞아요. 성공의 경험을 주변에서 너무
많이 목격하는 거죠. 누가 여기 투자해서 얼마를
벌었다더라, 이거 했는데 빵 터져서 건물을 샀다더라.
나만 빼고 다 잘나가는 것 같으니까요. 꾸준히 해서 내
가치를 올리는 일은 너무 지루하고 느리게 느껴지죠.
저 사람은 운이 좋아서 저렇게 한방에 대박이 났는데,
나는 하나하나 벽돌을 쌓아야 한다고 생각하면 시작도
전에 지치고 말고요.

⟨예⟩ 하루아침에 벼락거지, 벼락부자가 되는 시대를 살고
있으니까요. 다른 사람들을 보면서 더 조급해지고요. 특히
작가님이 해오신 부동산 투자, 글쓰기, 독서 모두 결과물을
내기까지 오래 걸리는 일들인데요. 조급함은 없으셨나요?

⟨송⟩ 물론 조급할 때도 있었죠. 남들이 주식이나
코인으로 얼마 벌었다고 하면, 내가 지금 뭘 잘못하고
있나 싶기도 하고요. 그런 기사들이 매일매일
쏟아지잖아요. 그런데 결국에는 본진을 지키는 게

사소한 루틴을 10년간 지키면 벌어지는 일

가장 중요하다고 봐요. 스타크래프트에서도 본진
터지면 끝나잖아요. 여기서 본진은 결국 나예요. 나는
어떤 사람이지? 나 자신이라는 본진이 견고하게
지켜지지 않으면 내가 어디에다 뭘 풀어놔도, 어떤
활동을 해도 결과가 좋을 수 없어요. 결국 내 가치를
높이는 게 제일 중요해요. 투자를 잘하는 것보다 나를
견고히 해서 내 몸값을 높이면 자연스럽게 기회가
생기고 더 큰 소득이 따라와요. 근데 사람들은 내
본진보다는 자꾸 눈에 보이지 않는 것들에 휘말려요.
실체도 불분명한 떠돌아다니는 것에 희망을 걸고
불안해하면서 기도하죠. 하지만 한방을 노리는 건
순수한 의미에서의 기도가 아니라 투기일 뿐이에요.

ⓔ 그럼 작가님은 내 가치를 높인다는 관점에서 독서나
글쓰기가 돈과 연결된다고 생각하신 걸까요?

ⓢ 제가 글을 쓴 건 사실 돈을 벌 목적은
아니었어요. 단지 옆자리 부장님들의 한숨 소리가
안타까워서 시작하게 된 거였어요. 늘 피곤한 얼굴을
하고 기계적으로 회사를 다니는 수많은 직장인들을
위해서이기도 했고요. 현실을 보여주면서 제가 가진
노하우도 전수할 수 있는 방법이 글이었으니까요.
수익으로 연결시킬 수 있다는 생각은 안 했는데,
어떻게 하다 보니 그렇게 됐네요.

사실 전 말발이 유창한 것도 아니고, 여기저기

사람들을 만나고 다니는 스타일도 아니어서요. 나라는
사람이 콘텐츠로 쓰이기에는 부족하지 않나 이런
생각이 많았어요. 근데 꾸준히 글을 쓰다 보니까 이게
가능하구나, 나도 할 수 있구나 싶었죠.

🅰 부동산 투자로 많은 성과를 이루었으면 보통은 책을
쓰더라도 자기계발서를 쓰는데, 독특하게 소설을 쓰셨단
말이죠. 다양한 분야의 글을 읽어온 경험 때문이었을까요?

　　🅢 원래는 그동안 했던 투자나 마인드 관련한
자기계발서를 써보고 싶었는데, 막상 해보려니 재미가
없을 것 같았어요. 나만 쓸 수 있는 게 뭐가 있을까
고민도 됐고요. 자기계발서를 목적으로 글을 쓰니까
너무 가르치는 느낌이 들기도 했죠.

　　그러다가 블로그 글로 여러 출판사들과 미팅하게
됐는데, 모두 의견이 달랐어요. 보는 사람마다 다
다른 이야기를 하는 거예요. 한 가지 글을 두고 '이건
경제경영이다, 소설이다, 자기계발이다' 사실 제가
원했던 것도 그런 그림이었거든요. 이것은 과연 무슨
종류의 책인가 생각했으면 해서요.

🅰 맞아요. 실제로 자기계발서처럼 읽히기도 해요. 그래서
오히려 더 많은 사람들이 부담스럽지 않게 메시지를
받아들이면서 좋은 반응을 얻은 것 같고요. 혹시 책에서 다룬
부동산 투자 말고 주식이나 코인에는 관심 없으신가요?

사소한 루틴을 10년간 지키면 벌어지는 일

" 결국 내 가치를 높이는 게 제일 중요해요. "
투자를 잘하는 것보다
나를 견고히 해서 내 몸값을 높이면
자연스럽게 기회가 생기고
더 큰 소득이 따라와요.

송희구

송 네, 안 할 것 같아요.

옌 투자에 대한 철학이 있으신 건가요?

송 펜싱 선수가 달리기 시합에 나가서 이길 수 없듯이, 저도 제가 잘할 수 있는 걸 해야 한다고 생각해요. 제가 잘할 수 있는 건 부동산이에요. 주식이나 코인은 승률 투자잖아요. 빠르게 치고 빠져야 하고요. 이기느냐 지느냐, 버느냐 잃느냐로 갈리는데 제가 잘하는 것은 좀 다른 것 같아요. 저는 오래 꾸준히 하는 것을 저의 재능이라고 생각해요. 그런 성격과 부동산 투자가 잘 맞아떨어졌고요. 그리고 계속해왔던 것도 부동산이라 다른 분야를 굳이 도전하진 않을 것 같아요.

옌 저도 작가님 책 읽으면서, 내가 잘하는 것에 집중해야겠다는 생각을 많이 했어요. 책에도 나온 것처럼, 내가 잘하는 것에 집중하려면 결국 나를 잘 이해하는 게 정말 중요한 것 같아요. 작가님을 보면서 세상에 맞고 틀린 방법은 없고, 나를 깊이 탐구해서 내게 맞는 길을 가면 된다는 생각이 들거든요.

송 저는 앤드류 님이 처음에 인스타그램으로 시작해서 유튜브로 전환한 게 신기했는데요. (웃으며) 보통 유튜브에서 시작한 분들은 많은데, 인스타그램으로 시작해서 잘되신 걸 처음 봐서요.

ⓔ 저도 제가 신기해요. (웃음)

    ⓢ 그래서 정말 이런 분도 있구나 싶었어요. 퍼스널브랜딩이라는 주제로 이렇게 성공할 수 있다는 걸 처음 보고 충격을 받았었죠.

ⓔ 3편에 나오는 정 대리가 정신 차린 케이스라고 보시면 될 것 같아요. (웃음) 작가님이 생각하는 경제적 자유는 어떤 모습일까요?

    ⓢ 일단 처음 생각했던 건 단순하게 해외여행 갈 때 비즈니스 클래스를 거리낌 없이 결제하는 것이었어요. (웃음) 마일리지로 업그레이드하는 것 말고 곧장 결제할 수 있을 정도의 재정적 여유는 있어야 경제적으로 자유롭다고 할 수 있지 않을까 했지요. 그리고 내가 무언가 하고 싶고 잘할 수 있는 아이템을 찾았을 때 돈을 생각하지 않고 새로운 사업을 시작할 수 있을 정도인 것 같아요. 예를 들어 맛있는 떡볶이 가게를 차리고 싶고 내가 해낼 수 있을 것 같다 하면 돈 생각하지 않고 시작하는 거예요. 사업이라면 당연히 돈을 벌어야 하지만, 그걸 뛰어넘어 손해를 보더라도 내가 즐거우면 할 수 있는 그런 수준의 경지에 오르는 것 아닐까 싶네요.

ⓔ 그렇다면 이미 경제적 자유를 이루신 것 아닌가요? 글쓰기도 돈을 보고 시작한 게 아니니까 어떻게 보면 무자본

송희구   **047**

창업으로 볼 수 있지 않을까 싶거든요.

ⓢ (웃으며) 아, 그런데 제가 워낙 짠돌이라 그럴 수도 있는데, 아직까지 비즈니스 클래스는 편하게 결제하지 못하는 것 같아요.

ⓔ 혹시 투자나 재테크 관련해서 멘토가 있으신가요?

ⓢ 아니요, 없어요.

ⓔ 엇, 저는 책에 나온 벤츠 S 클래스 타시는 부동산 사장님일 거라고 생각했는데.

ⓢ 아, 그분은 각색된 인물이고요. 그분이 하는 말들은 현재의 송 과장이 과거의 송 과장에게 해주고 싶은 말들이었어요. 그런 사장님을 진짜로 만났으면 좋았겠지만 사실 만나진 못했습니다.

ⓔ 그렇군요. 작가님 인스타그램을 보니까 자전거를 좋아하시더라고요. 자전거도 돈이 좀 들어가는 취미인데요. (웃음) 제 생각에 작가님이 짠돌이라고는 하시지만, 쇼핑 철학이 있으신 것 같은데요.

ⓢ 맞아요. 저는 자동차나 옷 같은 데에는 돈을 잘 안 써요. 반대로 가구나 가전제품처럼 집과 관련된 것, 운동 용품처럼 내 몸에 직결된 것들에는 돈을 아끼지 않아요.

ⓔ 그러니까 좀 남한테 보여지는 사치품에는 돈을 안 쓰고, 반대로 내가 매일 보고 쓰는 것들에는 돈을 쓴다고 봐야 할까요.

　　ⓢ 네, 그리고 책 살 때도 돈을 정말 안 아껴요. 저는 거의 베스트셀러 1위부터 20위까지의 책은 늘 사놓거든요. 가치를 품은 것 중에 제일 싼 게 책이라고 생각해서요.

ⓔ 맞아요. 저도 정말 책이야말로 가치 대비 제일 저렴하다고 생각해요. 그 안에 담긴 노력과 인사이트를 생각하면 사실 말도 안 되는 가격이잖아요.

　　ⓢ 맞아요. 저도 책을 쓸 때 혼신의 힘을 다해서 쓰지만, 누군가는 1만 5천 원도 비싸다고 느낄 수 있잖아요. 하지만 전 남이 쓴 책도 1만 5천 원이든 2만 원이든 하나도 비싸다는 생각 안 해요. 그리고 책은 평생 소장하면서 언제든 꺼내서 볼 수 있잖아요. 책에는 진짜 몇 천만 원 쓴 것 같아요.

ⓔ 작가님의 다른 인터뷰에서 글쓰기를 배운 적 없다는 걸 봤어요. 그런데도 첫 작품이 곧장 대박이 났네요! 처음 쓰는 글인데 이렇게 몰입도 있게 쓰실 수 있었던 데는 어떤 노하우가 있었을까요?

　　ⓢ 글쎄요, 옛날에 썼던 연애편지가 도움이 된 건지 모르겠네요. (웃음) 제가 좀 섬세하다고 할까요.

송희구　　　　　　　　　　　　　　　　　　　　**049**

어렸을 때부터 남들 다 하는데 못 해본 것에 대한
서러움이 기본적으로 있기도 하고. 다른 사람들을 좀
유심히 관찰한 덕도 있는 것 같아요. 사실 제가 남의
기분을 되게 많이 신경 쓰는 편이에요. 어떨 때는
지나치게 배려해서 오해를 산 적도 있었고요. 그런
섬세한 면이 글로 나타난 것 같아요.

(옌) **단점이 될 수도 있는 성격을 글이라는 콘텐츠를 통해
강점으로 전환하신 거네요.**

(송) 네, 제가 옷 장사를 했을 때는 오히려 이
성격이 약점이었어요. 지나치게 섬세하다 보니, 오히려
저한테 안 맞는 일이더라고요. 고객의 니즈 하나하나
모두 충족시키고 싶고. 작은 클레임 하나만 들어와도
스트레스를 너무 받아서 본업에 집중하기 힘들었고요.
옷 장사를 할 때는 어려움을 배가시키던 섬세함이
글을 쓸 때는 도움이 되었어요. 이것저것 시도해
보면서 나에게 맞는 일을 찾은 거라 생각해요.

(옌) **회사에서의 경험을 바탕으로 글을 쓰셨는데요. 실존
인물을 각색해서 쓰는 과정에 부담감은 없으셨나요?**

(송) 어떤 인물을 특정해서 각색한 건 아니었어요.
책 서두에서도 상사 세 명을 한 인물로 합쳤다고
쓰긴 했지만요. 세 명 정도 되는 인물을 한 사람으로
만들어보니, 우리 주변에서 누구나 볼 수 있는 흔한

인물이라는 생각이 들더라고요. 직장인을 대표하는, 상사를 대표하는 특징들. 누가 봐도 주변의 어떤 인물이 생각나는 캐릭터가 만들어진 거죠. 김 부장님의 이야기도 사실은 저의 불안한 심리가 반영된 것이기도 하고요.

🔵 맞아요, 현실적인 캐릭터들이 있어서 공감이 많이 되었던 것 같아요. 책을 쓰고 나서 스스로 많이 성장했다고 느끼는 순간도 있으셨을 것 같아요.

🔵 '진짜 재미있는 게 이런 거구나' 싶었어요. 책을 써서 인세를 받는 게 즐거운 게 아니라 독자들의 서평을 읽으면서 정말 그랬어요. '내가 정말 잘 살았구나' 싶은 그 기분 때문에 책을 계속 쓸 수밖에 없더라고요.

🔵 작가님은 이제 인세를 받으시잖아요. 저는 책을 쓰는 것도 사업이라고 생각하거든요. 일을 하지 않아도 계속해서 돈이 들어오는 시스템이 생겼으니까요. 이런 변화를 겪으면서, 근로소득에 대한 생각도 많이 바뀌셨을 것 같아요.

🔵 근로소득에는 양면성이 있는 것 같아요. 먼저 아주 소중하죠. 모든 일의 기반이자 근본이 되니까요. 제가 지금까지 해온 투자나 글쓰기도 그 시작에는 근로소득이 있었어요. 안정적인 월급이 없었다면 제가 새로운 것에 도전하거나 꾸준한 루틴을 지키기는

어려웠을 거예요. 그런데 한편으로는 너무 적어요.
일에 들어가는 노력에 비해 보상이 적다는 생각을
직장인이라면 누구나 할 거예요. 그러니 일확천금을
꿈꾸게 되는 것이기도 하고요.

그리고 근로소득은 너무 안락해요. 안정적인
기반이 되어주지만 안주하게 만들어요. 회사가
위태롭거나 업무 환경이 어지러우면 벗어나고자
이런저런 노력을 해보겠지만, 회사가 안정적일수록
우물 안에 갇히게 되는 거예요. 내 분야에서는 굉장히
프로페셔널한데, 다른 분야는 어떻게 돌아가는지
잘 모르는 어린아이가 되어버리는 거죠. 늘 하던
대로 하면 성과가 나오고 월급이 나오고. 그래서
대기업에서 일했던 사람들은 자존심 때문에 자기가
했던 일보다 낮은 수준의 일을 찾기가 쉽지 않아요.

그런 점에서 근로소득의 양면성을 알고, 새로운
일을 시작하면 좋을 것 같아요. 여러 분야에 관심도
가져 보고요. 근로소득은 단지 내가 하고자 하는
일, 펼치고자 하는 일의 기반이 되어준다는 게 저의
생각이에요. 계속 말했듯이 본진인 나를 견고하게 하는
게 제일 우선이에요.

🌐 맞아요. 책 3편에서 권 사원이 그런 말을 하잖아요.
'누가 제 머리에 총을 들이대고 아파트를 선택할래, 너를
선택할래, 하면 저는 100층짜리 빌딩이 있더라도 저를

선택할 거예요.' ^{352쪽} 아, 정말 맞구나. 결국 나에게 투자하는
게 제일 중요하다는 얘기가 계속 반복되는 것 같아요.

(송) 네, 예를 들면 경제 유튜버의 대표주자이신
신사임당 채널 있잖아요. 그런 콘텐츠를 전달할 수
있는 사람은 많지만 신사임당이라는 브랜드는 흔치
않잖아요. 드로우앤드류 님 채널도 마찬가지인데요.
자기계발과 관련된 채널은 많지만 앤드류 님이라는
브랜드가 그 채널을 지금의 자리까지 만들었다고
봐요. 그러니까 앤드류 님은 다른 채널을 만들어도 또
그만큼 성장시킬 수 있는 거죠. 자신이 브랜드가 되면
그만큼 선택의 여지가 많아지는 것 같아요.

근데 회사 일이 내 인생의 전부인 양 몰두하고
남에게도 강요하다 보면 내 인생에는 회사밖에 안
남는 거죠. 결국은 내 가치를 올리는 것, 내가 누군지를
확고히 하는 것이 답이에요.

(예) 작가님도 퍼스널브랜딩의 중요성에 대해 많이
생각하시는군요.

(송) 네, 최근 들어 더 그래요. 제가 걸어왔던 길을
뒤돌아보니까 20대 후반, 30대 초반에는 정말 막다른
동굴을 걷는 기분이었거든요. 마치 끝나지 않는 군
생활을 하는 것 같은 막막함이랄까요? 이게 언제
끝날지 모르겠다는 압박이 있었어요. 그런데 지금은
저보다 조금이라도 어린 분들께 '괜찮다, 다 지나가는

사소한 루틴을 10년간 지키면 벌어지는 일

과정이다'라는 걸 알려주고 싶어요. 당장 끝이 보이지 않는 일이라도 꾸준하게 해보라고요. 지금 보이지 않아도 끝은 오니까요.

(앤) **직장인이라는 타이틀에 작가라는 타이틀까지 얻으면서, 일의 의미나 일을 대하는 태도에 변화가 있으셨을까요?**

(송) 사실 회사 일도 그대로고, 제가 느끼는 기분도 그대로예요. 저는 여전히 회사를 다니며 일을 하고요. 책을 읽고 글을 써요. 근데 좀 달라진 점이 있다면 '하면 되는구나' 하는 확신이랄까요. 회사 밖에서 꾸준하게 나만의 것을 찾다 보면 암흑 같은 회사생활에 한 줄기 빛이 생긴다는 걸 제 눈으로 확인했잖아요. 내가 틀리지 않았다는 것. 꾸준한 나의 루틴이 보상받았다는 것.

(앤) **조금 더 자기 확신이 생긴 걸까요?**

(송) 네, 저는 자존감이 굉장히 낮은 사람인데요. 아마 요즘 젊은 세대들도 자존감 높은 분들이 별로 없을 거예요. 박탈감이나 자책을 느끼게 되는 상황들이 너무 많고요. 취업이나 결혼, 돈 문제도 너무 어렵잖아요.

근데 자존감은 낮아도 괜찮은 것 같아요. 대신에 자기를 계속 알리는 노력을 하고 자신만의 루틴을 만드는 것. 이건 계속했으면 좋겠어요. 그리고 내가 좋아하는 걸 좀 깊게 파고들어 보라는 이야기를 다시

송희구

하고 싶고요. 작은 것부터 하나씩 나만의 루틴을 만들고
꾸준히 파고들다 보면 예기치 않았던 결실이 하나씩
생기니까요. 언젠가 양손에 열매를 넘치게 쥐고 있을
수도요.

"

결국 내 가치를 올리는 것,
내가 누군지를
확고히 하는 것이 답이에요.
작은 것부터 하나씩
나만의 루틴을 만들고
꾸준히 파고들다 보면
예기치 않았던 결실이
하나씩 생길 거예요.

"

밤을 새도
재미있고
돈을 못 벌어도
재미있어서

"우리는 늘 콘텐츠 만드는
사람을 꿈꿨거든요.
그래서 지금 여기,
디에디트가 제 꿈의 절정이에요."

디에디트
—
에디터 H
에디터 M

미디어 그룹 '디에디트'의 공동 창업자.
'사는 재미가 없으면 사는 재미라도'라는 슬로건의 디에디트는
2016년 두 에디터들의 IT 제품 리뷰로 시작해, 라이프스타일 전반에 걸친
콘텐츠를 공유하는 미디어로 성장하면서 하나의 브랜드가 되었다.
지은 책으로는 『어차피 일할 거라면, Porto』, 『요즘 사는 맛』(공저)이 있다.

에디터 H와 에디터 M, 두 명의 에디터가 함께 만든 '디에디트'는 본격 '소비'의 즐거움을 알리는 미디어다. 특유의 찐친 케미를 뽐내며 '노부부'라는 별명까지 얻은 둘은 구독자의 웃음을 빵빵 터트리며 대중의 공감을 얻었다. 그 장난기 넘치는 모습 뒤에는 돈 쓸 시간이 없을 정도로 야근을 밥 먹듯이 하는, 일에 진심인 본체가 숨어 있다. 이렇게 열정적으로 일하는 이유는 그냥 너무 재밌어서!

처음에는 좋은 브랜드 많이 아는 옆자리 대리님처럼 제품들을 추천하더니 "어차피 일할 거라면!"을 외치며 해외 한 달 살기를 하는가 하면, 30대 여성으로 일하며 사는 삶에 대해 허심탄회하게 이야기하기에 이르렀다. 단순히 에디터라고 하기에 그들이 하는 일의 스펙트럼은 매우 넓다. 일을 즐기면서 하고 자기 삶도 충실히 챙기는 그들의 모습이 가장 트렌디한 모습이라는 생각도 들었다.

유튜브 영상으로 수없이 만났음에도 계속 그들의 이야기가 궁금해지는 건 왜일까? 그들의 이야기에 딥다이브해보기로 했다.

Ⓐ 두 분 다 에디터로 일을 시작했다고 들었어요. 채널
이름도 디에디트고요. 에디터는 구체적으로 어떤 일을
하나요?

Ⓗ 단어 그대로 '편집자'라는 뜻이에요.
지금은 에디터라는 말이 여러 분야에서 다양하게
쓰이지만, 제가 일을 처음 시작했을 때는 '기자'라는
이름이었어요. 그런데 현재 에디터로서의 저를
바라보니까 의미가 다르게 다가오더라고요. 단순하게
글 쓰는 사람, 영상을 만드는 사람, 스크립트를 쓰는
사람이 아니라 세상의 수많은 이야기 중에서 대중에게
가닿을 수 있는 것을 큐레이션하고 편집해서 보여주는
사람인 것 같아요. 큐레이터인 거죠. 여기에 더해
디에디트는 에디터들의 공동체라고 할 수 있어요. 각
에디터가 자기의 취향을 드러내면서 콘텐츠를 만들고
있으니까요.

Ⓐ 그렇게 설명해주시니 조금 더 와닿네요. 편집샵도
좋은 물건들을 선택해서 소개하는 곳이잖아요. 에디터 H
님은 회사생활은 만족스러웠으나 나만의 것을 하고 싶어
창업하셨다고 들었어요.

Ⓗ 솔직하게 말씀드리자면 회사생활이 어떻게
100% 만족스러웠겠어요. (웃음) 창업하기 전에 10년

정도 사회생활을 했었는데 다른 사람과 다를 바
없이 그냥 크고 작은 불만과 크고 작은 행복들이
있었어요. 나름 만족하면서 일도 굉장히 충만하게
하고 있었고요. 근데 누구나 그렇듯이 어쩌다
보니까 회사를 퇴사할 일이 생겼어요. 그래서 어디로
이직해야 할까 둘러보는데, 가고 싶은 회사가
없더라고요. 그래서 처음 시작하게 된 거예요. '나만의
것을 만들겠어' 하는 거창한 목표보다는 그냥 에디터
M이랑 '세상에서 제일 예쁜 미디어를 만들어보자'
하면서 시작했던 거죠. 솔직히 처음에는 창업이라는
개념도 없었어요.

Ⓜ 그래서 저희 가끔 그런 얘기해요. 6~7년 전에
우리 진짜 나이브하게 시작했다고요. (웃음) "어떻게
그런 생각으로 창업할 생각을 했지?" 이런 말도
하고요.

Ⓔ **창업인 줄도 모르고 좋아서 시작한 거죠.**

Ⓜ 네, 기획력을 행동력이 앞질러 간 거죠.
저희끼리 당시를 돌이켜 볼 때 '우리만의 예쁜
소꿉장난'이라고 말하거든요. 그러니까 둘이서 "우리
한번 만들고 싶은 대로 만들어보자! 그게 뭐가 될지는
모르겠지만 말이야." 하고 평소 생각했던 것, 꿈꿨던
것을 실현해보자 했던 거예요.

Ⓔ 저도 처음 유튜브 시작했을 때 그런 생각이었거든요.
저 혼자 촬영하고, 편집하고, 디자인해서 업로드하고. 이런
게 약간 장난 같은 거예요. 혼자 하니까 다 허접하잖아요,
조금씩.

　　　Ⓜ 조금씩 뽀작뽀작하고 있는 느낌이죠.
원래 사업을 시작할 때는 뭔가 사업계획 같은 걸
세우잖아요. 타깃 분석도 하고 수익 모델도 세우고.
저희는 진짜 안 했거든요. 어떤 분한테 혼난 적도
있어요. "아니, 어떻게 그렇게 시장 분석도 안
하고 시작할 수가 있어?" 하고요. (웃음) 근데 지금
생각해보면 그렇게 무모하니까 할 수 있었던 것
같아요. 엄청난 기획력을 갖고 특별한 모델을 세워서
시작한 게 아니고, 그냥 콘텐츠를 만들고 싶다는
순진한 생각에서 시작했기 때문에 더 잘될 수 있지
않았나 싶고요. 너무 머리 굴리고 분석하지 않고
우리가 하고 싶은 대로 했던 게 좀 먹힌 것 같아요.

Ⓔ 회사 다니면서는 내 것을 하고 싶다는 갈증이 있으셨던
걸까요?

　　　Ⓗ 솔직히 저는 그런 갈증이 없었어요. 정말로
없었는데, 하다 보니까 이게 재밌어서 꿈과 환상의
나라로 그냥 열심히 간 거예요. 밤을 새도 재미있고
돈을 한 푼도 못 벌어도 재밌어서.

ⓔ 저는 두 분이 어떻게 수익 모델을 세웠는지 궁금했는데, 그게 진짜 없었네요.

ⓗ 아예 없었고요. (웃음) 주변 분들이 "너 굶어 죽고 싶어서 이러냐." 그러셨어요. 근데 저희는 돈 안 되면 외고*도 쓰고 방송 출연 알바도 하면 되겠다 생각한 거예요. "설마 뭐 굶어 죽겠어?" 그랬어요. 실제로도 아르바이트를 되게 많이 했고요. 둘이 250만 원 씩 500만 원을 모아서 사업을 시작했단 말이에요. 수익 모델에 대한 고민은 단 1도 하지 않았고요. 저희가 고민했던 건 어떤 콘텐츠를 만들 것인가. 웹사이트 레이아웃이랑 제목, 이미지를 어떻게 잡아야 사람들이 여기 들어오는 순간 '와우, 대한민국에서 이런 웹사이트는 처음 봐'라고 말할 것인가. 어떻게 해야 내가 더 멋있고 세련된 걸 만들었다고 으스댈 수 있을까. 이 생각만 했어요.

ⓔ 진짜 말 그대로 그냥 좋아서 시작한 일이네요.

ⓜ 사실 에디터 H한테는 나중에 고백했는데, 저는 처음에는 오래 할 생각도 아니었어요. 그냥 예쁜 거 만들자고 하니까 '그럼 어디 한번 해볼까' 했던 거죠. (웃음) 그러면서 이거 한 6개월 정도 하다가 잡지사로 가야겠다고 생각했었어요.

＊ 외부 필자 원고

Ⓔ 그러고 보니 에디터 H 님은 왜 에디터 M 님한테 같이
하자고 한 거예요?

Ⓗ 결론만 말하자면 같이 일을 해봐서, 어떻게
일하는지를 아니까요. 이게 되게 중요한 포인트예요.
혼자 하기에는 뭔가 불안하기도 하고 겁나기도 하는데
누구랑 같이 하면 옆에서 정신적으로 좀 받쳐줄 수
있지 않을까 생각했어요. 그때 합이 잘 맞았던 직장
후배가 생각난 거죠.

사실은 제가 동업하려는 모든 분들에게 늘 드리는
말씀인데, 저는 동업을 권하지 않아요. 저희가 굉장히
이상적이고 완벽한 동업 관계를 유지하고 있기 때문에
더더욱 이게 판타지라는 걸 알거든요. 저희는 '일'을
하면서 만났어요. 저희 우정의 베이스에는 서로의 일에
대한 신뢰가 깔려 있어요. 그러니까 에디터 M이 너무
대단해서, 에디터 H가 일을 너무 잘해서가 아니고 '저
사람은 일을 절대 허투루 하지 않아, 내가 하는 것만큼
똑같이 일해, 그리고 나보다 더 일을 적게 하기 위해
꾀를 쓰지 않아' 그런 이해가 있었어요. 서로 똑같은
텐션으로 노예처럼 일하거든요. 그렇기 때문에 신뢰할
수 있었던 거죠. 이 녀석이라면 나 같은 노예가 돼 줄
수 있겠다. (웃음)

Ⓜ (웃으며) 저희는 되게 노예 일개미들이에요.
이전에 회사 소속으로 일할 때도 회사 일에 완전
함몰돼서 시키는 것 이상으로 하려고 노력하는

사람들이었거든요.

　　그리고 저도 같은 맥락에서 친구들끼리는
절대 동업하지 말라고 얘기하는데요. 사실 아무리
친해도 일하는 자아와 친구로서의 자아는 완전 다른
개념이에요. 되게 친하다고 생각해도 이 친구가 어떤
스타일로 일하는지는 절대 알 수 없거든요. 특히 창업
같은 경우는 제로에서 시작하는 거잖아요. 근데
한 명은 열정이 진짜 넘쳐서 막 새벽 1시 반에도 "이런
아이디어 어때?" 이렇게 말하는데, 한 명은 칼퇴해서
내 시간을 갖는 게 중요하고 그 시간에 일이 침범하는
걸 꺼린다면 둘은 맞지 않잖아요. 그런 사람들이
동업하면 결국 이 밸런스가 안 맞아서 갈라설 수밖에
없어요. 이건 같이 일해보지 않으면 절대 알 수 없는
거고요.

ⓔ **에디터로 일할 때는 어떠셨어요? 이 친구는 이런 걸
잘하니까 나랑 맞겠다 하는 점이 서로 있으셨을까요?**

　　ⓜ　MBTI를 얘기하자면 저는 ISTP고, 에디터 H는
ENFP예요. 사실 저희는 충동적인 성향을 의미하는 P
빼고는 모든 MBTI가 반대인 거죠. 실제로 취향이나
좋아하는 것들도 굉장히 다른 편이고요. 근데 저는
이런 다른 점이 오히려 일할 때 더 시너지가 난다고
생각해요.

ⓔ 보는 세상을 넓혀주니까요.

　Ⓜ 네, 예를 들면 에디터 H가 A라는 걸 좋아하고
저는 B라는 걸 좋아해요. 그럼 디에디트는 A도
B도 껴안을 수 있는 매체가 되는 거예요. 취향에는
우열이 없잖아요. 무엇보다 제가 동업자로서 에디터
H가 마음에 들었던 포인트는, 저희가 싫어하는 게
같다는 거예요. 같은 무례함에 화를 내고 같은 것에
분노하는 게 되게 중요하거든요. 취향이라는 건 사실
사회화되는 면이 있잖아요. 그렇지만 싫어하는 것은
조금 더 본능에 가깝다고 생각해요. 그래서 같은 걸
보고 화를 낼 수 있어야지 잘 지낼 수 있는 것 같아요.

ⓔ 원래 회사생활할 때도 누구 욕하면서 친해지잖아요.

　Ⓗ 네, 저희는 어떤 사람이 무례한 행동을
하면 본능적으로 눈이 마주쳐요. 말이 필요 없어요.
(웃음) 그리고 싫어하는 게 같으니까 상대가 어떤 걸
싫어하는지도 뻔히 알잖아요. 우리가 아무리 친하고
가까워도 '나도 이런 걸 싫어하니까 이런 건 하지
말아야겠다' 하고 선을 지킬 수 있게 되죠.

ⓔ 실수할 일이 적겠네요. 싸우게 될 확률도 조금
낮아지겠고요. 회사생활을 하면서 나중에 내가 회사를
차리면 이런 건 진짜 하지 말아야지 했던 게 있으셨을까요?

　Ⓗ 전 직장에 저의 멘토이기도 했던 편집장님이

계셨어요. 저희한테 이 미디어에 대한 영감도 주셨고 저한테 모든 취향을 가르쳐준 분이세요. 근데 그분이 그 당시에 편집장을 하면서 저에게 모든 걸 맡겨놓고 자기는 외부 일을 보러 다니는 거예요. '이렇게까지 무책임하게 나를 내버려 둔다고?' 할 정도로요. 그래서 정말 편집장님이 해야 하는 일까지 제가 다 했었어요. 그때 에디터 M도 제 부사수로 있으면서 "아니, 편집장 님이 선배한테 너무 지나치게 일을 많이 맡긴다." 그랬고요. 막 땀을 뻘뻘 흘리면서 편집장 업무를 처리하고 그랬는데, 그러고 나니까 제가 너무나 성장해 있는 거예요.

왜냐하면 그 사람이 마이크로매니징을 전혀 하지 않고 저의 자율성을 100% 믿어줬기 때문이에요. 하나하나 지적하거나 그건 아니라고 하지 않고, 제가 어떻게 하나 지켜봐 준 거죠. 그러고 나니 제가 엄청나게 성장하고 더 큰 것들을 볼 수 있게 된 거예요. 그래서 나도 저런 선배가 되고 싶다 생각했어요. 근데 사실 그게 쉽지 않아요. 오히려 저는 후배가 실수할 때마다 끼어드는 성격이기도 하거든요. 하고 싶은 말을 많이 참아야 해요. (웃음)

지금도 팀원들이 어떤 걸 할 때 100% 믿어줄 수 있는 사람이 되려고 많이 노력하고 있어요. 그리고 이제 저희 직원들은 저희한테 잘 공유를 안 해요. 저희가 있다고 열심히 일하지도 않고 저희가

밤을 새도 재미있고 돈을 못 벌어도 재미있어서

없다고 덜 열심히 하지도 않고 각자도생, 각자 알아서 하는 친구들이 되었습니다.

(예) **주도적으로 일할 수 있게끔 환경을 만드는 거군요.**

(H) 믿어준다는 게 포인트예요. 나의 팀원들, 굳이 말하자면 나의 밑에서 일하는 분들의 능력을 믿어주고 맡겨주지 않으면 발전이 없고 성취감이 없어요.

(M) 아무것도 안 하는 것처럼 보일 수도 있는데 그게 실제로는 자기 안에서 엄청 싸워야 하는 일이에요. 말하고 싶은 거 10번 꾹 참아서 한 번에 얘기해야 하고요. 생각보다 그게 훨씬 더 어려운 일이잖아요.

(H) 하다못해 옆에서 후배가 통화하고 있는데 "있잖아, 그거는 이렇게 얘기하면 금방 해결될 거야."라고 알려주면 빨리 끝날 걸 꾹 참고 내버려 두는 거예요. 그러면 그 친구가 세 번의 통화를 하면서 스스로 알게 될 테니까요. 믿어주는 것도 리더의 능력이고 그릇이에요. 진짜 어려워요. 사실 저희 그렇게 잘 못 하는데 되게 노력하고 있어요.

(예) **이제 디에디트의 팀원들이 많아졌잖아요. 디에디트의 조직문화에 대해서 좀 얘기를 듣고 싶은데 기본적으로 어떤 조직인가요?**

(M) 각자도생. 각자 할 일을 맡아서 열심히 하는

게 저희 조직문화입니다. 그리고 굉장히 수평적이라고
생각해요.

🅔 **팀원이 지금 몇 분 정도인가요?**

🅗 저희를 포함해서 7명이요. 일단 대표 두 명.
그리고 PD 두 명. 디자이너 한 명. 에디터 한 명 더
있고. 그리고 머니사이드업 CS 팀장까지 7명입니다.

🅔 **팀원이 늘어나면서 팀을 이끄는 리더십에 대한 고민도
많으실 것 같아요. 좋은 리더란 무엇이라고 생각하세요?
그리고 어떤 리더가 되고 싶으세요?**

🅗 팀원들의 자율성을 존중하고 믿어줄 수
있는 리더. 그게 저희가 되고 싶은 이상이에요. 요즘
고민하는 것들은 우리 조직 안에서 팀원이 자기 역량을
키워갈 수 있는가에 대한 것이에요. 어쨌든 반복되는
업무를 하고 있을 텐데 이게 계속해서 재밌을지도
궁금하고요. 만약 해보고 싶은 게 있다면 그걸 우리가
뒷받침해 줄 수 있어야 팀원도 성취감을 느낄 수 있지
않을까 생각해요.

그리고 제일 중요한 것. 적절한 보상에 대해서도
많이 고민해요. 저희가 처음 해보는 창업이고
처음 맞아보는 직원이다 보니 초반에는 그런 걸
잘 몰랐어요. 지금은 '어떻게 줘야 이게 명분이
있는 보상일까. 어떻게 돈을 줘야 이게 동기부여가

"

팀원들의 자율성을 존중하고
믿어줄 수 있는 리더.

그게 저희가 되고 싶은
이상이에요.

"

되면서도 설득력 있는 돈일까' 그 부분에 대한 고민이 크죠.

(예) 디에디트는 늘 즐겁게 일하는 것처럼 비치니까 채용 문의도 되게 많이 올 것 같아요. 직원을 뽑는 기준은 무엇일까요?

(M) 자기가 좋아하는 게 확실하게 있는 친구가 좋아요. 그러니까 저는 자기가 어떻게 하면 행복한지를 너무 잘 알고 그 욕망을 향해 달려갈 수 있는 친구가 좋아요. 가끔 저희 회사에 지원하는 분 중에 "저는 제 취향을 모르겠어요. 그래서 디에디트에 와서 이런저런 물건을 보면서 저만의 취향을 찾고 싶어요."라고 말하는 분도 있는데, 그런 분보다는 자기가 뭘 좋아하는지, 자기가 어떨 때 행복한지를 확실하게 알고 어필할 수 있는 분을 뽑죠. 디에디트는 에디터들의 공동체이기 때문에 그 사람이 와서 어떤 한 카테고리를 채워줄 수 있어야 하거든요.

(H) 사실은 무작정 "취업하고 싶습니다." 하는 메일을 정말 많이 받아요. 아무래도 친근하게 느끼기 때문인 것 같아요. 그런 메일을 보면 "저는 이런 전공을 했고 지금 제가 뭘 할 수 있을지 몰라서 좀 헤매고 있는데 디에디트를 보니까 저도 그런 분위기 속에서 일하고 싶습니다." 하는 내용이 대부분인데, 그럼 그분은 채용할 수가 없어요. 아시겠지만 고작

밤을 새도 재미있고 돈을 못 벌어도 재미있어서

5명, 6명 정도의 직원을 데리고 있는 회사에서 새로 한 명을 들인다는 건 너무나 큰 기회비용이에요. 그런데 뭘 할 수 있을지 제시하지 못하는 분은 죄송하게도 뽑을 수가 없는 거죠.

지금 저희가 새로 진행하고 있는 머니사이드업 디자이너분의 경우는 좀 달랐어요. 예전에 저희한테 한 번 장문의 메일을 보내신 적 있었어요. "저는 이런 걸 전공했고 제 디자인 레퍼런스는 이런 것들이 있는데 여기서 디자이너로 일하고 싶습니다." 하고요. 그때 저희가 거절했어요. 당시에는 디자이너를 뽑고 있지 않았으니까요. 너무 아쉽지만 나중에 다시 문을 두드려 달라고 정중히 거절했죠.

그런데 딱 1년 있다가 저희가 머니사이드업을 시작하기 직전에 다시 메일이 온 거예요. "저는 그때 그 사람이고 이러한 레퍼런스가 더 생겼는데 여전히 같이 일하고 싶습니다." 메일 받자마자 바로 "내일 오세요." 했는데, 너무 능력 있고 잘하는 거예요. 그래서 같이 일하게 됐어요. 그건 그 친구가 자신의 롤을 분명하게 보여줬기 때문이에요. 그러니 저희도 시간 낭비하지 않고 바로 판단할 수 있었고요.

ⓜ 그러니까 자기가 뭘 했고 뭘 할 수 있는지를 저희한테 명확하게 제시하지 않으면 저희 규모에서는 채용을 결정하기가 어렵죠.

ⓔ 회사 규모가 커지면서 사업가로서의 마인드에도 변화가
있었나요?

　　　ⓗ 꼭 좋은 거라고 볼 수는 없을 것 같은데,
저는 초창기에 비해서 제 시간을 쓰는 것에 대해
조금 더 방어적으로 바뀐 것 같아요. 크리에이터가
되면서 얼굴이 알려지고 어쨌든 제 이름도 조금은
알려졌잖아요. 제가 막 대단한 사람이라서가 아니라
보고 싶다는 분이 너무 많아요. "너무 팬이라서
그런데 언제 밥 한번 먹어요." 하는 연락이 정말 많이
오는데, 당연히 감사하죠. 근데 저는 잠을 쪼개가면서
일하는데 이 제안을 매일매일 너무나 순수한
표정으로 받는다고 생각해 보세요. 나가서 두 시간 반
동안 미팅하고 들어왔을 때 우리의 참담함.
나 집에 언제 가? (웃음)

　　　그러니까 처음에는 거절을 못 했어요. "거만해지지
말자, 내가 뭐라고 이걸 거절해?" 하고 다 받았는데,
이제는 거절하죠. 내 시간은 너무 한정적이니까요.

ⓔ 그러니까 돈보다 시간이 중요하게 된 거죠. 내 시간과
체력이 돈보다 중요해서 돈으로 살 수 있으면 기꺼이 쓰게
되고요. 그렇다면 디에디트의 목적, 비전, 향후 새로운
계획은 무엇일까요? 저는 약간 그런 것도 있거든요, 항상.
"이게 언제 끝날까?"

　　　ⓜ 완전 공감해요! 저희도 맨날 "이걸 언제까지 할

수 있을까?" 해요. 지금 사실 디에디트란 이름 안에서 되게 많은 분야를 다루고 있잖아요. 근데 앞으로는 분야별로 전문성을 키워서 하나씩 전문 매체를 따로 뺀 형태의 버티컬 미디어를 만들고 싶어요. 제가 원래 에디터를 꿈꾸던 사람으로서 디에디트를 만들 때 가장 크게 생각했던 건 디지털에 최적화된 매거진을 만드는 거였어요. 더 이상 종이를 보지 않고 모든 것을 스마트폰이나 PC로 보는 시대에 어떻게 하면 이 콘텐츠를 디지털에 최적화해서 보여줄 수 있을까. 이 고민을 정말 많이 했거든요. 그래서 앞으로는 좀 더 전문적이고 세분화된 매체들을 만들어서 버티컬 미디어처럼 하면 좋지 않을까. 근데 이걸 하기 위해서는 사실 굉장히 많은 투자도 필요하고 더 많은 고민도 필요한 거라서 이걸 섣불리 입 밖으로 꺼내기 좀 조심스럽기는 해요.

🅔 조직을 나와서 독립적으로 비즈니스를 해오면서 배운 가장 큰 교훈을 꼽는다면 뭐가 있을까요?

🅜 이건 제가 회사를 운영하면서 느낀 건데, 아마 회사를 창립하신 분들은 꼭 이런 딜레마를 한 번씩 겪으실 거예요. 처음엔 회사가 되게 작으니까 인사부터 경영 지원까지 모든 업무를 대표가 다 하잖아요. 직원이 없으니까. 근데 회사가 커지면 그 업무를 직원을 고용해서 나눠줘야 한단 말이에요.

그게 어려워요. 사람을 믿어주는 게 생각보다 쉽지
않아요.

　　또 직원들이 성장하려면 어느 정도 시간을
갖고 기다려야 하는데, 보통 '내가 저거 하면
두 시간이면 끝나는데 왜 못하고 있지' 이런 생각을
하게 마련이거든요. 직원을 믿어주고 내 일을 남한테
분배하는 게 어렵더라고요. 회사가 점점 커지고 또 더
커지려면 대표는 실무를 직원들한테 맡기고 다른 일을
하러 가야 하거든요. 어쨌든 대표는 한 명인데 그 일을
한 사람이 다 끌어안고 있으면 회사가 더 커지지 못하는
거예요.

　　그래서 저희는 지금 회사를 운영하면서 일을
배분하는 걸 배우고 있어요. 조직에 시스템을 만들고
조직을 만들어가는 것들을 배우고 있는 것 같아요.

　圈　이것도 사업을 하면서 정말 중요한 부분이죠. 위임하는 것.

　　　Ⓗ　내가 다 할 수 없다는 걸 받아들이는 거죠.
객관적으로 내 역량을 알아야 하는 일이고요.

　圈　그런 고민은 안 해보셨어요? 내가 좀 뒤로 빠지고 영상
출연도 점점 줄이고 아랫세대를 키우는 거죠. 《뽀뽀뽀》의
뽀미 언니처럼. (웃음) 저는 그것도 괜찮은 방법일 것 같다는
생각이 들거든요.

　　　Ⓗ　이상적인 방법이죠.

ⓜ 디에디트는 처음에 작은 웹사이트로
시작했잖아요. 글 쓰는 에디터 역할로 시작했지만,
저희가 지금은 웹사이트에 그렇게 많은 글을 쓰고
있지는 않아요. 예전에는 일주일에 다섯 개 기사가
나가면 그 다섯 개를 저희 둘이 다 채웠었어요.
지금은 거의 한 달에 한두 개 정도만 쓰고 있고요.
나머지는 외부 필자분들이 써주고 계세요. 근데 이걸
결정하기까지 저희가 정말 많은 고민을 했어요.
사람들은 에디터 H와 M의 글을 읽으려고 오는 걸
텐데 우리가 안 쓰면 이게 잘될까 싶었거든요. 지금은
기우였다고 생각해요.

그러니까 디에디트가 브랜딩이 되면서 디에디트
안에서 소화하는 콘텐츠에 대한 신뢰가 생겼어요.
누가 글을 써도 즐겁게 봐주시고요. 실제로 저희가
모시고 있는 외부 필자분들이 굉장히 전문성 있는
분들이에요. 오히려 저희보다 훨씬 더 좋은 글을
써주시는 분들이어서 꼭 우리가 글을 쓰지 않아도
괜찮다고 느꼈어요.

근데 유튜브 채널은 아무래도 얼굴과 목소리가
나오는 직접적인 채널이다 보니까 아직은 섣불리
시도를 못 하고 있죠. 언젠가는 해야 하는 일인 것
같아요.

ⓔ 디에디트는 경제적으로 자리 잡기까지 얼마나

걸리셨어요?

　　Ⓗ　군이 따지자면 1년 정도였던 것 같아요. 사실
초반에는 저희가 워낙 돈 생각하지 않고 사업을
시작했으니까요.

　　Ⓜ　처음엔 진짜 가난했거든요. 저희 디에디트
체크카드 통장에는 500만 원 있는데, 둘이서 사무실도
없어서 카페에서 일했어요. 카페에 가면 커피를
시켜야 하잖아요. 그 지출이 쌓이면 또 만만치 않고요.
근데 어느 날에는 스페셜티 커피가 너무 먹고 싶은
거죠. 그럼 이걸 디에디트 통장에서 써도 되나 하다가
"오늘은 내가 낼게." 이렇게 되고. (웃음) 정말 힘들었죠.
돈도 없고 외고도 많이 하고.

Ⓔ　**수익이 1년 동안 거의 없었으면 포기하고 싶은 순간도**
있었을 것 같아요.

　　Ⓗ　놀랍게도 그런 순간이 또 단 한 순간도
없었어요. 매일매일 성장하는 게 너무 재밌었거든요.
내가 만든 이 소꿉놀이 같았던 게 점점 실체가
생기고 독자가 모이는 걸 보는 것도 너무 즐거웠어요.
독자들의 반응도, 브랜드나 포털에서 오는 연락도
다 신기하기만 했고요. 사실 이게 너무 빨리
진행되었어요. 초반 성장이 무척 빨랐거든요. 그래서
그 성취에 취해서 더 잘하고 싶었어요. 잠을 줄이고
일하는 시간 늘리고. 여기에 완전히 몰두해 있다 보니

“ 처음 1년간 수익이 거의 없었지만,
포기하고 싶은 순간은 단 한 번도 없었어요.
매일매일 성장하는 게 너무 재밌었거든요. ”

사실은 돈 쓸 시간도 없었죠. 왜냐하면 이렇게 변화가 가파른데 그걸 따라 올라가기에도 너무 숨이 차니까.

⊕ 아, 진짜 대단하네요. 회사에 소속되어 에디터로 일할 때와 달리 지금 독립적으로 일하면서 일의 범위가 굉장히 넓어졌잖아요. 대표라는 타이틀이 생겼고 팀 리더의 역할도 하고 있지만, 어떤 변화가 제일 크게 느껴지세요?

Ⓜ 예전에 에디터였을 때는 콘텐츠를 잘 만들기만 하면 저의 일은 끝났거든요. 근데 사업을 하면 경영도 하고 일도 해야 하니까 많이 다른 것 같아요. 가장 달라진 건 내 콘텐츠의 가격을 내가 매길 수 있다는 것.

전에는 내가 쓰는 원고의 적정 금액은 얼마일까 자주 생각했어요. 어떤 실체가 있는 물건이 아니기도 하고, 재료가 들어가는 것도 아니니까 이런 것들은 가격을 매기기가 쉽지 않아요. 이게 프로와 아마추어의 차이라고도 볼 수 있을 것 같은데, 자기가 만든 결과물의 가치를 정확하게 알고 그걸 다른 사람한테 '제가 한 건 이 정도 가격이에요'라고 말할 수 있는 거. 사실 이걸 말하기까지 되게 어려웠어요. 내가 쓴 글이 이 정도 받아도 되나, 이걸 얘기하면 너무 건방져 보이는 거 아닌가. 사업을 하면서 내가 만든 콘텐츠의 가치를 제시하는 게 당연한 거라는 걸 배워가고 있어요.

Ⓔ 내 콘텐츠의 퀄리티를 높이기 위해서 많은 노력을
했다면 그에 맞는 대가를 요구하는 게 당연한 거죠.

Ⓗ 프리랜서를 시작하거나 크리에이터를
시작한 친구들이 제일 어려워하는 게 그거예요. 이걸
얼마 받아야 하지? 비싸다고 하네. 어떡하지. 왜 더
해달라고 하지? 추가 비용을 청구할 수 있나? 이걸
굉장히 어려워하거든요. 왜냐하면 우리 사회가 돈에
대해서 말하는 걸 조금 천박하다고 생각하잖아요.
연봉 협상할 때도 분명하게 "저는 이런 성과를 냈으니
월급이 정확히 얼마 올랐으면 좋겠습니다." 말해본
사람 거의 없을 거예요. 이렇게 말하면 "넌 돈 때문에
회사 다니니?" 그럴 것 같고.

Ⓜ 돈 때문에 회사 다니는 거 맞죠. (웃음) 프로는
자기가 만든, 자기가 잘할 수 있는 기술로 먹고사는
사람들이잖아요. 이걸로 생계를 유지해야 하니까 그걸
요구하는 게 너무 당연한 거예요. 사실 일은 돈 벌려고
하는 거잖아요. 그러니까 "나는 이걸 하는데 내 가치는
이 정도고, 그러니까 이 정도는 주셔야 해요."라고
당당하게 말할 수 있는 게 정말 필요한 것 같아요.

Ⓔ 디에디트가 지금은 다양한 방식으로 콘텐츠를 선보이고
있잖아요. 같은 주제의 콘텐츠로 기사도 만들고 영상도
만들고 뉴스레터로 표현하기도 하고. 지금 운영하시는
채널별로 콘텐츠에 차별화를 두는 포인트가 있으실까요?

Ⓗ 채널마다 모든 지표를 갖고 있지는 않지만
저희가 판단하기에 나이, 성별 그리고 직업이나
성향에도 분명히 차이가 있다고 생각해요. 처음에는
그런 게 없었는데 두 개의 유튜브 채널에 성별이랑
나이가 확연하게 갈리는 걸로 나오더라고요.
뉴스레터를 시작하면서 그 생각이 더 커졌어요.
그래서 저희 나름대로 채널별로 독자의 페르소나를
다르게 상정해서 콘텐츠를 만들고 있어요. 실제로
똑같은 콘텐츠를 유튜브 채널에서 선보였을 때는
'와, 진짜 대박이다. 꿀팁 알아갑니다'라고 댓글이
달렸는데, 같은 걸 뉴스레터에 소개했을 때는 '알고
있는 거라서 좀 실망이네요. 디에디트 좀 분발해
주세요' 이런 피드백이 돌아오는 경우도 있어요.
그걸 보면서 한쪽에서는 되게 각광받는 게 다른
곳에서는 불편하거나 별로일 수 있다는 걸 알게 된
거죠. 저희는 사실 원 소스 멀티 유즈로 하려고 했어요.
같은 콘텐츠를 말투와 제목만 바꿔서 다양한 타깃에
가닿도록 여러 채널로 발행하는 거죠. 근데 채널마다
각각 좋아하는 게 너무 달라서 멀티 소스 멀티 유즈가
된 거예요.

Ⓜ 사람은 한 명인데. (웃음)

Ⓗ 그래서 아이템 회의를 할 때 유튜브에서
안 될 것 같다고 미뤄뒀던 걸 뉴스레터에서
다시 부활시키기도 해요. 유튜브에서 안 됐던 게

인스타그램에서 대박이 나기도 하고 그렇거든요.

⬭ 되게 어렵겠어요. 하나 해놓고 그냥 쫙 풀면 너무 좋은데.

Ⓗ 중복되게 하면 또 피드백이 와요. "나는 디에디트를 전부 구독하는 사람인데, 유튜브에서도 보고 웹사이트에서도 보고 뉴스레터에서도 보니까 불필요하다. 나에게 새로운 정보를 달라." 아주 분명하게 이런 피드백이 와요.

⬭ 그렇다면 콘텐츠를 만들 때 이건 꼭 지킨다 하는 원칙이 있으실까요?

Ⓜ 저희는 무조건 예뻐야 한다는 것. 여기서 예쁘다는 건 물론 미적인 것도 포함되지만, 미적인 것만 말하는 건 아니에요. 우리의 콘텐츠가 좀 더 잘 보일 수 있게 하기 위한 것을 통칭하는 거죠. 더 잘 읽히게 하고 독자들이 더 쉽게 다가올 수 있는 부분을 생각하는 거예요. 그러다 보니 '이건 디에디트다운가?'를 항상 고민해요.

⬭ 그건 진짜 맞는 것 같아요. 웹사이트도 진짜 멋있거든요. 저는 까탈로그도 보고 있는데 그것도 무척 예쁘고요. 콘텐츠 만들 때 콘텐츠 시리즈별로 로고나 작은 디테일까지 세세하게 다 만드시잖아요. 어떻게 보면 굳이 안 해도 되는 걸 하는 거잖아요.

Ⓜ 맞아요. 왜냐면 멋있게 보이고 싶으니까. (웃음) 저희는 모든 콘텐츠를 만들 때 '멋있게 보이는가? 멋있게 보이고 싶다' 여기에 신경을 많이 쓰는 편인 것 같아요.

그리고 또 신경 쓰는 게 있는데요. 저희는 에디터의 캐릭터를 굉장히 중요하게 생각하는 매체예요. 영상에서는 저희 얼굴이나 목소리가 잘 나오니까 너무 당연하게 캐릭터가 드러나잖아요. 사실 뉴스레터나 기사, 인스타그램 같은 경우에는 글이라는 매체를 통해서 독자들한테 다가가기 때문에 에디터의 캐릭터가 좀 덜 드러날 수 있거든요. 근데 저희는 글을 읽었을 때도 이걸 말하고 있는 에디터의 목소리로 읽혔으면 좋겠어요.

그래서 기사를 쓸 때 항상 "안녕, 나는 에디터 M이야." 이런 인사말로 시작하고요. 뉴스레터인 까탈로그 같은 경우도 콘텐츠 시작 전에 에디터의 캐릭터를 넣어서 이 글을 쓴 사람이 어떤 에디터인지를 드러내요. 실제로 "글을 읽고 있는데 에디터의 목소리가 들렸어요."라는 피드백을 많이 받고 있는데 많이 신경 쓰는 부분이에요.

Ⓔ **진짜 그런 것 같아요. 그리고 유튜브를 보면 각자 캐릭터가 다 있잖아요. 그걸 알고 보면 더 재밌더라고요.**

Ⓜ 뭐랄까, 어떤 물건을 추천했을 때 우리 회사

과장님, 대리님이 "야, 이거 좋대." 이렇게 속삭여주는 듯한 느낌을 주고 싶거든요. 그게 더 추천의 효과가 있고, 거리도 가깝게 느껴지고요.

ⓔ **그러고 보면 유튜브 진짜 일찍 시작하셨잖아요.**

ⓗ 저희는 몰랐는데 지금 돌아보니까 일찍 했더라고요. 그때는 레드오션에 뛰어든다 그랬거든요? 저희도 우리가 지금 해서 되겠나 하는 마음이 있었어요. 그래서 저희끼리 "우리는 2세대 테크 유튜버야."라고 생각했는데, 지금 돌아보니 1세대였어요. (웃음)

ⓔ **지금은 유튜브 같은 뉴미디어가 엄청난 영향력을 갖고 있잖아요. 오랫동안 이 업계에서 일해오셨는데, 뉴미디어 시장의 변화를 체감하시나요?**

ⓗ 저희가 디에디트를 시작하기 전에 레거시 미디어라고 할 수 있는 기존 언론사에서 일해봤기 때문에 이 변화가 더 체감되는 것 같아요. 가장 직접적으로 말하자면 마케팅 예산 자체가 달라졌어요. 저희가 이걸 시작할 때만 해도 디지털 마케팅이 굉장히 형식적인 단어였어요. 언론사, TV, CF, 어디를 가도 마케팅 예산을 약간 끌어와서 "이번엔 디지털을 해보자." 이런 느낌이었죠. 지금은 모든 예산이 애초에 디지털에 다 집중돼 있어요.

"

디에디트는 무조건 예뻐야 해요.
여기엔 단순히 미학적인 것뿐만 아니라
우리 콘텐츠가 더 잘 읽히고,
독자와의 거리감을 좁히는 것까지 포함돼요.

"

밤을 새도 재미있고 돈을 못 벌어도 재미있어서

그래서 예전에는 저희한테 들어오는 광고가
기존의 미디어를 답습하는 형태에 가까웠다면 지금은
애초에 처음부터 크리에이터와 브랜드가 협업해서
같이 기획하는 것 같아요. 제품 자체가 특정 유튜브
채널이랑 같이 오픈이 되기도 하고요. 마케팅 플랜
자체가 바뀐 거죠. 그만큼 크리에이터들의 파워도
많이 세졌다고 느끼고요.

(예) **약간 구석에 있던 게 메인으로 온 거죠.**

(M) 예전에 잡지사 어시스턴트로 일했을 때
제가 있었던 팀이 디지털 팀이었거든요. 그게
2011년도였어요. 그때는 정말 디지털이 편집부에서는
약간 구석에서 눈치 보면서 하는 거였거든요. 예를
들면 어떤 연예인이 화보를 찍으면 디지털 팀은 가서
되게 눈치 보면서 있다가 살짝 찍고 오고요. 제가
듣기로 요즘은 전세가 역전돼서 디지털을 하면서
지면을 끼워주기도 한다더라고요.

(H) 정말 많이 변했죠. 고작 10년도 안 되는
시간인데 말이에요.

(예) **그렇군요, 콘텐츠 만들 때 아이디어 기획은 주로 어떻게
하세요? 정기 회의 같은 게 있나요?**

(H) 이런 질문을 진짜 많이 받는데 사실 저희는
시간을 정해놓고 하는 회의는 거의 없어요. 진짜

필요할 때 의견을 취합하고 결정하죠. 예를 들면 마감 직전에 "지금 회의하겠습니다."라고 하면 앉은 자리 그대로 입으로만 만나요. (웃음) 공유한 페이지 열어놓고서 "1번 뭐뭐, 2번 뭐뭐, 3번 킬, 4번 어떻게 해?" 이런 식으로 합니다. 서로 확인하고 "나는 좋은데.", "나는 싫은데." 하고 빠르게 의견을 교류하죠.

근데 이게 어떻게 가능한 거냐면, 저희는 항상 레이더를 세우고 다녀요. 그러니까 막 그냥 길거리 다닐 때도 '요새는 저런 걸 해?' 관심을 갖고 보고요. 인스타그램에 광고 뜨면 다 캡처하고. 괜찮은 광고 보이면 찍고. 친구들이랑 대화하면서도 "근데 친구들 요새 뭐 한대?" 물어보고요.

무라카미 하루키가 그랬잖아요. 좋은 글을 쓰려면 메모를 해야 한다고. 그런 것처럼 에디터들도 계속해서 조금씩 모아놔야 해요. 예를 들어 오늘 이렇게 앤드류 님을 만났는데 '앤드류 님은 초록색 태블릿 PC 커버를 쓰고 있다, 초록에 미친 사람이구나' 이런 것들을 기록해놓는 거예요. 그렇게 모아두면 나중에 어느 순간 꺼내 쓸 수 있게 돼요.

🅐 **세상의 모든 게 영감이군요.**

Ⓜ 에디터라는 직업은 항상 트렌드의 최전방에 서서 그걸 흡수한 다음에 내 언어로 소화해야 하잖아요. 그래서 항상 주변을 살피고 레이더를

세우는 게 되게 중요해요. 예를 들면 내가 팔로우하고 있는 사람들, 내가 보는 페이스북 피드, 유튜브, 이런 것들을 모두 트렌드에 민감한 사람들로 구성해놔야지 그 정보가 자연스럽게 소화되거든요. 정보들이 나한테 모일 수 있도록 만드는 장치가 되게 중요한 것 같아요.

(옌) 굉장히 중요한 포인트네요. 내가 보는 것들을 그런 사람들로 채워놓는 것.

(M) 네, 그럼 조금 더 쉽게 정보를 캐치할 수 있고 트렌드를 빠르게 따라갈 수 있는 것 같아요.

(옌) 디에디트의 브랜드 파워가 굉장히 커지고 있잖아요. 구독자수가 점점 늘어나고 채널도 늘어나면서 혹시 두려울 때는 없으실까요?

(M) 이건 아마 둘의 답이 다를 것 같아요.

(H) 지금도 별로 유명하지 않고 여전히 목마르고.

(옌) 더 유명해지고 싶다?

(H) 네, 저는 더 유명해지고 싶고 더 영향력을 갖고 싶어요. 하고 싶은 얘기도 많고, 쓰고 싶은 것도 너무 많고요. 저는 되게 욕심이 많거든요. 욕망도 되게 투명한 사람이고요. 그래서 사실 지금도 전혀 유명하다고 생각하지 않아요. (웃으며) 굉장히 목마른 상태고 전혀 두렵지 않아요. 여러분! 저는 지금 준비가

돼 있어요!

(M) 저는 좀 달라요. 저는 하다못해 싸이월드도
안 하던 사람이었거든요. 한 번도 유명해지고 싶다고
생각해본 적이 없어요. 제가 원했던 건 그냥 업계
사람들 사이에서 일 잘하는 사람이라는 평가 정도의
명성이었어요. 그래서 지금 이 상황이 저는 조금
어렵고 불편할 때가 있어요. 가끔 그런 생각을 해요.
혹시 내가 나한테 맞지 않는 옷을 억지로 껴입고 있는
게 아닐까.

(에) 그럼에도 계속 이 일을 해야 하잖아요.

(M) 네, 근데 6년 전이랑 비교하면 좀 변하기도
했고 이제는 관종력도 생겼어요. (웃음)

(H) 그리고 본인이 약간 샤이한 면이 있는 거에
비해서 연예인으로서의 끼가 분명히 있다니까요. (웃음)

(에) 이제는 디에디트다움을 알아봐주시는 분들이 많잖아요.
그들을 만족시켜야 한다는 생각 때문에 더 열심히 하게 되는
것도 있지 않을까요? 미디어 채널을 운영하니까 팬덤도
생기잖아요. 포기할 법한 상황이나 너무 힘들 때도 도움이 될
것 같아요.

(H) 저희는 이거를 팬덤이라고 생각하고 있지는
않아요. 솔직하게 말씀을 드리면 정말 저희한테
열광한다기보다는 저희가 추천했던 어떤 제품이나

전달한 이야기들이 사람들한테 공감되는 것 같고요.
저희는 기본적으로 연예인 같은 존재도 아니고 굉장히
평범한 사람들이잖아요. 실제로 "언니가 추천한 제품
사서 너무 좋았어요. 이거 선물했더니 친구가 너무
좋아했어요. 회사에서 저보고 막 센스 왕이라고 해요."
이런 이야기를 정말 많이 들어요.

그러니 그게 저희라는 사람 자체에 대한
팬덤이라고 생각하지는 않아요. 같이 살아가는
사람들의 공감대라고 생각하죠. 그래서 오히려
항상 그 기대를 충족시켜야 한다는 부담이 확실히
있어요. 별로라고 생각하면 어떡하지? 사실은 저희가
시작했을 때에 비해서 나이가 적지 않은데 내가 좀
뒤떨어지면 어떡하지? 더 이상 트렌디하지 않으면
어떡하지? 이런 스트레스가 사실 굉장히 크죠.

🍷 계속 일을 하고 싶은 마음에서 오는 스트레스인 거죠.
유튜브에서 돈이나 재테크 얘기를 하셨었잖아요. 돈을
아끼는 것도 중요하지만 잘 쓰는 것도 되게 중요하다고. 잘
쓴 돈이랑 잘못 쓴 돈은 어떻게 다르다고 생각하세요?

Ⓗ 제가 한 소비를 시간이 흐른 뒤 돌아봤을 때
분명히 잘 쓴 돈, 잘못 쓴 돈이 있거든요. 근데 그건
너무 개인적인 입장에서 판단한 거니까요. 좀 다른
얘기일 수도 있겠지만 소비를 판단하는 것에 대해
이야기하고 싶어요. 우리가 누군가의 소비를 보고

"쟤는 저걸 왜 샀어?" 이렇게 너무 야박하게 개인의
소비를 판단하는 게 아닌가라는 생각이 들더라고요.
솔직히 말하면 저는 제가 생활하는 분야에서
돈을 아끼는 분야가 거의 없는 것 같아요. 지금의
저는 소비를 통해서 콘텐츠를 만들고 부가가치를
창출하니까 경험에 대한 투자를 아끼지 않는 편인데요.
그렇다고 제가 맨날 5성급 호텔에서 자고 명품관을
털고 그러는 거 아니거든요. 그럴 돈도 없고 그럴
주제도 안 되고요. 그래서 지금 저는 돈을 아끼는
방법보다는 어떻게 하면 더 벌 수 있을까를 집중해야
하는 타이밍이라고 생각해요.

　　지금 겨우 이 정도 성장한 입장에서는 어디에 돈을
쓰는 게 옳은지 판단하기에 앞서 그럴 돈이 있느냐
없느냐가 더 중요하거든요. 내가 이걸 결국 살 수
있었느냐. 이게 결국 후회할 소비였지만 내가 그때
그걸 지불할 능력이 됐느냐 안 됐느냐가 더 중요한 것
같아요.

　　Ⓜ　저는 실패를 많이 해봐야 성공도 할 수 있다고
생각하거든요. 그래서 자기가 뭘 좋아하는지 알기까지
아주 많은 것들을 사봐야 된다고 생각해요. 저는
소비를 할 때 가성비 좋은 것도 사보고 비싼 사치품도
사보려고 노력하는 게, 끝까지 가봐야지 보이는 것들이
있거든요. 그래서 일단은 계속 사보고 '내가 이런 걸
좋아하네'라는 걸 알아가는 과정은 필요하지 않나 하는

생각을 해요.

◉ 그럼 평소 사보고 싶은 건 다 사보는 편이세요?

Ⓜ 아니요. 그걸 다 샀으면 파산했어요. (웃음) 저는
잠옷, 칫솔, 향수 이렇게 남들한테 보여주기보다 내
생활에 편의를 주는 것들을 더 많이 사는 편이에요.
사실 그것들이 그렇게 비싼 편은 아니고요. 물론 향수
같은 경우는 많이 비싸지만. 그래서 그냥 이것저것
사보고 나는 이런 걸 좋아하네 이건 별로 안 좋아하네,
이런 것들을 계속 찾아가고 있어요. 저도, 아직도.

◉ 이런 건 돈 아끼지 않고 쓴다 하는 기준도 있으세요?

Ⓗ 진짜 안 아끼는 건 택시예요. 모든 대중교통을
아예 끊고 택시를 탄 지 3년 정도 됐는데 이러니까
어디 이동할 때 스트레스가 아예 없더라고요.
서울 시내 안에서는 어디를 가든지 택시를 타요.
이동하면서 메일도 보낼 수 있고, 전화도 받을 수 있고.
진짜 급하면 노트북 꺼내서 일도 할 수 있고, 잠도 잘
수 있으니까요. 그 시간 동안 저는 체력을 아낄 수 있고
스트레스도 줄일 수 있어요. 그리고 가고 싶은 곳, 갈
수 있는 곳의 범위가 되게 넓어지고요.

◉ 나의 취향과 감각을 키우는 데 도움이 된 사람이나
미디어가 있을까요?

ⓗ 아까 저를 믿고 일을 맡겨주었던 편집장님을
이야기했었는데, 저한테는 그분인 것 같아요.
디에디트를 시작할 때도 굉장히 많은 영감과
도움을 주셨어요. 실제로 우리가 아는 모든 걸
그분이 가르쳐주셨거든요. 캠핑, 여행, '진짜' 물건을
사는 법, 전자기기 같은 거요. 굉장히 취향이 많은
사람이었어요. 돈 펑펑 쓰고 다니고. 그래서 그분이
알려줬었던 것들이랑 그분이 말했었던 게 뇌리에 많이
남아 있는 것 같아요.

ⓔ **디에디트의 디에디트가 있었군요?**

ⓗ 네, 항상 말하셨거든요. 싸고 좋은 건 없어,
살까 말까 할 때 그냥 사 봐, 그냥 사서 봐 봐, 끝까지
가서 제일 좋은 걸 써봐야 뭐가 안 좋은지 비교를 하지,
중간급의 평범한 차 타다가 갑자기 포르쉐 타면 당연히
좋지, 그럼 좋다는 것 말고 무슨 말을 할 수 있겠니,
좋은 것 중에서도 여러 개를 써 봐야 비교를 할 수 있지
않니, 아무것도 안 해보면 너는 글을 쓸 수 없다.

ⓔ **저 지금 약간 넘어갔어요.**(웃음)

ⓗ 다 그분이 했던 말이에요.

ⓔ **스스로 취향이 없다고 말하는 분들한테는 어떤 것부터
시작하라고 추천하고 싶으신가요?**

밤을 새도 재미있고 돈을 못 벌어도 재미있어서

Ⓜ 저는 사실 취향이 없는 사람은 없다고 생각해요. 취향이 없다고 말하는 분들은 사람들이 일반적으로 세련되다고 하는 것들에서 좀 빗겨난 사람이거나 아직 자기가 뭘 좋아하는지 못 찾은 분들일 뿐인 거죠. 뭔가를 좋아한다는 감정은 굉장히 본능적인 거라서 좋은 데는 이유가 없어요. 저는 그분들이 취향을 찾아가는 과정이라고 생각해요. 그러니까 너무 다른 사람들 말에 흔들리지 않았으면 좋겠어요.

얼마 전에 그런 글을 봤어요. 요즘은 인스타그램 광고나 마케팅이 워낙 활발하니까 내가 내 취향인 줄 알고 샀던 것들이 사실은 인스타그램 광고를 통해서 주입된 것들이 아니었나라는 생각을 하게 됐다는 거죠. 근데 그 말이 맞거든요. 충분히 가능해요. 내가 뭔가를 힙하다고 생각해서 좋아했는데, 사실은 그게 그냥 내 피드에 많이 노출돼서 내가 힙하다고 느끼는 걸 수도 있거든요.

그럴 때는 잠시 SNS를 끊어보고 집에 있는 물건들을 하나하나 살펴보면서 내가 정말 마음에 들었던 물건이 뭔지, 정말 나한테 울림을 줬던 물건은 무엇인지 한번 생각해보는 기회를 갖는 게 좋을 것 같아요.

Ⓔ 그렇다면 취향은 후천적으로 발전시킬 수 있다고 생각하시나요?

Ⓗ 그렇죠. 너무 당연하죠. 모든 사회적인 감각이 그렇듯이 취향도 그래요. 그러니까 취향에 대해서 사람들이 어떤 열등감을 갖거나 우열을 가리는 게 저는 사실 좀 싫어요. 어떤 향수를 좋아하고 어떤 인센스를 피우고 어떤 운동화 브랜드를 좋아해야만 취향이 아니거든요. 바꿔 말하면 굉장히 열심히 저축하고 쓰지 않는 것도 취향이에요.

Ⓜ 그리고 취향이라는 건 나이가 들면서 계속 바뀌어요. 영원한 건 없어요. 1년 전에는 너무 세련되고 맘에 들어서 샀던 것이 나중에 보면 별로일 수도 있고요. 자신한테 너무 박하게 굴지 마세요. 취향이라는 말에 너무 얽매이지 마시고요.

Ⓔ 디에디트 처음 시작했을 때는 진짜 돈 쓸 시간도 없이 일했다고 했잖아요. 요즘도 그러세요?

Ⓜ 생각해보면 저는 사업하고 1년 동안이 제일 행복했던 것 같아요. 저희가 사업을 운영하고 2년, 3년쯤 됐을 때가 진짜 힘들었던 것 같고요. 저희는 에디터 개인의 취향이나 캐릭터를 많이 드러내는 콘텐츠를 만들잖아요. 그렇게 하다 보니 저희 옛날 연애사도 끄집어내서 얘기하고. 근데 이렇게 3년 정도 콘텐츠를 만들다 보면 더 이상 내 안에 남아 있는 게 없어요. 그러니까 뭔가 채워지는 게 없이 계속 꺼내서 쓰기만 하니까 어느 순간 속이 텅 빈 것 같은 느낌이

들더라고요.

어느 날 저희가 평소랑 똑같이 새벽까지 야근을
하고 있는데, 에디터 H가 되게 허무한 얼굴을 하고
말하더라고요. "나한테 이제 남은 문장이 없다."

📝 그 말 너무 슬프네요.

Ⓜ 전형적인 번아웃의 증상이잖아요. 그 말을
듣는데 너무 마음도 아프고 우리 이대로 계속 갈 수
있나 이런 생각을 했던 것 같아요.

Ⓗ 그리고서 에디터 M이 '여기서 H가 쓰러지면
지장이 온다. 빨리 얘를 달콤한 말로 치켜세워야겠다'
그랬던 건지 "그러면 선배, 외국 가서 일하고 싶다고
그랬잖아요. 한 달 살기. 그거 하든가." 말을 던진 거죠.
(웃으며) 그래서 제가 그날 이 바보 같은 녀석이 툭 던진
말에 전 세계 지도를 펼쳐놓고서 에어비엔비를 다
찍어와서 다음 날 브리핑했어요. "봐라, 이게 내가 찾은
에어비앤비다."

Ⓜ 저는 너무 무서웠어요. 아니, 저희 그날
되게 늦게 퇴근했거든요. 근데 다음 날 와가지고
"내가 에어비앤비 숙소 리스트 찾아왔어." 이러면서
리스트를 보여주는데 '아차, 내가 입을 또 함부로
놀렸다' 이런 생각을 한 거죠. (웃음) 그때부터 폭주
기관차를 타고 '폭폭' 이러면서 떠났어요. 그리고 두 달
있다가 나온 게 '어차피 일할 거라면' 시리즈고요.

밤을 새도 재미있고 돈을 못 벌어도 재미있어서

Ⓔ 전 사실 디에디트를 그 시리즈로 처음 알았어요. 보면서
이분들 정말 멋있다 싶은 거예요. 어떻게 해외에 나가서 일할
생각을 하지? 심지어 구독자 두 명을 데리고 가서. (웃음)

Ⓗ 맞다! 그런 것도 했었어요. 시칠리아에 갔죠.

Ⓔ 그때 얼마나 준비해서 가신 거예요?

Ⓗ 두 달 정도 걸린 것 같아요.

Ⓜ 속전속결이었어요. 워낙 폭주기관차 같은
사람이어가지고. (웃음)

Ⓗ 그리고 그전까지는 저희가 한 번도 광고
제안을 먼저 넣었던 적이 없어요. 솔직히 말하면 그럴
필요가 없었거든요. 근데 그때 처음으로 제안서를
써서 '저희가 이제 포르투에서 한 달 살기를 하면서
콘텐츠를 만들 예정이니 해외에서 광고 촬영이
가능하다, 이런 협찬이 필요하다' 요청 넣었고요.
때마침 영상하는 친구 중에 일을 아주 잘하고 경력도
아주 많은데 번아웃이 온 친구를 찾았어요. (웃음) "혹시
너 포르투 갈래?" 그랬더니 솔깃해 하더라고요. 촬영
감독까지 네 명이 갔었죠. 그리고 그 다음 해에는
9명인가 8명 데리고 갔었고요.

Ⓔ 숙소도 너무 멋있었잖아요. 근데 굳이 거기에 문패를
따로 주문 제작해서 걸고, 소품들도 하나하나 준비해서
꾸미시는 것 보면서 '이 사람들은 진짜 심미적인 것에 미친

사람들이다' 생각했어요. (웃음)

ⓜ 저희가 좀 유난스러워요. (웃음) 다 만들어 갔죠.

ⓔ 그런데 거기서 일이 되셨어요? 생활하거나 여행하기도
바쁠 것 같은데 일이 돌아갔나요?

ⓗ 힘들었죠. 사실은 좀 불가능한 플랜에
가까웠었던 것 같아요. '어차피 일할 거라면'이라는
시리즈 자체가 '일을 중단하고 한 달 동안 놀고 올 수
있으면 정말 좋은데, 돈도 없고 일도 해야 하니 일을
가지고 가겠다'라는 거였잖아요. 너무나 아름다운
자연의 풍광이 펼쳐져 있는데 기사 올려야 하고,
영상도 만들어야 하고, 광고 콘텐츠도 만들어야 하고,
커뮤니케이션도 해야 하고, 해외니까 브이로그도 따로
찍어야 하고. 24시간 일을 해도 사실 모자랐어요.

ⓔ 일이 더 많아졌네요.

ⓜ 그럼요. 딱 두 배가 됐어요.

ⓔ 서울에서 하던 일을 그냥 장소만 옮겨서 계속 하는데,
거기에 브이로그도 해야 하고.

ⓗ 네, 적어도 서울에서 브이로그는 안 찍었어요.

ⓔ 광고 협찬 받았으니까 광고도 찍어야 하고요.
어떠셨어요? 번아웃은 해결되셨나요?

ⓗ 음, 해결되고 안 되고를 떠나서, 사실 저는
번아웃이라는 말이 좀 불편하더라고요. 번아웃이라는
단어가 어느 순간부터 유행하면서 저 스스로도 일이 좀
힘들거나 피곤하면 '나 번아웃인가 봐, 더 못 하겠어'
하고 자꾸 약해지는 거예요. 저희가 제일 경계하는 것
중에 하나가 자기 연민이거든요. '나 너무 힘들어, 나
너무 불쌍해' 이런 생각이 스스로에게 어떤 면에서도
도움되지 않는다고 생각해요. 해결할 방법이 없는 채로
진단명만 생기니까요. 이름이 붙으니 내가 더 힘든 것
같잖아요. 그래서 저희는 진짜 힘들 때는 새로운 기획을
해서 더 세차게 내 인생을 끌고 나가 성취감을 얻으려고
해요. 인생에서 진짜 힘든 건 '내가 도태되고 있다, 내가
가라앉고 있다'라는 느낌이 나를 잠식하는 거거든요.
그럴 때 온전하게 몰입해서 해냈다는 성취감을 느끼는
거죠. 그렇게 하니까 너무 힘들어서 생각할 겨를도
없이 지나가더라고요. 이게 반드시 좋은 방법이라는
건 아니에요.

ⓔ 맞아요. 해결책은 없으면서 진단명만 있다는 말에 저도
정말 공감이 가요. 자기 연민에 빠지면 안 된다는 것도 좋은
방향성이라는 생각이 들고요.

ⓗ 번아웃이 왔다는 걸 인지하는 것 자체는
좋다고 생각해요. 스스로를 돌아보고 진단하는 것도
인생에 굉장히 중요한 부분이잖아요. 근데 그거에

대한 역치를 너무 낮게 두면 내 능력치가 떨어지기
마련이에요. '나는 지금 번아웃이니까 쉬어야 해,
번아웃이라서 할 수 없어'라고 스스로 타협하고 너무
나약하게 마음먹을까 봐 그게 조금 염려됐어요.

📱 근데 일은 진짜 많이 하시잖아요. 혹시 생산성을 높이는
데 도움되는 루틴이 따로 있으실까요?

        Ⓗ 사람마다 일하는 스타일이 다르니까 정답은
없죠. 저에게도 비효율적인 부분이 있을 거고요.
그래도 제가 일할 때 어떻게 하는지 생각해보면,
수많은 일이 밀려 있을 때 저는 무조건 하기 싫은
것부터 해요. 그래야 일하는 속도가 나요. 뒤로 갈수록
힘이 빠질 텐데 힘이 빠졌을 때 좋아하는 걸 해야
그나마 마무리할 수 있거든요.

    그래서 '싫어하는 것부터 빨리 쳐내야 마감을
어기는 일이 없다'가 저의 철칙이고요. 두 번째로 이건
사업을 좀 오래 하면서 깨닫게 된 건데, 업무에서 가장
비효율적인 건 정신적인 스트레스를 받는 거예요.
어떤 일을 하는 과정에서 스트레스가 너무 심한데
비용을 써서 해결할 방법이 있다면 비용을 씁니다. 혹은
뭔가를 포기해서 해결된다면 저희는 포기해요. 이건
회사 차원에서도 마찬가지예요. 대표가 정신적으로
스트레스를 받거나 지치지 않는 방향으로 일을
진행하는 거죠. 왜냐하면 그런 스트레스가 쌓여서

결국에는 비효율성으로 돌아오는 거거든요. 다 사람이 하는 일이잖아요.

Ⓔ 스트레스만 잘 조절해도 효율이 훨씬 올라가니까요. 진짜 스트레스 때문에 버리는 시간과 비용이 꽤 크잖아요. '시발 비용'이라고 '시발 시간'도 있거든요. 스트레스가 심해지면 '몰라, 나 TV나 볼래' 하면서 무용하게 시간을 써버리곤 하는 거죠. 그럼 스트레스 관리하는 방법이 따로 있으신가요?

Ⓗ 술을 마셔요. 그리고 고양이를 키우기 시작했기 때문에 고양이에게 말해요. 사람에게 말하듯이 우리 고양이한테 말을 겁니다. 운동도 좀 시작해 봤는데요. 홈트도 이제 네 달 정도 했는데 솔직히 말씀드리면 크게 도움되지는 않았어요. (웃음)

Ⓔ 저는 그냥 밖에 나가서 걸어요, 하염없이. 그러면 마음이 안정되기는 하지만 한 시간은 걸어야 하니까 효율적이진 않죠. 아니면 신나는 노래 틀고 억지로 "아하하, 일 너무 재밌다." 하면서 스스로 암시를 걸기도 하고요.

Ⓜ 저는 집 청소를 해요. 사업하면서 배운 것 중에 하나가 제 인생에 제가 컨트롤할 수 없는 게 굉장히 많다는 거예요. 그래서 내가 확실하게 컨트롤할 수 있는 부분을 어느 정도 남겨놓으려고 하고 있고요. 그게 저에게는 독립한 집이에요.

밤을 새도 재미있고 돈을 못 벌어도 재미있어서

아무래도 야근을 너무 많이 하니까 저녁 시간을 알차게 쓰는 게 저한테는 좀 사치더라고요. 대신에 출근 시간보다 한 시간 정도 일찍 일어나서 그 한 시간 동안 집 청소나 설거지도 하고 가볍게 운동도 해요. 그러니까 내 하루 24시간 중에서 적어도 이 한 시간만큼은 온전히 내 힘으로 컨트롤하자는 거죠. 그런 시간을 가질 수 있다는 게 중요한 것 같아요. 그게 건강하게 살 수 있는 저의 비결 같은 거랄까. 그래서 만약에 너무 바빠서 그 한 시간이 안 나면 너무 스트레스를 받아요. 바빠서 집 청소도 못하고 집이 엉망이면 저는 혼자 사니까 치워줄 사람도 없잖아요. 아마 모든 분들에게 이런 부분이 하나씩 있지 않을까요? 예를 들면 책상 정리가 잘 안 돼 있으면 힘들다든지.

그러니까 어느 하나는 적어도 내가 온전히 컨트롤할 수 있는 부분을 만들어서 '그래, 내 인생은 엉망이지만 이 부분만큼은 내가 온전히 컨트롤하고 있어' 하는 것을 만들어 놓는 게 건강하게 사는 데 되게 중요하다는 생각을 했어요.

⑩ 맞아요. 청소할 시간도 없어서 막 어질러졌다면 일주일에 하다못해 한 시간이라도 잡아서 청소할 수 있는 시간이 필요한 것 같아요.

Ⓜ 네, 그런 식으로 하면 거기서 또 작은 성취감을

얻거든요. 그런 작은 성취감을 조금씩 조금씩
쌓아나가는 거예요. 왜냐면 내 인생은 어차피 내
마음대로 되는 게 하나도 없고 엉망진창이기 때문에.

(앤) 에디터 M 님은 최근에 이사하셨잖아요. 혼자 살아보니까
어떠셨어요?

(M) 혼자 사는 것 너무 좋아요. 저는 굉장히
만족하고 있어요. 하나부터 열까지 내 삶을 온전히
스스로 책임지고 꾸려나갈 수 있다는 점에서
성장한다는 느낌도 받고요. 힘든 부분도 있지만
굉장히 잘했다고 생각하고, 만족하면서 지내고 있어요.
처음에는 좀 걱정했거든요. 집을 너무 더럽게 쓰면
어떡하지? 정리를 너무 못 하면 어떡하지? 혹시 집에
들어갔을 때 너무 외로우면 어떡하지? 근데 돈과
기술로 모든 것들이 커버되더라고요.
예를 들면 빨래 같은 경우도, 대행해주는 서비스가
너무 잘 되어 있고. 앱으로 바로 할 수 있으니까요.
청소도 그렇고요. 그러니까 내가 할 수 없는 일들을
다른 사람한테 위임하는 거죠. 그렇게 하면 저는 제가
할 수 있는 일만 하면 되니까 너무 쾌적하고 좋아요.

(앤) 아까 이야기하셨던 거랑 같은 맥락이네요. 스트레스를
줄이는 데 비용을 지불해 해결할 수 있다면 비용을 쓰자.

(M) 네, 돈으로 해결할 수 있는 문제는 아무 문제도

어차피 인생은 내 마음대로 되는 게
하나도 없고 엉망진창이기 때문에.
인생의 한 부분만큼은
온전히 컨트롤하면서
작은 성취감을 쌓아가는 게
건강하게 사는 데 중요해요.

"

아니에요.

⊕ 혹시 에디터 H 님은 독립 생각 없으세요?

Ⓗ 에디터 M이 독립한 거 보니까 너무 좋아 보이고 당연히 부럽기도 하죠. 근데 저는 그냥 지금 상황에 맞춰서 사는 게 나은 것 같아요. 솔직히 저는 지금 개인의 삶을 챙길 시간과 정신적인 여유가 없어요. 체력도 없고요. 집에 들어가면 너무 늦은 시간이라 사실 집에서는 아무것도 못 하거든요. 저 자체가 게으르기도 하고요. 그래서 지금 저는 청소도 빨래도 아무것도 신경 쓰지 않아요. 부모님이랑 같이 사니까요. 그러면서 생각하는 건, 이렇게 살지 않으면 나를 챙길 시간이 나에게는 없겠다는 거예요.

⊕ 근데 부모님은 계속 같이 살아도 괜찮다고 하세요?

Ⓗ 그냥 캥거루가 아니라 돈 잘 버는 캥거루는 괜찮아요. (웃음)

Ⓜ 경제적인 독립이 굉장히 중요해요. 그게 내 목소리를 내는 데 중요한 것 같아요.

⊕ 디에디트 라이프 유튜브 채널에서 에디터 M 님은 집도 공개하잖아요. 나의 세이프존을 공개하는 데 어려운 점은 없으셨어요? 사적인 공간에 일이 들어오니까.

Ⓜ 제가 이번에 2년 산 전셋집에서 쫓겨나게

되면서 급하게 집을 구해야 하는 상황이었어요. 근데 어쨌든 새로 구하는 집도 영상에 등장해야 할 테니까 제가 생각한 예산을 넘는 집을 무리해서 구하게 됐어요. 영상을 생각하니까 자꾸 이런저런 조건이 붙게 되는 거예요. 이전 집이 채광이 좀 아쉬웠으니까 영상에서 잘 나오려면 햇빛이 잘 들어왔으면 좋겠고. 그냥 정말 내가 혼자 사는 집이었으면 그렇게까지는 안 했을텐데 말이에요.

사적인 것과 일이 섞인다는 점에서는 그런 것도 있어요. 여행을 가도 이게 콘텐츠가 될 수 있다는 생각을 항상 해요. 이건 에디터의 숙명이에요. 어쩔 수 없어요. 여행 가서도 멍 때리지 않고 뭔가 할 거를 찾아보게 되고 괜히 쓸지 안 쓸지도 모르는데 영상 찍어보고 사진 찍어두고.

근데 이건 제가 선택한 길이니까 거기에 대해서는 더 이상 스트레스 받지 않기로 했어요. 그리고 어느 순간 이런 생각이 들더라고요. 어쨌든 여행 가서 어떤 목적이 하나 더 생긴 거잖아요. 단순하게 내 힐링이나 재미를 위해서 가는 여행이 아니고 콘텐츠를 만들어야 할지도 모른다는 목적이 생기니까 오히려 가만히 있을 것도 좀 더 많이 움직여야 하고. 그래서 저는 좋은 면이 많다고 생각해요.

🗨 **긍정적으로 생각하시는군요.**

Ⓜ 건강한 사람들이에요, 워낙.

Ⓗ 저희가 진짜 정신 상태가 건강한 편이에요.

🔘 그래 보여요. 긍정!

Ⓗ 그리고 제일 무서운 건 콘텐츠가 없는 거예요.

🔘 갑자기 궁금해진 건데 지금까지 일하시면서 휴가는
가셨어요? 그러니까 콘텐츠 아예 안 찍고 정말 쉬기만 하는
휴가요.

Ⓜ 아니요. 저희가 1년 내내 너무 바쁘니까
연말에 몰아서 쉬는 편인데 그때 여행을 좀 다녔어요.
해외도 나가고 그랬었거든요. 근데 그때마다 항상 뭘
찍어오고 콘텐츠를 만들고 했었던 것 같아요. 그리고
막상 그렇게 가면 심심해요. 인스타라도 올려야 할
거 아니에요. 저희가 계속 그렇게 살아왔다 보니까
아무것도 안 하고 멍하니 있지는 못해요.

Ⓗ 그리고 저는 사람들한테 영향력 주는 걸
좋아해요. 나 개인에 대한 관심을 원하는 게 아니고
우리 콘텐츠를 보고 사람들이 도움을 받고, 나도 저기
가봐야겠다 생각했으면 해서. 그래서 그런 부분에서
보람을 느껴요. 당연히 힘들 때도 있지만 그렇게까지
하는 거죠. 천직인가 봐요.

🔘 가만 들어보면 두 분은 굉장히 자신을 잘 아는 것 같아요.

밤을 새도 재미있고 돈을 못 벌어도 재미있어서

Ⓜ 자기 객관화가 저희의 굉장히 큰 장점 중
하나입니다.

Ⓔ **두 분 사이에는 공동 창업자 이상의 뭔가가 있을**
것 같아요. 지금 시점에서 서로가 본인의 인생에 어떤
존재인가요?

Ⓗ 들어볼게. (웃음)

Ⓜ 너무 뻔한 말이지만 정말 가족보다 더 많이
보는, 제일 친한 친구이자 가족 같은 존재인 것 같아요.

Ⓗ 부부죠.

Ⓔ **노부부라는 별명도 있더라고요.**

Ⓜ 맞아요. 순간 순간 이 사람이 싫고 짜증날 수
있어요. 그럴 수 있잖아요. 근데 더 못참겠는 건 남이
이 사람을 욕하는 거예요. 남이 이 사람을 힘들게 하고
스트레스를 주면 저는 그게 너무 화가 나요. "우리
애한테 누가 그래! 나만 욕할 수 있어!" 약간 이런
느낌이죠.

Ⓔ **두 분은 원래 같은 사람인데 자아가 둘로 분리된 것**
같다는 생각이 들어요. (웃음)

Ⓗ 저희가 원래 성격이 많이 달랐거든요?
저는 조금 예민하지만 따뜻하고 정이 많고, 좀
신경질적이지만 애교 많은 성격이었고요. 에디터 M은

조금 무덤덤하고 약간 쿨한 반면 화도 잘 안 냈어요.
성격에 온도 차가 확실히 존재했던 거죠. 근데 이제
저는 애교도 없고 무덤덤하고 쿨해지기까지 했고,
에디터 M은 예민하고 신경질적이 됐어요.

Ⓜ 나쁜 곳에서 같이 만난 거지. (웃음)

Ⓜ **점점 닮아가고 계시군요.**

Ⓜ 닮아가요. 물론 많은 시간을 함께 보내니까
닮아가는 건 당연할 수도 있지만요. 글 쓰는 사람들이니
글에 비유해서 이야기해보자면, '우리는 서로의 문장을
끝내줄 수 있는 사이'예요. 한 사람이 문장을 시작하면
다른 사람은 그 사람의 생각 그대로 마침표를 찍을 수
있어요. 같은 곳을 바라보고 같은 생각을 하기 때문에
가능한 거겠죠. 가끔 그런 얘기하거든요, 서로. 이쯤
되면 서로 동기화된 게 아니냐.

Ⓗ 그리고 직원들한테 어떤 이야기를 전달할 때도
그래요. 제가 이걸 이야기해야겠다 해서 "애들아, 이건
이렇게 하고~" 말을 꺼내면 에디터 M이 옆에서 "내가
방금 얘기했어." 그래요.

Ⓜ 맞아요. 우리 직원들은 약간 힘들 거예요.
똑같은 말을 에디터 H한테 듣고 저한테도 듣고 시간
차로 두 번을 들어야 하니까요. 아, 그리고 저희가
영상을 찍을 때 대략적인 스크립트를 작성하거든요.
그래서 제가 담당해서 초안을 잡으면, 솔직히 에디터

H가 어떤 타이밍에서 어떤 말을 할지 그대로 쓸 수 있어요.

Ⓗ 좀 더 설명하자면 기획한 사람이 대사를 어느 정도 써주고 초안을 전달한 다음, 수정할 것 있으면 하는 식으로 진행되거든요. 에디터 M이 작성한 초안을 받아보면 순간적으로 "응? 내가 쓴 건가?" 할 때가 많아요.

Ⓔ 서로를 이해하려는 노력을 따로 하신 건가요?

Ⓜ 저희는 삶을 바라보는 결이 되게 비슷한 사람들이에요. 그런 사람들이 6년, 7년 동안 동업을 하니까 더 얽혀 들어가서 잘 맞게 된 것 같고요.

Ⓔ 보통 동업하면 서로 잘하는 게 달라야 한다고 얘기하거든요. 서로 하고 싶은 일이 똑같으면 싸운다는 거예요. 그러니까 하고 싶은 일이 같거나 하기 싫은 일이 같으면 누가 할까를 두고 싸우게 되는 거죠. 두 분은 에디터잖아요. 직무가 같고 잘하는 일도 비슷할 것 같은데, 일을 어떤 방식으로 분담하시나요?

Ⓜ 말씀드렸듯이 디에디트는 에디터의 공동체예요. 저희는 에디터 한 명 한 명의 캐릭터를 많이 드러내면서 콘텐츠를 기획하고 있고요. 각 에디터의 취향을 존중하는 매체라고 생각하고 있어요. 그러니 콘텐츠를 만들 때도 취향에 따라서 나누는

밤을 새도 재미있고 돈을 못 벌어도 재미있어서

거죠. 예를 들면 '이건 에디터 B가 좋아할 것 같아, 이건 에디터 H의 취향이야' 이런 식으로요. 이렇게 하니까 오히려 디에디트가 바운더리를 더 크게 넓힐 수 있더라고요. 다양한 취향을 끼워넣을 수 있는 매체가 된 거죠.

⑩ 이렇게 잘 맞는 동업자를 만나는 건 진짜 힘든 일인 것 같아요.

Ⓜ 저희는 성격과 취향이 다른 사람들이라서 잘 맞아가고 있다는 생각도 들어요. 어쨌든 서로 **상호보완적인 관계**라고 할까요? 에디터 H는 언제나 풀액셀을 밟는 사람이에요. 항상 자기가 더 행복할 수 있는 방법을 굉장히 적극적으로 찾고, 찾았다면 그곳을 향해 망설이지 않고 달려가는 사람이죠. 저는 그에 비하면 그런 사람 옆에서 힘을 보태고 조력자 역할을 하는 게 더 맞는 사람이거든요. 정리하고 검토하고 하면서요.

Ⓗ 맞아요. 에디터 M이 정리를 잘 하거든요. 제가 "나 어제 자려고 하다가 생각난 게 있는데~" 말하기 시작하면 그걸 노션에 다 정리해줘요. (웃음)

Ⓜ 이렇게 비유하면 될까요? 풀액셀을 밟은 에디터 H가 운전석에 있다면, 저는 옆에서 기어를 바꾸거나 가끔 브레이크를 살짝 넣는 정도?

Ⓗ 전문가 같은데, 자동차 리뷰어야? 누가 보면

운전면허 있는 줄 알겠어. (웃으며) 운전면허 없거든요.

🅐 하하, 두 분은 사적 영역인 우정과 공적 영역인 일
사이에서의 밸런스를 어떻게 유지하세요? 함께 있는 시간이
길어질수록 둘 다 항상 좋을 수만은 없잖아요.

    🅜 흔히 쓰는 말 중에 워라밸이라고 있잖아요.
'일과 라이프의 밸런스'라는 뜻이죠. 저는 관계에서도
그 밸런스가 중요하다고 생각해요. 그걸 뭐라고
해야 될까요. 릴라밸, 코라밸, 관라밸 아무튼 이런
게 필요하다고 생각하고요. 저희는 월요일부터
금요일까지는 12시간 이상을 붙어 있고 대화를 정말
많이 하는 편이지만, 주말에는 서로 연락을 잘 안
해요. 주말 동안 각자 개인의 시간이 있다는 걸 굉장히
존중하고 정말 급한 일이 아니면 연락을 잘 안 하는
편이에요. 인스타그램 스토리로 그냥 생사 정도만
확인하고요. (웃음) 그리고 만약 부득이하게 연락해야
할 일이 생기면 '미안한데' 하고 꼭 익스큐즈하고
시작해요. 같이 일하는 관계에서도 어느 정도는
개인의 시간, 내가 모르는 개인의 영역이 있다는 걸
존중해야 하죠.

    🅗 맞아요, 이렇게 하는 데도 한 2년 걸렸어요.
처음에는 평일과 주말이 없었기 때문에.

    그런데 또 사람들이 생각하는 것처럼 매일
붙어 있지는 않아요. 서로 좋아하는 것도 다르고요.

에디터 M은 인센스 피우고 차 마시면서 집에 있는 걸 좋아하고, 저는 나가서 와인 마셔야 하고요.

🅐 일, 관계, 사적인 영역 같은 까다로운 질문에 대답이 바로바로 나오는 걸 보면 두 분의 삶이 어느 정도 안정된 것 같아요. 그럼 30대 여성으로서 콘텐츠를 만들면서 스스로를 지켜내는 방법이란 게 있을까요? 실제로 외모 악플도 있다고 들었고요. 저도 종종 외모 지적을 받는데 무척 신경 쓰이더라고요.

🅗 이런 질문들을 많이 받아요. 저희가 이 내용의 영상을 만들기도 했고요. 그 영상에서 저희는 악플은 신경 쓰지 않는다고 말했어요. 여기서 확실히 짚고 넘어갈 점은 '신경 쓰지 않는다'는 말은 저희가 자존감이 높아서 뭐라 해도 안 들린다는 게 아니고요, 아예 신경이 안 쓰인다는 뜻도 아니에요.

그러니까 저희는 외모랑 상관 없는 내용을 다루는 유튜버인데도 불구하고 6년 동안 외모에 대한 평가를 정말 많이 받아왔어요. 둘 다 선글라스를 끼고 있잖아요. 근데 이게 오히려 '어떻게 생겼길래 저 여자애 둘이서 얼굴을 안 보여주고 6년 내내 선글라스를 끼지?' 이러면서 사람들의 잘못된 호기심이 더 비대해져버린 거예요. 사실 한 달 살기 콘텐츠도 만들고 이러면서 얼굴이 노출되는 영상도 꽤 많아요. 근데 그건 보이지 않는 거예요.

최근에 제가 선글라스를 벗고 찍어야만 하는 영상이 몇 개 있었어요. 마스크랑 선글라스를 동시에 끼고 찍으면 콘텐츠 전달이 안 되니까 마스크만 끼고 선글라스를 벗었더니 아니나 다를까 '급실망', '선글라스 벗으니까 아줌마네' 이런 댓글이 달리더라고요. 희화화하기도 하고. 근데 큰 맥락은 그거예요. '선글라스 쓰는 이유가 있었네' 근데 여기서 상처를 받았다기보다 굉장히 자조적으로 '이게 정말 악플일까?' 하는 생각이 들더라고요.

6년 동안 외모에 대해서 자신감이 생긴 건 절대 아니고요. 저희가 처음 영상을 찍을 때는 30대 초반 여자애들이었잖아요. 둘 다 외모에 엄청 집착하는 성격은 원래도 아니었지만 썩 예쁘지 않은 내 모습을 6년에 걸쳐서 저희가 적응한 거예요. 그러니까 아무리 외모에 관심 없는 사람이라도 카메라에 자기 얼굴이 나오고 자기가 말하는 걸 봤을 때, 그걸 객관적으로 바라보기는 어렵거든요.

근데 저희는 그걸 굉장히 오랫동안 봐왔고 '나는 내 생각보다 썩 예쁘지 않아'라는 사실을 받아들이게 된 거죠. 그래서 이 댓글을 받았을 때 내가 자존감이 높아져서 상처를 안 받는다기보다는, 나 스스로 나에 대한 평가가 좀 낮았기 때문에 놀라지 않았다고 볼 수 있을 것 같아요.

제가 지금 인터뷰에서 이 말을 하는 이유는 외모

지적하는 댓글을 괜찮다고 말하지만 그건 비교적
무덤덤해질 뿐이지 상처를 안 받는다는 말이 아니라는
걸 전하고 싶어서예요. 그러니까 모두가 이런 말을 하기
전에 좀 생각해 볼 수 있었으면 좋겠어요.

😊 그렇죠, 내가 괜찮은 게 아니라 반복되니까 익숙해진
거예요. 무시한다고는 하지만 무시하기가 어렵죠. 사적인
이야기로 콘텐츠를 만들 때 두려움은 없었는지 궁금해요.

Ⓜ 있죠. 유튜브에 저희의 생각을 얘기하는 '지금
무슨 생각해?'라는 시리즈가 있어요. 에디터 H랑
저랑 어떤 얘기를 할지 정리하면서 맨날 서로 "이거
괜찮을까?"라고 물어봐요. 저희가 하는 얘기들이
엄청난 인사이트를 주거나 해결책을 제시하지
않는다고 생각하기 때문인 것 같아요.

근데 영상이 나가고 나면 생각한 것보다 너무
많은 분들이 공감해주시고 위안을 얻으시거든요.
저희 영상을 보면서 '저 사람도 나랑 똑같은 고민을
하네' 그것만으로도 위안을 받으시는 것 같더라고요.
그래서 내가 꼭 누군가의 인생을 바꿔주거나 해결책을
제시하지 않아도 괜찮구나. 나의 힘든 점을 말하는
것만으로도 누군가에게 위안이 될 수 있구나 생각하게
됐어요.

😊 유튜브에서 비혼주의 여성으로서, 다양한 롤 모델 중

밤을 새도 재미있고 돈을 못 벌어도 재미있어서

하나로 비치고 싶다고 말씀하셨잖아요. 앞으로 어떤 모습을
보여주고 싶으신지요?

 (M) 저는 그냥 30대 중반 이후의 여자가 계속
결혼하지 않고 잘 사는 모습을 보여주려고 하거든요.
저는 10대 때부터 비혼을 생각해왔어서 엄마한테
계속 세뇌를 시켰어요. "엄마, 나는 결혼 안 할 거야.
나한테 손자 손녀 바라지 마." 이런 식으로요. 어느
순간 엄마가 그런 얘기를 하시더라고요. "혼자 살아도
돼. 근데 혼자 살려면 돈이 있어야 돼." 그래서 돈을
열심히 모으고 있습니다. 돈이 있어야겠더라고요. 혼자
살면서도 멋있고 초라하지 않게요. 때때로 초라할
수도 있죠. 근데 그런 모습도 그냥 보여주고 싶어요.
저렇게 살 수도 있구나.

 (에) 지금 여러 가지 일을 하시잖아요. 콘텐츠를 기획하고,
글도 쓰고, 영상을 찍어서 편집하고, 브랜드도 운영하고.
그중 제일 재밌는 건 뭐예요?

 (H) 제일 재밌는 건 '콘텐츠 반응이 좋을
때'예요. (웃으며) 6년을 해 먹었는데도 불구하고
진짜 유치하게도 여전히 그 순간이 좋네요. 저희
채널이 워낙 많잖아요. 어디든 간에 반응이 팡팡
터지고 갑자기 구독자가 막 올라가면 딱 집중되면서
아드레날린이 막 솟아나요.

엔 도파민 중독이네요. 도파민이 동기부여 호르몬이래요.
그 동기 때문에 계속 일하는 것 같아요.

  H 일반적인 회사생활에서는 이 정도의 자극을
받기가 어렵거든요. 어떤 일을 해도.

  M 근데 가끔 날 사랑하지 않는 연인을 만난다는
느낌이 들어요. 콘텐츠 반응이 어떨지 예측이 잘 안
되거든요. 그래서 유튜브 구독자들이랑 연애하고
있는 것 같아요. 내가 어떤 행동을 했을 때 애가 나를
사랑할지 애가 나를 외면할지 알 수가 없으니까.
그래서 결과에 의해서 도파민도 더 크게 나오고
반대로 실망도 더 크게 느끼고. "이제 더 이상 나를
사랑하지 않는 거야? 내가 질린 거야?" 이렇게
물어보고 싶을 정도로요.

엔 그렇다면 디에디트 말고 개인적인 꿈이나 목표는
없어요?

  H 디에디트가 제 꿈이에요. 제 노후고.

  M 디에디트를 떼고 생각하기 좀 어려워요. 그걸
떼고 생각하면 너무 막막해져요.

엔 진짜요? 일이 삶에 엄청 큰 존재네요.

  H 저는 개인적인 꿈도 콘텐츠를 만드는
사람이었거든요. 그래서 지금 여기가 제 꿈의
절정이에요. 진심으로 그렇게 생각해요. 그리고 저희는

가진 것에 비해서 지금 누리고 있는 것들이 과분하다고
생각하거든요. 항상 생각해요. 내가 잘해서 이렇게 된
게 아니야. 운과 시기와 모든 것들이 맞아떨어졌기
때문이지. 잘 안된 게 다 내 탓은 아니듯 잘된 것도
다 나의 능력은 아니야. 그런 생각을 하면서 제가
이뤄낸 것들과 가지고 있는 것을 당연시하지 않으려고
노력하고요. 또 동시에 '나는 지금 내 인생에 가장 좋은
곳에 있다'고 생각해요.

ⓜ 저희가 제일 되고 싶지 않은 게 뭐냐면,
과거의 추억을 좀먹으면서 과거의 영광에 묻혀 사는
어른이거든요. 그래서 그렇게 되지 않으려고 해요.
조금이라도 성장하려고 노력하고, 무엇보다 자만하지
않으려고 노력하고 있어요.

ⓔ **최근에 머니사이드업이라는 브랜드도 만드셨잖아요.**
만들게 된 계기가 있으신가요?

ⓗ 예전부터 저희 브랜드를 하고 싶은 욕심은
분명하게 있었어요. 저희가 너무 많은 것들을
품절시키고, 망해가는 중소기업을 일으켰잖아요?
(웃음) 그런 걸 보면서 우리 브랜드를 만들어서
우리가 직접적으로 돈에 대한 이야기를 좀 키치하고
유머러스하게 해보고 싶다는 생각이 들더라고요.
재밌게 풀어보고 싶다는 마음에서 아예 브랜드 이름에
'머니'라는 단어를 넣은 거예요.

밤을 새도 재미있고 돈을 못 벌어도 재미있어서

제가 이뤄낸 것들과
가지고 있는 것을
당연시하지 않으려고 노력하고요.
동시에 '나는 지금
내 인생에 가장 좋은 곳에
있다'고 생각해요.

"

ⓔ 머니사이드업에서 다양한 굿즈를 만드셨잖아요. 옷, 컵,
핸드폰 케이스, 커피. 앞으로 어디까지 확장하고 싶으신가요?

ⓗ 지금까지는 시작하는 단계였고요. 올해는
다양한 제품으로 확장하려고 준비하고 있어요.
이전까지는 이런 브랜드가 있다는 것을 알려주는
과정이었다면, 이제는 더 취향을 담아서 일상을 바꿀
수 있는 제품을 만드는 거죠. 우리 브랜드가 품고 있는
'부자가 되고 싶은 나'라는 메시지를 담아서 여기저기
생활 곳곳에 침투할 수 있는 제품들을 계속해서
개발하고 있어요.

ⓔ 머니사이드업의 모토가 '당신이 부자가 되었으면
좋겠어'인데 각자 생각하시는 부자의 모습이 있으신지요?

ⓗ 저는 저예요. 더 부자가 되고 싶은 욕망은
물론 있죠. 그런데 가끔씩 제 삶을 보면서 '어? 나 왜
이렇게 부자지?' 이럴 때가 있어요. 삶이 너무 빨리
바뀌었으니까요. 사업을 한 지는 6년 정도밖에 안 됐고
그전에 받았던 월급은 끽해야 200 얼마였으니까요.
지금은 돈 쓸 시간이 그렇게 많지 않다 보니까 밖에
나가서 밥을 먹고 누구를 만나는 일이 많아봤자
한 달에 네다섯 번이에요. 그러면 그 시간에 나는
굉장히 집중도 있게 돈을 써야 해요. 아낄 틈이 없죠.
사랑하는 사람들을 위해서, 내 가치 있는 시간을
위해서 돈을 아끼지 않는 거예요. 그래서 먹고 싶은

것을 풍족하게 먹을 때마다 '놀랍다, 나의 재력' 이런
생각이 들어요.

Ⓜ 저희가 머니사이드업을 만들면서 부자에
대해 했던 생각이 있어요. 우리가 말하는 부자는
돈이 많고 집을 몇 채를 갖고 있고 연봉이 몇 억이고,
이런 사람들을 말하는 게 아니에요. 생각보다 내가
부자라고 느끼는 순간은 더 소소해요. 예를 들면
야근하고 너무 힘들어서 퇴근길에 네 캔에 1만 원
하는 맥주를 사서 검은 봉다리에 가득 담고 집으로
가는 길에 행복하다고 느낄 수 있는 것.

지금 우리 사회에서 돈을 이야기하는 담론이 두
가지라고 생각해요. 몇천만 원짜리 명품 하울 아니면
1년 동안 1억 모으는 법. 이렇게 너무 극과 극으로
나뉘더라고요. 누구는 너무 많아서 한 번에 몇천만
원을 쓰고 누구는 너무너무 힘들게 돈을 모아야
한다고 얘기하고. 저는 진짜 부자는 그 중간에 있다고
생각합니다. 일상에서 마주치는 좀 더 소소하고,
소소하지만 내가 부자라고 느끼는 순간이 모두에게
있을 거예요. 예를 들면 가족들과의 식사 자리에서
계산했을 때 저는 어른이고 부자라고 느껴요. 이런
순간들을 말하고 싶었어요.

저희가 "너도 부자가 될 수 있어."라고 말할 때
진짜 돈이 많아질 거라는 게 아니에요. 사실 물건을
팔면서 부자가 될 수 있다고 말하는 건 어폐가 좀

있잖아요. 그것보다는 지금 돈에 대한 양분화된
담론이 사실은 우리 스스로를 가난하게 느끼게 하는
것 아닌가, 부자가 되는 길은 좀 더 사소한 일상에 있지
않을까 하는 말을 해보고 싶었어요.

🅔 소확행이랑도 좀 연결되는 것 같기도 하네요.

　　　Ⓜ 맞아요. 시발 비용이랑도 연결되죠. (웃음)

🅔 그 의미가 진짜 좋은 것 같아요. 사소한 일상에 있는
부자가 되는 길. 저도 편의점 가면요, 특히 술 취하고 편의점
갔을 때.

　　　Ⓜ 그때 진짜 재밌지.

🅔 가격 안 보고 다 집어 들거든요.

　　　Ⓜ 그러면서 카드를 내는데 떨리지 않아. (웃음)

🅔 일시불. 지금 빨리 이 하겐다즈 아이스크림 퍼먹어야
된다고. 얼마인지는 모르겠고. (웃음)

　　　Ⓜ 행복하잖아요, 그때.

잘 안된 게 다 내 탓은 아니듯
잘된 것도 다 나의
능력 때문만은 아니에요.
운과 시기, 모든 게
맞아떨어졌기 때문이죠.

"지금까지 인생의 고비를
만날 때마다 발버둥이라도 치면
숨이라도 쉴 수 있었어요.
실패로부터 무엇을 배울지
발버둥 치는 것도 반복하다 보면 늘어요."

이대양
—
닥터베르

웹툰 작가, 라이트노벨 작가, 연구원, 작사가, 작곡가.
서울대학교 박사 과정을 중단하고 3년간 육아에 전념한 경험을
네이버 웹툰 《닥터앤닥터 육아일기》로 풀어냈다.
지은 책으로는 『공대생의 사랑 이야기』(전2권), 『닥터앤닥터 육아일기』(전6권),
『과학특성화중학교 1』이 있다.

"이곳이 웹툰에 논문을 인용한다는 웹툰계 최고 학력 보유 작가님 댁인가요?"

공감대를 불러일으키는 흥미진진한 스토리에 알찬 정보까지 갖춘 웹툰《닥터앤닥터 육아일기》. 아빠가 전업으로 육아한다는 신선한 소재는 독자들의 관심을 사로잡기 충분했다. 그런데 이 웹툰, 심상치 않다. 웹툰 작가는 공학 박사, 아내는 산부인과 전문의. 육아에 전념하고자 서울대학교 박사 과정을 무기한 중단한 그는 척추 골절 사고로 사지 마비에 가까운 상태가 되었다. 그때 그나마 움직일 수 있었던 오른손으로 그림을 그리기 시작한 게 웹툰의 출발점이었다. 거기에 갑작스레 혈액암 4기 판정을 받고도 아이에게 남기는 마지막 선물이라는 생각으로, 그는 연재를 멈추지 않았다.

살면서 마주한 여러 번의 시련이 지금의 자신을 만들어 주었다고 덤덤히 말하는 이대양 작가. 어쩌면 그는 삶이 레몬을 줄 때 레모네이드를 만드는 데 그치지 않고, 레모네이드 회사를 차린 게 아닐까. 자신만의 업을 찾기까지 지난한 길을 걸어온 그의 이야기를 찬찬히 들어보자.

앤 작가님을 보면 제가 좋아하는 한 문장이 생각나요.
"삶이 레몬을 준다면 레모네이드를 만들어라." 여기에 더해
작가님은 레모네이드 회사를 차리셨다고 표현해도 될 것
같아요. (웃음)

이 삶이라는 게 뜻대로 됐던 적은 많지 않은
것 같은데, 그럼에도 불구하고 여기까지 온 걸 보면
기적적인 삶이었다고 생각합니다.

앤 작가님의 이야기를 시작하려면 학창 시절 얘기부터
들어야 할 것 같은데요. 취미로 코스프레를 하셨다고
들었어요.

이 그냥 꽂힌 거죠. 뭔가 해보고 싶다는
마음이 들었어요. 그게 코스튬 플레이였던 거고요.
당연히 공부에 전념해야 할 시기에 그런 걸 한다고
하니 집에서 좋아하진 않았죠. 비용도 적지 않게
들었으니까요. 저희 집이 부유한 집안도 아니었거든요.
그래서 학생인 제 입장에서 부모님께 내세울 수
있는 조건이 "이걸 하는 대신 공부를 더 열심히
하겠습니다."였어요. 저는 어릴 적부터 하고 싶은
것을 하는 대신 공부를 열심히 하겠다는 조건을 잘
붙였거든요. 그걸 계속 반복한 결과 서울대까지 갈
줄은 몰랐지만. (웃음)

⑩ 정말 약속대로 공부를 열심히 해서 서울대에
들어가셨네요.

⑥ 맞아요. 그 합격증서만 갖고 저는 곧장
아르바이트를 구하러 다녔어요. 집 상황이 많이
안 좋았거든요. 그즈음 아버지가 우리 집 마련에
성공하시고, 정말 이제 우리 집이 피는구나
싶었거든요. 그런데 바로 직후에 아버지가 버스랑
충돌하는 큰 교통사고를 당하셨어요. 보험 처리도
오래 걸리고 집 대출이자는 계속 나가니까 당장 집에
딱지가 붙느니 마느니 하는 상황까지 갔어요. 정말
순식간에 안 좋아지더라고요.

그래서 학원 강사로 일하면서 대학교 1학년을
보냈어요. 대학만 가면 정말 꿈같은 날이 펼쳐질
줄 알았거든요. 마음껏 놀고 연애도 하고. 그런데
그런 것들이랑 인연이 먼 대학 생활을 하면서 좀
억울하기도 했어요. 그래도 한편으로는 좋은 대학에
간 덕분에 당장 발등에 떨어진 불을 끌 수 있다는
것에 감사하기도 했고요. 여러모로 굉장히 복잡한
마음이었어요.

⑩ 그렇게 어렵게 대학 생활을 시작하면 주저앉아서
슬퍼하거나 세상을 탓할 수도 있을 텐데요. 그 와중에 인터넷
소설 《공대생의 사랑 이야기》를 쓰셨더라고요.

⑥ 사람의 뇌에는 ACC라는 부위가 있는데, 고통을

처리하는 부분이래요. 극복 의지를 만드는 부분이랑 굉장히 밀접하게 연결되어 있다더군요. 그래서인지 '고통스럽다'는 생각을 '이걸 어떻게 하면 벗어날 수 있을까'로 잘 연결하면, 포기하지 않는 에너지 같은 게 좀 생기는 것 같아요.

처음에는 '웃긴대학'이라는 유머 커뮤니티에 글을 쓰기 시작했어요. 그때 한창 다양한 포털들이 생기던 시점이었는데, 네이트 담당자분이 제 글을 보고는 정식으로 고료를 줄 테니 네이트에서 연재해보자고 제안하셨죠. 그렇게 매주 1화에서 2화 정도 계속 연재했었고요. 지금처럼 웹툰 작가나 웹소설 작가가 돈을 많이 버는 상황은 아니었기 때문에, 한 달에 고료로 20만 원 정도 받았어요. 크지 않은 금액일 수도 있지만, 당시에는 글을 써서 돈을 번다는 게 그리 쉬운 일이 아니었거든요. 그래서 '내가 글을 써서 돈을 벌다니!' 이런 자부심으로 3년 정도 연재했었죠.

⑩ 심지어 인기가 많아지셔서 팬카페도 생겼잖아요.

⑩ 아, 그건 제가 만들었어요. (웃음) 프로와 아마추어의 차이가 무엇인가 생각해봤더니 아마추어는 본인 돈을 써서 하는 거고, 프로는 돈을 받는 거더라고요. 그래서 '돈을 받으면서 글을 쓰다니, 이제 나는 프로구나. 프로라면 팬카페 정도는 있어도 괜찮지' 하는 생각을 했던 거죠. 이후에 출판도 되고

영원히 좋은 것도, 영원히 고통스러운 것도 없으니까요

영화화 계약도 하면서 이 길이 내 길인가 보다 싶어서,
정말 미친 듯이 글을 썼었죠.

⑩ 그때부터 작가로서의 길을 걸어오신 거네요.

⑩ 영화화 이야기가 나오면서 휴학했어요. 공대에
가긴 했지만 글 쪽으로 잘 풀리니까, 내 길은 이쪽인가
보다 생각했거든요. 근데 갑자기 영화사가 도산을
했고 저는 실업자가 됐어요. 원고를 들고 회사를
찾아갔는데, 정말 영화 속 한 장면처럼 사무실이
텅 비어 있더라고요. 어른들이 그런 이야기 많이
하잖아요. 그림 잘 그리는 거, 글 잘 쓰는 거 이런 거
다 불안정한 길이고 어떻게 될지도 모르는 길이라고.
그 말을 한 번도 믿은 적 없었는데, 갑자기 그렇게
되니까 정말 그런가 싶더라고요. 그래서 다시 학교로
돌아와서 대학원까지 가게 됐죠.

⑩ 그러다가 박사 학위를 받는 문턱에서 아이가
태어났잖아요. 곧바로 휴학하시기로 마음먹고 육아에
전념하셨어요?

⑩ 네, 3년 정도. 휴학이라고는 하지만 사실상
거의 중단에 가까운 결정이었죠. 공대 같은 경우
연구 주제가 빨리 변하는 편이라 한 학기 정도 쉬고
돌아오는 경우는 종종 있어도 저처럼 3년이나 쉬다
복귀하는 건 거의 불가능에 가까운 분위기였어요.

다행히 저희 교수님께서 너그러운 마음으로 받아주신
덕분에 다시 복귀해서 박사 학위를 마칠 수 있었어요.

🅔 교수님께 엄청나게 혼났다고 웹툰에도 나오잖아요.

🅐 극대노를 하셨어요. 정말 주변에서 모두 다
만류했어요. 그때 같이 오셨던 초빙 교수님이 그 말씀
하셨거든요. 네가 나가서 노래를 부른들 박사 학위가
쓸모없을 것 같냐고. 박사를 딴 뒤에 육아하라는 말도
많이 들었고요. 그런데 제 입장에서는 박사 학위를
땄으면 그걸 활용할 수 있는 곳에 취직하거나 그
커리어를 이어가고 싶지, 기껏 박사까지 땄는데 그때
그만두는 것도 안 될 것 같은 거예요. 물론 개개인의
가치관에 따라 다르겠지만. 저는 그때 '지금이 아니면
안 된다' 하는 기분이 들어서 결정을 내렸어요.

🅔 처음에 휴학하실 때 3년이나 휴학하실 거라고
예상하셨어요?

🅐 저는 거의 중단이라고 생각했기 때문에 기간의
문제는 아니었거든요. 다시 돌아가진 못할 거라고
생각했어요. 그러다가 제가 트램펄린에서 떨어져
척추가 부러지는 사고를 당했거든요. 그때 몇 달간
누워 있었죠.

🅔 듣기로는 당시에 전신 마비가 오셨는데, 얼굴이랑

오른쪽 팔까지만 괜찮으셨다고요.

　　　 🅐 근무력 상태라고 해서 덜렁덜렁하는 감각은
있는데 힘을 제대로 쓸 수는 없는 상태였어요. 보조기
차고 화장실까지 가는 데만도 한 달이 걸렸고요. 그런
상태로 계속 누워 있으니까 시간이 너무 많잖아요.
지난날을 자주 되돌아보게 되었는데, 박사 학위를
막바지에 그만둔 게 너무 아쉽더라고요. 그래서
다시 일어나서 건강을 되찾으면 이걸 꼭 마무리
지어야겠다고 다짐했죠. 그리고 회복한 후에 교수님을
찾아가서 부탁드린 거고요.

🅔 지금 덤덤하게 얘기하시지만, 몸을 제대로 못 쓰게
됐을 때의 절망감은 정말 크셨을 것 같아요. 상상도 할 수
없는데요.

　　　 🅐 그렇죠. 이런 척추 골절 사고를 겪은 환자 중에
한 20% 정도는 회복하지 못한다고 하더라고요. 저
역시 그럴지도 모른다고 생각했어요. 조금은 나아질
수도 있지만 온전한 생활로 돌아가는 건 어려울
수도 있겠다고요. 그러니까 그 상황에 대비해야 하지
않을까 하는 마음도 들었고요.
　　　 저 혼자 화장실도 못 가니까 저희 어머니께서 아이
돌보는 걸 도와주셨어요. 한 3개월 지나고 조금씩
걸을 수 있게 되었는데, 어머니가 마음고생이 너무
심하셨는지 쓰러지셨었어요. 지금도 깊이 반성하는

마음으로 살고 있습니다.

🙂 그래도 지금 이렇게 잘돼서 어머니께 효도하실 수
있으니 정말 다행이네요. 그럼 누워 계실 때 그림을 그리기
시작하신 건가요?

> 🙂 처음에는 글을 쓰려고 했었어요. 근데
> 왼손이 마음대로 안 움직이니까 한 손으로 키보드
> 치기가 너무 힘든 거예요. 그래서 다른 걸 뭘 해볼
> 수 있을까 생각하다가 웹툰이 생각났죠. 그때 한창
> 웹툰 시장이 급성장하고 있었거든요. 웹툰은 대사가
> 짧으니 한 손으로도 적을 수 있겠다 싶었죠. 그래서
> 그림 공부를 시작했어요. 어느 정도 그림이 숙달된
> 뒤 웹툰에 도전하고 싶어서, 어떤 이야기를 할 수
> 있을까 고민하다가 처음엔 물리 만화를 그렸거든요.
> 공학 박사까지 나름 했던 사람이니까 재밌게 설명할
> 수 있겠다, 나만 할 수 있는 이야기가 아닐까 했던
> 거죠. 근데 아무도 관심이 없더라고요. (웃음) 그래서
> 망했어요.

🙂 근데 처음에 그림을 그려봐야겠다 해서 그림을
연습하시고 웹툰을 그리시기까지 얼마나 걸리셨어요.

> 🙂 한두 달 정도 연습만 계속했죠. 그때는 거의
> 하루에 12시간씩 그렸어요. 누워만 있으니까 달리
> 할 일이 없기도 했지만 약간 양심의 가책 때문에

마냥 놀고만 있을 수가 없더라고요. '나는 내 미래를 준비하고 있어' 하는 걸 가족들한테 보여주려는 의도도 조금은 있었고요. 그러다가 그럴싸하게 그릴 수 있게 되면서 물리 만화를 한 4개월 동안 그렸어요. 회복한 뒤에도 그렸는데 너무 인기가 없어서 '내가 좀 생각을 잘못했구나. 웹툰을 보면서 공부하고 싶어 하는 사람은 아무도 없구나' 알게 되었죠.

그때는 몸이 어느 정도 회복된 상태여서 학교로 돌아가서 박사 학위를 마쳤어요. 취업 자리를 알아보는데 그런 생각이 들더라고요. 박사 학위를 하면서 아이한테 이것만 마치면 예전처럼 시간도 많이 보내고 같이 놀아주겠다고 약속했는데, 막상 취업하게 되면 그 약속을 지킬 수가 없겠더라고요. 취업하면 2년 정도는 해외 파견을 가야 하거나, 회사에 몸 바칠 준비가 된 사람을 뽑는 분위기니까. 그게 아이한테 미안해서 마음속에 갈등이 많이 생겼어요.

그때 다시 한번 글을 쓰거나 웹툰을 그려보는 게 어떨까 고민하고 있으니까 저희 아내가 와서 그 이야기를 하더라고요. 일상 만화를 한번 그려보는 게 어떻겠냐.

🅜 아, 소재 아이디어를 주신 거였군요.

🅘 저는 처음엔 말도 안 되는 소리라고 했어요. 제가 진짜로 한 번 세어봤더니 베스트 도전만화에

영원히 좋은 것도, 영원히 고통스러운 것도 없으니까요

있는 작품이 4,000 작품인데 그중에서 일상 작품이
1,000 작품이더라고요. 그리고 이미 연재되고 있는
작품 중에도 일상 만화는 6~7 작품이나 있고요. 근데
아내가 그러더라고요. 그중에서 공학 박사까지 하려던
사람이 육아를 위해서 경력 단절을 겪고, 척추가
부러지고, 아빠가 전업으로 육아하는 그런 작품이
얼마나 있느냐고요. 그 얘기 듣고 또 찾아봤어요.
(웃음) 근데 없는 거예요. 그 많은 작품 중에서 아빠가
전업으로 육아하고 경력 단절로 고민하는 만화는
없더라고요. 그래서 혹시나 하는 마음으로 그렸는데
반응이 괜찮았어요.

**⑩ 그래서 탄생한 게 《닥터앤닥터 육아일기》죠. 육아를
해본 적 없는 제가 봐도 너무 재밌더라고요. 당시에 인기가
어느 정도였어요?**

⑩ 일단은 도전만화 5개월 만에 정식 연재를 하게
됐어요. 지금 돌아보면 좀 많이 부끄러워요. 배경도
없고 그림도 쭈글쭈글하고. 그 당시에는 이만하면
뭔가 그래도 알아볼 수 있어 이런 마음으로 그렸는데
그림이 알아볼 수 있다고 다가 아니잖아요. 그래도
다행히 정말 많은 분이 박수를 쳐주셔서, 덕분에
네이버에 무사히 자리를 잡았습니다.

⑩ 근데 웹툰을 그리시다가 2019년에 혈액암 4기 판정을

받으셨다고요.

㉠ 제가 2019년 7월에 네이버에서 연락받고,
2019년 9월부터 연재를 시작하기로 했거든요.

근데 2019년 8월에 갑자기 혈액암 판정을
받았어요. 그때가 어떤 상황이었냐면, 박사 학위
마치고 계약직으로 학교에서 일하면서 도전만화에서
만화를 그리고 있었어요. 네이버 웹툰 작가가 된다는
게 너무 희박한 일이니 저도 거기에 올인할 수가 없는
거예요. 그래서 학교에서 파트타임으로 일하면서
집에서 만화를 그렸거든요. 5개월을 그렇게 하고 정식
연재가 결정이 된 거니까, 처음엔 긴장이 좀 풀려서
번아웃이 왔다고 생각했어요.

근데 몇 주가 지나도 상태가 나아지지 않고
계속 설사, 구토가 이어지더라고요. '내가 몸이
좀 많이 망가졌나? 아니면 배탈이 났나?' 이런
마음으로 병원에 갔는데 암이라는 얘기를 들었죠.
청천벽력 같은 이야기를 듣고 어떻게 할까 고민이 또
많아졌어요.

근데 암이 다른 질병에 비해서 그나마 어떻게
보면 상냥한 부분이 있다고 해야 할까요. 다행인
건 대부분 한 몇 년 정도 시간은 있거든요. 그래서
네이버 담당자분께 "이런 상황이긴 하지만 그래도
5년 생존율이 그렇게 나쁜 편이 아니고 제가 할 수
있는 데까지는 할 테니까 연재를 꼭 하고 싶습니다."

이렇게 말씀을 드렸더니 담당자분도 "그게 더 도움이
될 것 같으면 그렇게 하셔도 됩니다. 만약에 휴재가
필요하면 말씀해주세요." 이렇게 말씀해주시더라고요.

🐝 그 와중에 어떻게 마감을 한 번도 늦은 적이 없으셨어요?

🐻 저는 항암 치료를 받아야 하니까 그 시간
동안은 일을 못 한다는 걸 알잖아요. 미리미리 해놓은
거죠. 이게 마감의 문제가 아니라 세이브가 없으면
이 생활을 이어갈 수가 없는 상황이었어요. 정말
악착같이 하게 되더라고요.

🐝 근데 지금 이게 말이 안 되는 상황이잖아요. 도전만화에서
공식 연재가 결정됐는데 그러자마자 또다시 시련이 찾아온
거고. 암 4기면 내가 죽을 수도 있겠다는 생각이 들잖아요.
저라면 일을 안 할 것 같거든요.

🐻 그럼 어떤 걸 하고 싶을 것 같으세요?

🐝 글쎄요. 저는 최대한 즐길 수 있는 걸 할 것 같아요.
아쉽지 않게요.

🐻 저도 영화 보고 게임하고 그런 거 진짜
좋아하거든요. 근데 막상 암 판정을 받고 나니까 그런
게 하나도 재미가 없더라고요. 게임을 하다가도 '내가
이거 해서 뭐하지?' 그런 마음이 들면서 그냥 삶이
무미건조해졌어요. 저는 살면서 그런 적이 없었거든요.

늘 하고 싶은 게 있었고, 다음엔 뭘 할지 생각하고
나아가는 사람이었는데 도무지 뭘 할 수가 없더라고요.
그런데 작품은 제가 죽어도 남을 거라는 생각이
들었어요. 이 작품을 남기고 싶다는 생각. 아이한테
보여주고 싶다는 생각.

아빠가 너를 이렇게 키웠고, 아빠는 이런 생각을
했었고, 이런 일을 겪었다는 걸 저희 아이한테
정말 남겨주고 싶었어요. 그러니 '내 인생에 이렇게
집중해본 적이 있나?' 싶을 정도로 집중하게
되더라고요.

⬤ 내 아이에게 물려줄 유산이라고 생각하고 그리신
거니까. 왜 다른 일이 아닌 연재를 해야만 했는지 조금이나마
알 것 같아요. 그래서 지금은 건강하신가요?

　　　⬤ 올해 1월에 공고요법이라고 해서 재발을 막기
위한 항암 치료가 있었거든요. 그것까지 마치고 지금
추적 관찰만 남겨놓은 상황이고요. 한 3년 정도 재발이
없으면 완치 판정까지 받을 수 있는 그런 희망적인
상황입니다.

⬤ 정말 다행이네요. 그때 연재했던 《닥터앤닥터
육아일기》가 진짜 좋은 반응을 얻었잖아요. 웹툰이 확 인기를
얻었을 때 기분이 어떠셨어요? 처음부터 그 정도 인기를
예상하셨나요?

⑥ 이게 굉장히 이례적인 사례인 게, 처음에는 인기가 없었어요. 한 10화 나갈 때쯤 제가 오죽하면 담당자분한테 사과하러 갔었거든요. 제가 받는 고료, 네이버와 저의 수익 배분을 다 따져보니 네이버가 적자인 거예요. 너무 죄송하더라고요. 근데 《닥터앤닥터 육아일기》는 진짜 서서히 상승곡선을 타고 올라갔어요. 보통 웹툰에는 '첫 화가 망하면 망한다'는 진리 같은 말이 있거든요. 그래서 더 놀라웠죠.

⑪ **입소문 때문이었나요?**

⑥ 입소문의 영향도 있었을 거고, 뭔가 그 뒤의 흥미진진함이 강했던 거죠. 그래서 《닥터앤닥터 육아일기》는 완결 직전에 최고 매출을 찍었어요. 그래서 '독자들의 입소문이 위대하구나, 한 번 매몰되었던 작품도 이렇게 살아날 수 있구나' 느꼈죠.

⑪ **웹툰계의 역주행이네요. 여러 가지 일들이 있었는데, 특별히 도움 주셨던 분도 계셨을까요?**

⑥ 제가 베스트 도전만화를 했을 때 갈피도 못 잡고 힘들었던 시기가 있었어요. 그때 네이버 웹툰에서 《금요일》과 《머니게임》 등을 연재하신 배진수 작가님이 많은 조언을 해주셨어요. 작법적인 이야기부터 시작해서 작품에 도움 되는 이야기가

영원히 좋은 것도, 영원히 고통스러운 것도 없으니까요

"

암 4기 판정을 받고 나니까 하나도 재미있는 게 없더라고요.
그런데 내가 죽어도 작품은 남으니까,
아이한테 작품을 남겨주고 싶다는 생각이 들더라고요.
아빠가 이렇게 너를 키웠고, 이런 생각과 경험을 했었다고.

이대양 ～ 닥터베르   **157**

많았죠. 가장 도움됐던 이야기는 "본인 아이덴티티가 너무 확고하고 강한 무기인데 그걸 더 살릴 수 있을 것 같다. 공학 박사가 육아한다고 하면 사람들은 미드 《빅뱅 이론》의 셸던 쿠퍼가 육아하는 내용을 기대할 텐데, 그런 맛을 조금만 더 살리면 정말 이 작품은 유례없는 작품이 될 거다." 라는 조언이었는데, 그게 너무나 큰 깨달음을 주었어요. 그래서 그때 아주 많은 부분을 갈아엎었어요. 그러고 나서 정말 한 달 후에 네이버로부터 연락을 받았죠.

⑩ 그렇다면 웹툰 작가가 되기까지 어떤 과정들을 거치셨나요? 웹툰 작가가 되고 싶은 분들에게 조언해주신다면 어떤 게 있을지 궁금해요.

⑭ 저는 일단 그림 연습부터 시작해야 했어요. 이건 두 가지가 같이 가는 문제더라고요. 작법서를 통한 공부, 원고 작업을 통한 실습. 작법서만 보려고 하면 너무 지겹고, 원고만 하려고 하면 표현에 한계가 있어요. 그러니까 일단 기본적인 걸 공부하고 그걸 이용해 네 컷 만화를 그려보는 거예요. 해보면 어려운 것들이 생길 거고요. 이런 걸 그리려면 어떻게 해야 할까 생각이 들 때 다시 작법서로 돌아가서 공부하고. 이렇게 스스로 필요를 느끼면서 공부하는 과정이 굉장히 큰 도움이 됐어요.

물론 물리 만화는 망했지만, 네 컷으로 계속해서

원고를 그려봤던 건 저한테 큰 재산이었어요. 그렇게 보면 정말 밑도 끝도 없는 실패라는 건 없는 게 아닐까 싶고요.

⊙ 그런데 작가님이 웹툰 처음 시작하실 때 그림을 잘 못 그렸다고 하시지만, 제가 봤을 때는 훌륭하거든요.

⊙ 등장인물이 동물인 이유가 있어요. 동물 그림에는 사람들의 시선이 좀 너그러워지거든요. (웃음) 그림마다 조금씩 달라져도 이해해주시는 부분들이 있고요. 판다 눈에 무늬가 좀 작아졌다고 해서 다른 판다라고 생각하지 않잖아요. 그냥 흰색에 까만 점이 있으면 판다잖아요. 그래서 제 작품에도 같은 동물이 여러 종류 나오는 경우는 잘 없어요. 토끼가 나와도 흰토끼, 검은토끼처럼 아예 구별될 수 있게 나오지, 흰토끼인데 눈매가 다른 토끼 이런 건 안 나와요.

⊙ 레서판다, 도베르만, 판다라는 캐릭터는 어떻게 정하신 거예요?

⊙ 저는 사실 어렸을 때부터 글 쓰는 걸 좋아했어요. 중학교 때는 장관상도 받고 고등학교 때도 3년 내내 교지편집부였어요. 근데 그 길을 응원해준 사람이 아무도 없었죠. 그 길은 되게 불안한 길이라고 다들 반대했거든요. 반면에 과학을 하겠다고 했을 때는 다들 '와!' 하면서 대한민국의 공학 발전

이야기까지 나오더라고요. 저는 그게 억울하기도 하고
납득이 안 됐어요.

근데 돌고 돌아서, 저는 결국 글을 쓰고 웹툰을
그리는 작가가 됐잖아요. 그렇게 보면 제 안에 글을
쓰고 싶은 열망이 정말 컸다고 생각해요. 그걸
펼치지 못하고 억눌렸던 과정을 도베르만의 단이,
단미로 표현했고요. 우리는 생각보다 많은 가능성을
재단당하면서 사는 게 아닐까 그런 생각에서요.

그리고 아내는 의사고, 똑똑하면서도
강인한 판다로 나와요. 작품 안에서는 북극곰과
아메리칸 흑곰 사이에서 태어났어요. 둘 다 재빠른
육식동물인데, 둘 사이에서 판다가 나온 거죠. 실제로
아내가 부모님이랑 굉장히 다르기도 해서, 부모와
자식 간의 차이를 캐릭터로 담았어요.

그리고 레서판다가 태어났을 때는 까만색 털
뭉치처럼 생겼거든요. 줄무늬 없이 태어나요. 그랬다가
나중에 코도 생기고 눈도 생기고 무늬도 생기면서
우리가 알고 있는 레서판다의 모습이 되거든요. 그런
성장 과정을 보여주려고 아들은 레서판다로 했습니다.

⑩ 나름의 철학이 담겨 있네요. 근데 작가님 안경이
독특하네요. 작품에서랑 똑같은 안경인데, 의도하신 건가요?

⑥ 사실은 안경 렌즈를 그림으로 표현하기 너무
어렵더라고요. 그래서 그냥 아래에만 테가 있는

안경을 그렸거든요. (웃음) 이런 게 실제 있는지는 모르겠지만, 그냥 안경이라는 것만 표가 나게 그리자 했던 거죠. 근데 팬분 중 미카엘라 님이라는 분이 안경원을 하시는데, 이런 안경을 발견하셨다고 선물 주셨어요. 그 후로 트레이드마크처럼 쓰고 다니고 있어요.

ⓔ **아, 팬분의 선물이었군요. 그럼 작업하실 때 리서치는 어떤 식으로 하세요?**

ⓘ 리서치하는 데 있어서는 아내가 많이 도와줬어요. 아내가 의학 쪽에 있고 산모들을 많이 만나니까, 산모들이 주로 어떤 걸 걱정하고 어떤 정보를 필요로 하는지 알려줬죠. 조언도 많이 해주고, 논문도 찾아주고. 아내의 도움을 가장 많이 받았어요. 두 번째는 구글 스콜라. 구글 스콜라는 논문을 검색할 수 있는 사이트인데, 무상으로 볼 수 있는 논문들이 많거든요. 거기 안 나오는 건 학교 도서관 사이트를 이용해서 봤고요.

ⓔ **아무리 좋은 소재가 있고 자료가 많아도 그걸 웹툰으로 만드는 건 완전히 다른 이야기잖아요. 재밌게 혹은 사람들이 이해하기 쉽게 바꾸는 것도 굉장한 아이디어고요.**

ⓘ 그걸 못해서 물리 만화가 망했잖아요. (웃음) 제가 그 작품이 왜 망했는지를 『고스트 바둑왕』이라는

만화를 보면서 깨달았어요.

예 어, 저도 그 만화 진짜 좋아해요.

이 근데 바둑 둘 줄 아세요?

예 아니요.

이 그러니까요. 그게 핵심이더라고요. 바둑을 둘 줄 모르는 사람도 재밌게 보는 바둑 만화. 그걸 보고서 육아하는 사람이 보면 더 재밌지만 육아를 안 하는 사람도 재밌게 볼 수 있는 작품을 만들어야 하는구나, 처음 깨달았어요. 그리고 그게 불가능한 게 아니라는 것도요. 작품을 보는 사람들이 꼭 다 육아해야 하거나 육아 도움을 받아야 하는 건 아니니까요. 이걸 깨닫는 순간 뭔가 머리에 벼락을 맞은 것 같았어요. 그래서 내가 망했구나 싶고요. (웃음) 대중성과 정보성을 같이 가져가야 해요. 그 둘을 적절히 잘 끌고 가는 게 저의 핵심 아이덴티티가 아니었나 싶어요.

공감이라는 건 사람마다 비슷한 일을 겪었다는 건데, 그걸 어떻게 신선하게 표현할까가 문제잖아요. 이 지점에서 내 아이덴티티가 아주 중요해지는 거죠. 많은 사람들이 비슷한 일을 겪지만, 저는 공학 박사이기 때문에 이렇게 푼 거예요. '이 사람은 공학 박사스럽네' 하고 생각하는 것도 되게 큰 재미거든요. 그러니 일상에서도 자기 아이덴티티가 무엇인지 고민하는 게 중요해요. 그걸 잘 살리는 게 소재가 고갈되지 않는 핵심이기도 하고요.

예 그런데 박사 학위 수료 직전에 휴학을 결정하셨잖아요. 긴 시간 쌓아온 것들을 다 포기하신 건데요. 주변의 만류에도 불구하고 육아를 선택했다는 건 그만큼 육아가 작가님한테 엄청난 의미였다는 걸 텐데요.

이 아내가 계류유산을 겪었었어요. 아이를 한 번 보낸 일이 생각했던 것 이상으로 저한테도, 아내한테도 너무 충격이었어요. 아내는 일하면서 그런 상황을 수도 없이 봤던 사람이고 그런 일을 겪은 산모에게 "누구의 잘못도 아니다."라고 수도 없이 이야기해왔던 사람인데, 본인이 겪는 건 완전히 다른 차원의 일이었던 거예요. 저 또한 그제야 부모가 된다는 게 뭔지 비로소 체감한 것 같아요.

그래서 아내가 실의에 빠져 있을 때 "만약 두 번째 기회가 온다면 그때는 내가 육아를 해보고 싶다." 이야기했어요. 아내도 "그렇다면 나도 한 번 더 용기를 낼 수 있을 것 같다." 그렇게 말해줬고요. 그래서 모든 걸 그만두고 육아에 전념했던 건 아내와의 약속을 지키겠다는 의미도 있었어요.

예 요즘에는 전업 육아하는 아빠들이 조금씩 생기고 있지만 여전히 생소한 일이기는 하잖아요. 당시에는 더 그랬을 것 같아요.

　　⑩　그렇죠. 그런데 저희 입장에서는 썩 괜찮은 선택이었거든요. 아내가 훨씬 소득이 높고 제가 오히려 육아 문제에 좀 더 관심이 많은 편이었고요. 근데 주변에서는 그걸 되게 이상하게 보는 거예요. 제가 아이를 업고 산책을 많이 다녔는데, 그러면 약간 사연 있는 아빠로 봐요. 저 집은 엄마가 없나 보다, 저 아빠는 왜 멀쩡하게 생겨가지고 저러고 다닐까. 그 시선이 좀 상처가 됐었어요.

　　그리고 아이를 키우기에 환경적으로 준비가 너무 안 되어 있었어요. 지금은 종종 남자 화장실에도 기저귀갈이대가 있는데 당시에는 정말 손에 꼽을 정도로 없었거든요. 그래서 변기 뚜껑 위에서 기저귀를 갈아야 하는 상황이 꽤 많았어요. 이게 되게 불합리한 거죠. 전업으로 육아하는 남편은 드물다 쳐도 같이 외출하는 부부들은 많을 수 있잖아요. 근데 그런 설비가 없으면 "당신이 갈고 와." 이렇게 떠넘기게 되거든요. 공동육아라는 관점에서 봐도 꼭 필요한 설비인데 그게 그 당시까지도 왜 그토록 없었을까 싶어요. 그래도 지금은 많이 좋아지고 있다고 생각해요.

　　⑩　네, 더디지만 점차 인식이 변하고 있잖아요. '유모차'라는 말 대신 '유아차'라고 쓴다든지. 전업 육아를 해본 아빠로서

영원히 좋은 것도, 영원히 고통스러운 것도 없으니까요

아빠의 육아가 아이에게 미치는 영향은 어떤 게 있을까요?

      ⑨ 일단은 아빠가 전업 육아한다고 하면 갖는 고정관념들이 있잖아요. 밖에서 신나게 뛰어놀고 약간 위험하게 놀고. 근데 막상 전업으로 육아하면 매번 그렇게 놀 수는 없거든요. 그래서 사실 엄마가 육아하는 거랑 비슷하다고 생각해요. 남자든 여자든 전업으로 육아하면 비슷한 일을 겪고 비슷한 상황과 마주치고 비슷한 어려움을 겪는다는 거예요. 그나마 장점이라고 생각할 수 있는 부분은 몸뚱이가 상대적으로 좀 튼튼하다는 거. 그리고 아빠들은 모유 수유를 안 하잖아요. 그러니까 아이가 길게 자는 타이밍이면 맥주 한잔하고 피곤하면 커피도 마시고, 이런 건 좀 자유롭거든요. 그런 부분에서 좀 더 메리트가 있죠. (웃음)

⑩ 저도 육아를 해본 적 없는 입장이라 말하기가 조심스럽긴 한데, 아빠가 육아하는 게 맞지 않나 생각하거든요. 왜냐하면 웹툰에서도 그 얘기가 나오는데, 아기가 엄청 무겁잖아요. 순식간에 자라고요.

      ⑨ 1년만 지나도 10kg 정도 됩니다. 상대적으로 좀 더 힘이 있는 아빠가 아이를 드는 게 맞다는 생각도 들어요. 그리고 배 속에 아이를 열 달 동안 품는 것만 해도 엄청난 신체적 변화와 스트레스잖아요. 게다가 출산을 겪으면서 영양소적으로도 큰 손실을 겪고,

신체 자체도 굉장히 많이 달라지고요. 그 직후에 애를
보라고 하는 게 좀 가혹한 것 같아요. 몸을 회복하는
시간만큼이라도 아빠가 적극적으로 육아에 참여하는
노력이 필요하지 않나 싶어요.

⊙ 육퇴하고 맥주 마실 수 있잖아요, 아빠는. (웃음)
**그럼 지금 육아하고 있는 아빠나 육아를 하게 될 예비
아빠분들에게 전달하고 싶은 메시지가 있으실까요?**

⊙ 시대가 점점 더 육아를 어려운 일 그리고 하기
힘든 일로 만드는 부분도 있고, 실제 결과적으로도
그렇게 보이고 있죠. 이런 상황은 한 사람의
힘만으로는 이겨내기 어려운 부분이 많은 것 같아요.
그래서 현명하게 분담하고 같이 이겨내는 마음으로
육아에 참여하시는 모든 아빠들에게 정말 박수 드리고
싶고요. 앞으로도 이렇게 협력해서 사회가 조금씩
달라지는 데 힘을 실어주셨으면 좋겠습니다. 반대로
아빠가 전업으로 육아를 한다면 엄마도 꼭 같이
도와주시고요. 이 시대를 이겨내는 비법은 공동육아가
아닐까 합니다.

⊙ 웹툰을 보면서도 느꼈지만, 작가님은 가족 사랑이 진짜
남다르시네요.

⊙ 일단 많은 위기를 넘기면서 단합심 같은 게
생긴 것도 있고요. 저는 실제로 꽤 가난한 가정에서

자랐어요. 어려운 상황에서 가족들이 의기투합해서
조금씩 상황이 나아졌던 게 저한테는 되게 큰 성공의
기억이었어요. 그리고 저도 많은 일을 겪었지만 가장
위안이 됐던 건 우리 가족의 협동과 이해, 배려 같은
것들이었거든요. 가족이라는 건 행복한 삶을 사는 데
정말 필요한 존재라고 생각해요. 함께라면 해낼 수
있다는 메시지를 작품에도 많이 담고 싶었고요.

📻 작가님은 내가 어떤 결핍이 있거나 뭔가 하고 싶어서
하는 도전이었다기보다는 시련을 극복하려던 게 다 도전으로
이어지셨더라고요. 도전을 멈추지 않을 수 있었던 원동력이
무엇인지 궁금해요.

🍎 예를 들어, 내가 물에 빠졌어요. 그럼
지푸라기라도 잡아야 하잖아요. 그래야 숨이라도
한 번 쉴 수 있으니까요. 한 번 숨을 돌리고 나면 주변이
좀 보이겠죠. 어느 쪽으로 가야 할지 다음 행동을 정할
수도 있고요. 근데 지푸라기도 안 잡으면 나아지는 것
없이 그냥 가라앉는 거거든요.

저는 지금까지 살면서 안 좋은 일이 있을 때
발버둥이라도 치면 어떤 결과가 나왔어요. 이것도 몇 번
반복하다 보니까 느끼는 것 같아요. 만화에서도 말했지만
정말 어렸을 때 곤충 채집이라도 해봐야 잠자리 잡는
것조차 쉬운 일이 아니라는 걸 알 수 있어요. 내 뜻대로
되는 게 아니고 연습이 필요하다는 걸 자연스럽게

깨닫는 거죠. 이건 되게 중요한 문제고요.

그러니까 예상치 못한 일 혹은 처음 접하는 일에 실패는 있을 수 있으니 그 실패로부터 뭘 배우고 앞으로 뭘 할 것인가, 빨리 전환하는 게 삶 전반에 더 도움이 된다고 생각하거든요.

◉ **어떻게 보면 시련이 원동력일 수 있겠네요.**

◉ 그렇죠. 애초에 콘텐츠라는 것은 대부분 결핍을 대리 만족하거나 아니면 그걸 벗어나는 방법을 담고 있으니까요. 사람들은 내가 앞으로 뭘 해야 하는지 방향성을 끊임없이 궁금해하잖아요. 그런 결핍을 모르는 사람이 콘텐츠를 만들어낼 수 있을까 생각하면, 그것도 참 이상한 일인 것 같아요. 콘텐츠는 늘 결핍이 주는 어떠한 갈망과 희망에서 생겨나니까요. 그래서 말씀하신 대로 시련이 제 작가적 역량에는 큰 도움이 되었다고 생각합니다.

◉ **작가님은 타고난 기질이 긍정적이신 것 같아요.**

◉ 왜냐하면 저에게 온 시련 중 그 어떤 것도 영원한 건 없었으니까요. 아버지가 교통사고를 당하셨을 때도 생명이 위험할 정도로 큰 사고였지만 어쨌든 회복해서 무사히 환갑을 맞이하셨고요. 저도 척추가 부러졌지만 일어났고, 암에 걸렸지만 이겨냈고요. 물론 제가 참 운이 좋은 경우라고

생각해요. 하지만 적어도 그런 모든 것들이 영원하지는 않았다는 거죠. 비록 상황이 안 좋더라도 대비해놓는다면 나중에 도움 될 수도 있고요. 저도 그냥 누워만 있지 않고 그림을 그리기 시작했기 때문에 진짜 작가가 되었잖아요. 좋은 것도 영원하진 않지만 고통도 영원한 건 없다는 걸 몇 번의 경험을 통해서 알았어요. 그게 저한테는 이겨낼 힘이 된 것 같습니다.

◉ 그렇게 꾸준하게 다른 일을 도모하시는 모습을 보면서 대단하다는 생각도 들고요. 또 몸도 마음도 힘든 상황에서 도전하고 꾸준히 어떤 일을 한다는 건, 어쨌든 집중력이 많이 필요할 것 같거든요. 작가님만의 방법이 있을까요?

◉ 일단 습관이 중요하다고 생각해요. 사람에게는 관성 같은 게 있거든요. 처음에는 도전 정신이나 호기심 같은 것들을 발휘해서 일을 시작할 수는 있어요. 하지만 어쨌든 일상은 계속 반복해야 하니까요. 내가 해야 할 일의 양이 정해져 있다면 그걸 나눠서 어느 정도의 분량을 꾸준히 채우는 게 중요해요. 마감이 막 닥칠 때마다 밤샘해서 끝내기는 어렵거든요. 30대가 넘어서면 정말 하루 밤샘 작업의 후유증이 2~3일은 가요. 그렇게 되면 다음 마감 때 더 무리해야만 하고요. 악순환이잖아요.

마라톤을 할 때도 꾸준하게 같은 페이스로 달려

실패했다고 좌절하기보다는
실패로부터 뭘 배우고
앞으로 뭘 할 것인가,
빨리 전환하는 게 중요해요.

"

영원히 좋은 것도, 영원히 고통스러운 것도 없으니까요

"

이대양 〰 닥터베르   173

나가지, 전력질주하다가 쉬는 선수는 없잖아요. 제대로
된 성과를 내는 선수들은 그냥 내 몸에 쌓인 체력으로
꾸준히 결승선까지 달리는 거예요.

저도 몸이 안 좋거나 아플 때는 쉽니다. 근데
그것도 자꾸 쉬다 보면 쉬는 것에 관성이 붙어요. 그럼
아무것도 하기 싫고 계속 쉬고 싶다는 생각이 들거든요.

일단은 어떤 열정으로 시작했다면 습관으로
이겨내는 게 필요하다고 생각해요. 적어도 프로
작가라면 그런 마음이 필요한 거죠.

⍟ 웹툰도 계속 그리시고, 강연도 다니시고, 인터뷰도
하시고. 하는 일이 많으신데 작가님만의 시간 관리법이
있을까요?

⍟ 일단 집중해서 하는 거예요. 책상에
세 시간 앉아 있었다고 해서 세 시간 일했다고 볼 수는
없거든. 저는 멀티태스킹을 믿지 않아요. 일할 때
음악도 안 듣고요. 물론 색칠이나 밑색 작업 같은 단순
노동적인 요소가 강한 작업을 할 때는 음악을 크게
틀어놓기도 하지만요. 시나리오, 시놉시스 쓸 때나
대사 적을 때는 정말 조용하게 집중해서 작업하고
심지어는 인터넷 선을 뽑아놓고 하는 경우도 많아요.
온전히 집중하는 게 중요해요.

⍟ 그 몰입 상태를 최대한 길게 만드는 거죠.

Ⓔ 네, 그리고 규칙적으로 생활하는 것도 중요하게 생각해요. 제가 육아를 하면서 박사 학위도 따고 웹툰 작가도 되게 해 준 1등 공신은 물론 저를 지지해준 아내지만, 2등 공신은 저희 아들이에요. 아들은 그 당시에 8시 반이면 잤고요, 지금도 9시~9시 반이면 자요. 그러니까 이쯤이면 아이가 자니까 그때부터 나는 몇 시간 동안 일할 수 있다는 확신이 생겨서, 그거에 맞춰 일정을 짤 수 있었어요.

근데 그 예측이 안 되면 일은 일대로 못 하고 마음은 마음대로 지치거든요. 내가 집중해서 일할 수 있는, 방해받지 않는 시간을 시간표상에 확실하게 만드는 거예요. 그래서 아이한테 규칙적인 생활 습관을 들인 게 제가 육아하면서 이룬 가장 큰 업적이라고 생각해요.

그리스 고대 철학자 세네카가 그런 말을 했거든요. "인생은 결코 짧지 않다. 다만 헛되게 시간을 쓸 뿐이다." 꾸준히 하면 생각보다 정말 많은 일들을 할 수 있어요.

Ⓦ 작가님은 일 외에 취미도 많으시잖아요. 보통 시작이 두려운 경우가 많은데 쉽게 시작하는 팁 있을까요?

Ⓔ 내가 이걸로 돈을 벌어야겠다는 게 목표가 되면 너무 멀어요. 불가능에 가까운 경우가 훨씬 많고요. 제가 만약 지금부터 발레로 돈을 벌겠다고

하면 현실 감각이 없는 거잖아요. 저는 다리도 못
찢는데 '나는 마흔 살에 발레리노가 될 거야' 이런
목표를 가지면 그건 말이 안 되는 거잖아요. 근데
발레를 하면서 제가 얻은 건 분명히 있거든요?
몸을 쓰기 좋아지고 가벼워지고. 그래서 목표를 좀
가까이 잡는 게 확실히 도움 되는 것 같아요. 꼭 일로
연관이 되지 않더라도 내 삶에 활력소가 되는 것.
기분 좋고 재밌고 행복한 게 분명 내 삶에서 필요한
부분이잖아요. 그냥 재미있으니까. 하고 싶은 걸 다
쳐내고 나면요. 무슨 재미로 살 거예요.

　　인생에는 적당한 조미료가 필요해요. 그러니까
나를 사랑하는 방법이 필요한 거죠. 나를 위해서
무언가를 하는 시간이요. 거기에 올인을 한다면 문제가
되겠지만 적당히 즐기는 건, 즐기는 것만으로도 충분히
가치가 있다고 생각해요. 그런 일을 위해 시간을 쓰는
건 결과적으로 나의 건강한 삶에 되게 큰 역할을
하고요. 일하면서 다음 주말이 기다려지고 다음 달이
기다려지기도 하고, 그걸 함으로써 일에 더 큰 에너지를
쏟을 수 있게 되니까요. 종합적으로 일과 취미는 서로
시너지를 내는 관계인 거예요. 저는 발레로 돈을 벌
생각은 없습니다. (웃음)

취미를 선택하시는 기준이 있으세요?

　　그때그때 꽂히는 거요. 성악을 시작했던 건

《팬텀싱어》라는 프로그램을 보고 '나도 저렇게 한번
시원하게 질러보고 싶다' 하는 생각이었거든요. 발레
같은 경우는 그냥 필라테스 학원이 멀어서였어요.
일단 접근성이 좋아야 돼요. 뭘 하는데 몇 시간을
찾아가야 하면 시작도 전에 지치죠. 진입 장벽이
높아지면 약간 본말이 전도된다고 해야 하나요. 내가
스트레스 풀고 즐겁기 위해서 하는 건데 그거 때문에
스트레스 받고 막 쫓기면 안 되잖아요. 그래서 어느
정도 접근성이 좋아야 하는 것도 맞지만, 결국에는
제가 꽂히는 일을 하는 것 같아요. 코스튬 플레이도
그냥 정말 꽂혀서라고밖에는 할 말이 없어요.

🅰 그럼 하고 싶은 일과 해야 하는 것 사이에서 어떻게
균형을 잡으세요?

🅘 제 경험상 하고 싶은 일을 하려면 해야 하는
일도 어느 정도 열심히 하는 게 결국 도움 될 때가
많더라고요. 어린 시절 코스프레를 하게 해주면 공부를
더 열심히 하겠다고, 어머니와 했던 거래도 그렇죠.
그게 저한테는 큰 원동력이 되었어요. 결과적으로
저는 제 전공 분야에서 일하고 있지는 않지만 그게
저한테 빼놓을 수 없는 아이덴티티가 되었고, 무기가
되었어요.

물론 그렇다고 너무 해야 하는 일에만 매몰되면
인생이 힘들어요. 그 둘 사이의 적절한 밸런스가

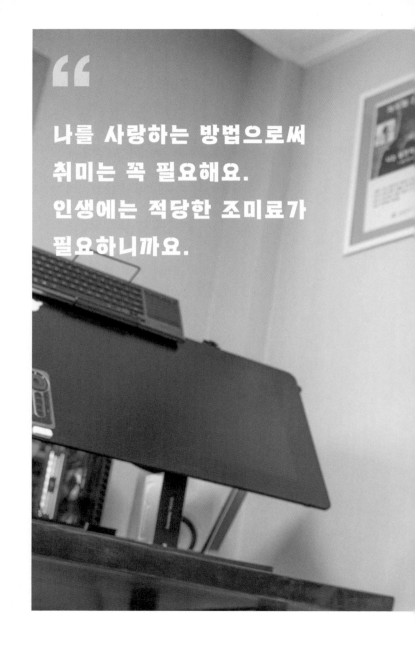

"

나를 사랑하는 방법으로써
취미는 꼭 필요해요.
인생에는 적당한 조미료가
필요하니까요.

영원히 좋은 것도, 영원히 고통스러운 것도 없으니까요

인생의 행복에 중요한 키워드가 아닐까 생각해요.

⑩ 지금 하고 싶은 일은 또 어떤 것들이 있으실까요?

⑩ 일단 살다 보면 뭔가에 또 꽂히겠죠. (웃음)

⑩ 또 도전해보고 싶은 분야가 있으세요?

⑩ 제 버킷리스트 중에 '노래방에 노래 등록하기'가 있어요. (웃음) 최근 팀 닥터베르 1집을 냈는데, 언젠가 태진이나 금영에 등록되어 나오는 게 꿈이고요. 그리고 지금 구상 중인 웹툰 차기작은 조금 색다른 메디컬 만화로 그려보려고요. 그밖에 새롭게 뭔가 꽂히는 일이 생기면 그때그때 예상치 못한 소식으로 찾아뵙는 날이 오지 않을까 싶어요.

⑩ 지금 말씀해주신 것만 해도 아주 바쁘시겠는걸요?

⑩ 네, 최근에는 사회적 캠페인 같은 데 많이 참여하고 있어요. 최근 고잉온 캠페인이라고 해서 암 환자들의 사회 복귀를 돕는 캠페인을 올림푸스 코리아랑 하고 있거든요. 그리고 문화체육관광부에서 하는 실종 아동 찾기 프로젝트도 같이 했고, 산업재해 관련된 프로젝트도 할 예정이에요. 소아암 환자들을 위한 병원학교에서 아이들도 가르치고 있는데, 좋은 영향을 미치는 작가로서 꾸준히 활동하고 싶습니다.

"

하고 싶은 일과
해야 하는 일 사이의
적절한 밸런스가
인생의 행복에
중요한 키워드가 아닐까 싶어요.

"

이대양 〜 닥터베르

새로운 세계가
열렸는데
안 해볼 이유는
없잖아요?

"다양한 플랫폼들이
계속 등장할 때 머뭇거리지 말고
일단 시도해보세요.
어디서 내 가능성이 폭발할지
해보지 않으면 모르니까요."

젬젬

일러스트레이터이자 제페토 아이템 크리에이터 겸 NFT 작가. 일러스트 작업을
시작으로 꾸준한 작품 활동을 이어왔으며, 메타버스 플랫폼 제페토에서 10만
팔로워를 보유한 인플루언서 겸 아이템 크리에이터로 활동 중이다. 현재는 NFT에서
'댕댕스페이스'라는 팀으로 활발히 활동하며, 다양한 세계를 넘나들고 있다.

10년 전만 해도 미술을 하면 가난해진다는 인식이 강했다. 어릴 적부터 그림 그리는 것을 좋아하던 나도 이런 이유 때문에 취업이 잘 될 것 같은 디자이너를 택했으니 말이다. 하지만 시대는 변했다.

오늘 만난 젬젬 작가는 남들보다 한발 앞서 메타버스라는 새로운 세상에서 자신의 그림 세계를 펼치고 있다. 현실에서는 코로나19로 유학길이 막힌 일러스트레이터일지 모르겠지만 메타버스에서는 Z세대의 선망을 한몸에 받는 인기 크리에이터다. 제페토 초창기부터 아이템을 만들어 수익을 창출했고, NFT가 떠오르자 자신의 일러스트를 디지털화하여 판매하기에 이르렀다. 누군가는 메타버스가 지나갈 유행이라며 관심 두지 않을 때 그녀는 미래를 내다보고 빠르게 뛰어들었다.

세상이 바뀔 때마다 앞서가는 개척자들은 언제나 존재한다. 그들은 길이 막혔을 때 주저하지 않고 새로운 길을 모색한다. 무엇이 그들을 도전하게 만드는 걸까? 새로운 세상에서 몸소 부딪히며 자신의 길을 개척해 나가는 크리에이터 젬젬 작가의 이야기에서 힌트를 찾아볼 수 있지 않을까?

앤 **안녕하세요. 자기소개 부탁드려요.**

> 젬 저는 일러스트레이터 장유주라고 하고요.
> 젬젬이라는 필명으로 메타버스 크리에이터로 활동
> 중입니다.

앤 **메타버스 크리에이터는 뭔가요? 일러스트레이터랑 다른
건가요?**

> 젬 네, 메타버스 크리에이터는 메타버스 세계에서
> 무언가를 만드는 사람이라고 보시면 될 것 같아요.
> 저는 제페토라는 메타버스 플랫폼에서 아이템을
> 만들고 있어요. 현실에서는 일러스트레이터지만
> 메타버스에서는 아이템 크리에이터랍니다.

앤 **저는 사실 제페토를 들어는 봤는데 한 번도 접속해 본
적은 없거든요. 제페토는 어떤 플랫폼인가요?**

> 젬 제페토는 요즘 유명한 메타버스의 플랫폼 중
> 하나예요. 메타버스가 한창 화제의 키워드였잖아요.
> 메타버스는 인터넷상에 가상의 세계가 존재하고
> 그 안에서 개인이 다양한 소셜 활동을 하는
> 매체라고 보시면 돼요. 예를 들어서 포트나이트,
> 로블록스 그리고 스냅챗 같은 것들이 있고요.
> 그중에서 네이버가 만든 국내 아바타 SNS 플랫폼이
> 제페토랍니다.

젬젬

제페토에는 현재 3억 명 이상의 유저들이 활동하고 있어요. 그 안에서는 나 대신 내 아바타가 활동하는데 실제로 10대 친구들이 많이 사용해요. 아바타로 SNS 활동을 하기도 하고, '월드'라는 곳에 접속해 놀기도 하고요. 이걸 '초연결'이라고 하는데 시간이랑 공간의 제약 없이, 국가 불문하고 만나서 놀 수 있어요. 접속하면 그곳에 전 세계 사람들이 있으니까요. 가상공간에서 비대면으로 교류할 수 있다 보니까 코로나19를 기점으로 더 크게 발전한 것 같아요.

앤 '제페토 크리에이터'는 무슨 일을 하는 건가요?

센 일단 제페토 안에는 공간과 아바타가 있다고 했잖아요. 그걸 꾸며주는 역할을 하는 거예요. 현실에서도 옷을 사거나 화장을 하면서 나를 꾸미기도 하고 내 공간을 디자인하기도 하잖아요. 제페토 안에도 크리에이터 역할들이 여러 가지로 나뉘어 있어요. 아바타를 꾸며줄 수 있는 아이템 크리에이터, 공간을 꾸며주는 맵 크리에이터, 사람들이 접속하는 월드를 개발하는 월드 크리에이터. 그리고 인플루언서도 있는데 말 그대로 드로우앤드류 님 같이 인기 많고 영향력 있는 사람들이에요.

앤 제페토 안에서도 유명한 사람이 있는 거죠? 거기도

팔로워 숫자가 나오더라고요.

(샘) 네, 저도 거의 10만에 달하는 팔로워를 갖고 있어요. 10대들 사이에서 유명한 크리에이터랍니다. (웃음) 말씀드렸다시피 저는 아이템을 주로 만드는 아이템 크리에이터인데, 팔로우가 많아지면서 인플루언서 역할도 같이 하게 되었어요.

(엔) 제페토 인플루언서들은 어떻게 일하나요? 인스타그램 인플루언서들은 팝업 스토어에 초대받는다든가 협찬을 받는다든가 하잖아요. 제페토 안에도 협찬 같은 게 있나요?

(샘) 네, 우리가 아는 인플루언서랑 똑같아요. 저는 공식 파트너 크리에이터는 아닌데, 제페토 안에도 공식적으로 활동하는 파트너 크리에이터가 있어요. 그런 분들은 제페토와 제휴를 맺은 기업들의 광고를 만들거나 홍보를 해줘요. 이미지나 영상 콘텐츠를 만들어서 SNS에도 올리고요.

(엔) 제페토 안에 있는 SNS에 올린다는 거죠?

(샘) 그렇죠. 제페토 안에서도 피드 활동 같은 게 있어요. 챌린지를 하기도 하고요. 팔로워 변동도 정말 심해요. 조금만 활동을 안 하면 팔로워가 떨어지기 때문에 저도 열심히 관리하고 있고요. 월드에 들어가면 실시간 추천으로 소개가 올라오기도 해요. 인스타그램이랑 똑같아요. 챌린지를 올리고

'좋아요'를 받는 것은 틱톡이랑 똑같고요.

(앤) 틱톡처럼 챌린지를 한다고 하면, 춤은 어떻게 춰요?

(샘) '포토스'라는 기능을 사용해요. 다른 SNS처럼 인터페이스의 + 버튼이 업로드 버튼이고요. 눌러서 들어가면 움직이는 동작들이 있어요. 원하는 동작을 선택하면 '두근두근 멋진 포즈로 변신 중' 이렇게 안내가 뜨고 변신하죠.

(앤) 그러니까 내가 직접 추지 않아도 설정하면 내 아바타가 그대로 움직이는 거죠?

(샘) 네, 그 부분이 메타버스의 큰 장점이에요. 내가 춤을 정말 못 춰도 이 세계에서는 춤신춤왕이 될 수 있다는 것. 내 아바타가 대신해주니까요. 그러니까 제페토라는 플랫폼은 콘텐츠를 만드는 일을 하는 분들한테 정말 좋아요. 내가 모델 활동을 직접 하는 게 부끄럽다면 아바타, 제2의 아이덴티티를 만들어서 활동하는 거죠.

예를 들어 실제로 쇼핑몰을 운영한다고 하면 동대문에 가서 옷을 매입하고, 모델이 착용한 사진을 촬영하고, 광고를 만들어 홍보해야 할 텐데, 그런 것들을 이 안에서는 한번에 다 할 수 있어요. 만약 내가 3D 아이템을 만들 수 있다거나 패션 쪽으로 관심이 많다면 혼자서도 제페토 안에서 바로 만들 수 있는 거예요.

그래서 한창 붐이 됐었죠. 지금도 붐인 것 같고.

⊕ 그렇다면 제페토를 사용하는 친구들은 10대가
대부분인가요?

⊕ 네, 실제로 사용하는 사람은 10대가 많은 것
같아요. 틱톡도 유저들은 어린데 크리에이터는 20대
이상이 많잖아요. 그거랑 똑같아요. 10대 친구들이
3D 기술을 다루거나 뭘 만들기에는 아직 좀 어렵기
때문에 크리에이터 활동을 하는 분들은 성인이 많은
거죠.

⊕ 그렇군요. 제페토 크리에이터의 입장에서 봤을 때
10대들이 제페토에 빠지는 매력은 뭘까요?

⊕ 일단은 이 아바타라는 개념이 10대
친구들한테는 너무 자연스러워요. 어른들은 이게 조금
어색해 보이고 '아바타가 움직인다고?' 의아할 수도
있지만, 그 친구들한테는 말 그대로 아바타가 나의
아이덴티티인 거예요. 거기에다가 코로나19로 우리가
오프라인에서 만나기 어려웠잖아요. 제페토뿐만
아니라 다른 메타버스 플랫폼 안에서는 진짜 만나서
놀 수 있거든요. 믿기지 않을 수도 있지만 밤에
월드에 가면 애들끼리 모여서 춤추고 놀고 있어요.
보이스 채팅으로 대화도 하고 노래도 부르고 모임도
만들고요.

새로운 세계가 열렸는데 안 해볼 이유는 없잖아요?

ⓔ 생각해보면 저 어릴 때 '버디버디'라는 게
유행했었거든요. 거기도 아바타가 있어서 문화상품권으로
아바타 옷을 사서 입히고 그랬어요. 얘가 나를 대변하는
자아인 거잖아요.

ⓢ 그렇죠. 캐시 아이템 쓰면 진짜 멋져
보이니까. 그런 거랑 거의 비슷하죠. 그래서 저는
메타버스를 처음 접하시는 분들한테 설명할 때 그렇게
말씀드려요. 3D형 싸이월드다, 3D 아바타 싸이월드다.

ⓔ 거기에 더해서 할 수 있는 활동도 무척 다양하네요.

ⓢ 맞아요. 아까 말씀드렸던 크리에이터 역할
중에 월드 크리에이터는 월드 안에 게임 요소를
넣을 수가 있어요. 월드 크리에이터가 게임을 넣어
만든 월드에 접속하면 그 게임을 할 수 있는 거예요.
그러니 게임 개발하시는 분들도 여기에서 활동하실
수 있어요. 다양한 직종들이 이 안에서 크리에이터
활동을 할 수 있어서 부업으로 하시는 분들이 진짜
많아요.

ⓔ 그러니까요. 생각해보면 처음에 인스타그램이 나왔을
때 인스타그램으로 돈을 버는 사람이 생길 거라고 생각하지
못했을 거란 말이죠. 사진을 공유하는 앱이었을 뿐이니까.
유튜브도 마찬가지였고요. 점점 플랫폼이 성장하면서 다양한
직군들이 생겼잖아요. 유튜브를 예로 들면 유튜버만 있는

게 아니라 유튜브를 관리해주는 MCN 회사도 생겼고, 채널
콘텐츠를 만드는 기획자, 작가, PD도 많아졌고요. 이런 게
복합적으로 제페토 안에도 일어나는 것 같아요.

(젬) 맞아요. 제페토 크리에이터 매니지먼트도
속속히 만들어지고 있어요. 제가 아는 것만 이미
두 개 이상이에요. 플랫폼이 2018년에 시작되었다는
걸 생각하면 정말 빠른 속도죠.

(엔) **아마 코로나19의 영향이 있었겠죠?**

(젬) 맞아요. 그게 정말 크다는 생각이 들어요.
제가 제페토 크리에이터가 된 것도 코로나19의
여파였어요. 저는 원래 그림을 그렸으니까 외국에
가서 일러스트를 더 공부하고 싶었거든요.
영문학과를 나와서 영어 공부를 열심히 하고 유학을
가려고 했는데 코로나19가 터진 거예요. 내 삶의
계획한 부분이 망가지니까 되게 속상하더라고요.
그래서 방에 처박혀서 그림만 그렸어요. 근데 당시
네이버제트(NAVER Z)에서 근무 중인 친구가 있었어요.

(엔) **네이버제트가 제페토를 만드는 팀이죠?**

(젬) 네, 정말 친한 친구인데 그 친구가 제페토를
해보라고 하더라고요. 그때가 2020년 4월쯤이었고
코로나19가 세계적으로 난리가 나서 출입국 제한되고
그럴 때였거든요. 그때 제페토에서 크리에이터

스튜디오 같은 걸 운영하는데 그림을 아이템으로 만들어서 판매할 수 있다고 하는 거예요. 한번 해보라고 하길래 바로 시작해봤죠. 재밌더라고요.

저는 콘텐츠를 만드는 걸 좋아하니까 이미지랑 영상 만드는 것도 재밌었고요. 아바타의 아이템을 만들어서 입혀보고 사용해보는 것도 재밌었어요. 제페토 안에도 판매 순위 같은 게 있거든요? 제가 만든 아이템이 순위에 올라서 핫 아이템이라고 사람들이 좋아해주고, 그걸 사서 입고 촬영도 하고 그러더라고요.

🅔 그 희열감이 굉장히 컸을 것 같아요.

🅩 네, 성취감도 있고요. 이런 방식으로 작품 활동도 가능하다는 걸 알게 된 거죠. 내 그림을 이런 방식으로도 선보일 수가 있구나. 그래서 그때부터 하게 됐어요. 본격적으로 크리에이터 활동을 시작하면서 6개월 만에 팔로워 10만 명을 얻었고요.

🅔 아이템이 인기가 높아지면서 팔로워가 늘어난 건가요?

🅩 그것도 그렇고 저는 챌린지도 많이 했어요. 저한테 어떻게 팔로우를 모았냐고 물어보시는 분이 많아서 이와 관련된 강의를 하기도 했죠.

🅔 제페토 안에서는 콘텐츠가 굉장히 빠르게 돌아가네요.

틱톡이나 인스타그램에서 챌린지를 촬영한다고 하면 옷이나 메이크업, 촬영 장비 등 준비할 게 많잖아요. 편집이나 업로드까지도 시간이 많이 들고요. 근데 제페토에서는 그게 무척 쉽고 빠른 것 같아요. 굿즈를 개발하고 판매하는 과정도 간단하고요.

    (셈) 맞아요. 공간에 제약받지 않고 아이디어만 있다면 결과를 만들어낼 수 있어요. 그래서 회사를 다니면서 부업으로 하기도 너무 쉽고요. 어딜 가야 하거나 누굴 만나야 하는 게 아니니까 대단한 계획을 세우지 않아도 짬나는 시간에 틈틈이 할 수도 있어요. 나에게 트렌드를 파악할 수 있는 눈과 기술만 있다면요. 물론 다른 플랫폼에서 활동하는 크리에이터 분들처럼 시간과 노력은 필요하겠지만, 그럼에도 하고자 하는 열의만 있다면 누구나 할 수 있다는 거죠.

(예) 그렇게 옷을 만들고 판매하는 데 대단히 어려운 기술이 필요한 건 아닌 걸까요?

    (셈) 일단은 두 가지 방식이 있어요. 2D 아이템과 3D 아이템. 2D 아이템 같은 경우는 일단 제페토 스튜디오에서 템플릿을 제공해줘요. 형태는 있고 디자인만 입히면 돼서 내 그림을 거기 적용하면 되죠. 근데 2D 아이템 크리에이터들은 진짜 팔로우를 많이 모으지 않는 한 조금 어려워요. 현실에서도 유명한 인플루언서들은 기본 티셔츠에 글씨만 써도

잘 팔리잖아요. 반면에 이제 시작하는 사람이라면 디자인이나 형태, 디테일에서 나만의 개성이 돋보여야만 하고요.

3D 아이템은 본인이 아이템의 디테일한 형태를 직접 다 만들 수 있어요. 아무래도 제페토 안의 사람들은 좀 튀고 싶고 주목받고 싶으니까 멋지고 눈에 띄는 아이템을 계속 찾아요. 그러니까 형태 디자인이 좋다면 금방 인기를 얻을 수 있죠. 요즘엔 실제로 학생들이 입는 것, 사용하는 아이템이 진짜 인기 많아요. 정말 현실적인 게 최근 트렌드죠. 이 트렌드도 중요하지만 어쨌든 형태를 만들 줄 알아야 경쟁력이 생겨요.

🔵 엄청 특이한 아이템일수록 더 튀는 거 아니에요? 게임에서도 보면 유료 아이템으로 날개 같은 거 팔잖아요.

🔵 현실에서도 패션 트렌드가 되게 다양하잖아요. 블랙으로 쫙 빼입는 거 좋아하는 사람이 있고, 스쿨룩 같은 것도 있고, 명품으로 전신을 치장하는 사람도 있고. 여기도 똑같아요. 그치만 명품은 언제나 인기가 많더라고요. 여기서 명품이라는 거는 진짜 명품 있잖아요. 구찌 같은 것. 그게 정말 인기가 많아요. 그래서 한정 판매하면 바로 솔드아웃되고.

🔵 그것도 한정 판매를 할 수 있어요? 그냥 돈 주면 살 수

있는 아이템이 아니고요?

(쳄) 네, 아이템 개수가 제한되는 한정 판매가
있어요. 희소성이 생기는 거죠. 특정 브랜드랑
콜라보한 제품들이 그런 경우가 많은 것 같아요.
우리가 유행하는 옷이나 신발, 가방을 구매하듯이 내
아바타도 원하는 룩에 맞는 다양한 것들을 쇼핑할
수 있어요. 제페토라고 해서 다를 게 없어요. 정말
현실처럼 제페토만의 경제 흐름이 있는 셈이죠.
제페토만의 시장과 소비자, 시장의 규칙들이 있고요.
예를 들어서 구찌라고 하면 실제로는 아이템 하나에
몇십, 몇백만 원씩 하잖아요. 제페토에서는 1만 원이면
머리부터 발끝까지 구찌 아이템을 장착할 수 있어요.
실제 유저들이 10대다 보니 10대들이 감당할 수 있는
물가가 형성된 것 같고, 그에 따라서 경제가 흘러가요.
그야말로 하나의 사회인 거죠. 10대 친구들한테는
1만 원도 본인 돈이 아니잖아요. 용돈에서 쪼개
쓴다고 생각하면 적은 돈도 아니고요. 생각해보면
우리도 싸이월드 할 때 500원, 700원 짜리도 비싸게
느꼈잖아요.

(옌) 맞아요. 이전에도 인터넷상의 이런 활동을
즐기셨었나요?

(쳄) 저는 게임도 되게 좋아했고, 게임을 하면
결제해서 아바타를 꾸미기도 했어요. 롤 같은

새로운 세계가 열렸는데 안 해볼 이유는 없잖아요?

경우에도 무조건 예뻐야 한다는 생각으로 스킨
풀착장하고요. 그리고 새로운 경험 해보는 걸
좋아해요. 새로운 걸 봤을 때 '오, 한번 해봐야지' 하는
마인드가 기본적으로 있긴 한 것 같아요.

(옌) 아이템을 사는 사람이 있으면 파는 사람도 있잖아요.
젬젬 님은 아이템을 개발하고 만들어서 파시는 입장인데,
그럼 그 안에 화폐가 있는 건가요?

(젬) 통용되는 화폐가 두 가지 있는데, 하나는
젬이고 하나는 코인이에요. 코인 같은 경우에는
활동하다 보면 제페토에서 조금씩 주기도 하는데,
조금 저렴한 머니예요. 근데 젬은 모양부터가
보석이에요. 현금 결제를 통해서 구매해야 하는
화폐인데, 모든 크리에이터 아이템은 젬으로만
구매할 수 있어요. 유료로 결제해야 크리에이터들한테
수익으로 돌아갈 수 있기 때문이죠.

제페토에서 일정 금액의 수수료를 제하고
크리에이터한테 주는데, 잔고를 확인할 수 있어요.
크리에이터는 월말에 출금 요청을 할 수 있는데, 출금
가능한 금액은 5,000젬부터예요. 달러로 환산하면
106달러 정도죠. 그래서 처음에 그 5,000젬을 못
만들고 포기하는 분도 많아요.

(옌) 유튜브랑 똑같네요. 유튜브도 100달러 이상이

돼야만 들어와요. 혹시 제일 잘 팔렸을 때 월 수익이 어느
정도셨어요?

      (젬) 자세히 말씀드리기는 어렵지만 5개월에 1천만
원 이상의 수익이 나오기도 했어요. 저는 사실 다른
활동들도 함께하다 보니 제페토 내에선 그렇게 많이
버는 편은 아니라고 알고 있고요. 한 달에 몇천만 원씩
버는 분들도 있다고 들었어요. 유튜브도 사람마다
수익이 천차만별이라고 들었어요.

(옌) 맞아요. 유튜브도 잘 버는 사람은 잘 버는데, 구독자가
많아도 수익이 생각보다 얼마 안 되는 사람도 있고요.
카카오톡 이모티콘도 잘 벌면 억대로 번다고 하잖아요.
이게 사이버니까 무한 확장이 가능하단 말이죠. 실제로
상품을 개발해서 판매하면 제작하는 데 시간도 많이 걸리고,
보관하는 공간도 필요하고, 유통하다가 손상이 가는 경우도
많은데, 사이버 아이템은 그런 문제가 없잖아요. 실물
아이템은 제품이 잘 팔려도 재고가 부족하면 문제가 생기고,
또 안 팔려서 남아도 곤란한데 말이에요.

      (젬) 네, 맞아요. 그러다 보니 아이템 하나가 터지면
그 아이템이 꾸준히 팔리면서 수익이 생기기도 해요.
하나 만들어두면 신경 안 써도 그 아이템이 계속
팔리니까요. 저는 꾸준히 하다 보니까 그게 점점
쌓이기도 했어요. 대신 다른 문제가 있어요. 저작권
문제. 말씀해주신 것처럼 디지털은 무한 복제가

젬젬   **199**

가능하잖아요. 그러다 보니까 저작권을 침해당했을
때 알아차리기도, 제재하기도 굉장히 어려운 거예요.
제가 NFT로 넘어가게 된 이유도 저작권이나 소유권을
주장하기가 가장 좋은 방법이 NFT이기 때문이에요.

(엔) **NFT를 많이 들어는 봤는데 어떤 건지 좀 설명해주실 수
있을까요?**

(쌤) 사람마다 NFT를 말하는 방식이 다른데 저는
아티스트니까 아티스트의 입장으로 설명해볼게요.

제가 만약 판화 같은 작품을 딱 10개만 판매할
거라고 하면 보통 뒤에 시리얼 번호를 적어주잖아요.
디지털 공간에서 시리얼 넘버의 역할을 하는 게
NFT예요. 이게 원본인지 아닌지를 증명하는 거죠.
만약에 무단으로 사용한다면 '아, 이거는 가짜구나'
바로 알 수 있죠. 시리얼 넘버를 확인하면 되니까요.
내가 가지고 있는 게 진짜라는 걸 증명할 수 있어요.
예를 들어 제가 그림을 오픈씨 같은 NFT 사이트에
올려서 앤드류 님이 이걸 소유하게 됐다면, 그 작품에
아예 '이건 드로우앤드류의 소유다' 적혀 있는 거예요.

우리가 현실에서 캐릭터를 만들면 저작권
등록을 하잖아요. 근데 디지털로 만든 상품은 그게
어렵거든요. 그래서 NFT 기술을 통해서 저작권을
등록하는 거예요. 소유권 증명을 하기가 편해진 거죠.

새로운 세계가 열렸는데 안 해볼 이유는 없잖아요?

🅔 지금 NFT 아티스트로 활동하고 계시는데 어떤 식으로
진행되는지 그 과정을 들어볼 수 있을까요?

🅙 크게 개인으로 활동하는 방법이 있고 팀으로
활동하는 방법이 있어요. 팀으로 하는 작업은 우리가
잘 아는 메타콩즈, 집시의 슈퍼노멀 프로젝트,
미스터 미상 작가님의 고스트 프로젝트 같은 것들이
있어요. 외국에서 유명한 것으로는 쿨맨 유니버스
같은 프로젝트가 있고요. 그런 프로젝트들은 굉장히
많은 사람들이 주시하고 있고 판매 금액도 어마어마
해요. 그런 것들은 솔직히 개인이 하기가 어려워요.
아티스트, 개발자, 콘텐츠 기획자 같은 각 직군의
사람들이 모여서 팀을 만드는 거예요. 그러니
웹사이트부터 정식으로 다 갖춰져 있죠.

그렇게는 어렵고 개인으로 한번 시작해보고
싶다 하면 작품을 만들어서 오픈씨나 슈퍼레어,
XX블루 같은 NFT 판매 사이트에 민팅하면 돼요.
이런 플랫폼이 여러 개 있어요. 그런 사이트에 올라온
작품을 사람들이 보고 갖고 싶은 사람이 사면 NFT를
소유하게 되는 거예요.

🅔 작가님이 발행하신 NFT 프로젝트를 소개해주실 수
있을까요?

🅙 제목은 '댕댕스페이스'이고요. 댕댕
스페이스라는 행성에 파란색 강아지들이 살고 있는데

거길 지구인들이 발견했다는 스토리예요. 입양을
기다리고 있었던 파란색 강아지들을 사람들이 하나씩
입양하는 거죠. 사실 저는 아트에 집중된 프로젝트를
하고 싶었어요. 그래서 정말 귀여워서 많은 사람들이
소장하고 싶을 만한 작품을 만들고자 이 프로젝트를
시작했어요.

🧑 거기에는 여러 마리 강아지가 등장하는 건가요?

　　　🧑 여러 에셋들, 그러니까 특징이나 모양이 모두
다른 강아지들이 모여 있어요. 그런 걸 제너레이티브
아트라고 하는데, 하나하나 그리는 게 아니라
요소들을 만들어 조합하는 거예요. 머리에 쓰는 것,
손에 드는 것 등 요소를 잔뜩 만들고 조합시켜서 그
경우의 수만큼 작품이 만들어지는 거거든요. 그러니
여기에는 개발적인 요소가 필요해요. 그래서 제가
아니라 개발자가 필요하고요. 만들고자 하는 개수를
정해서 각기 다른 강아지를 만들어요.

🧑 아, NFT 중에 BAYC(Bored Ape Yacht Club) 원숭이
있잖아요. 그 원숭이가 선글라스 꼈다가 벗었다가, 모자
썼다가 벗었다가. 다양한 베리에이션이 있더라고요. 그런 걸
많이 봤는데 그렇게 하는 이유가 있나요?

　　　🧑 그게 제너레이티브 아바타인데요. 초기에
크립토펑크가 이런 식으로 만들어졌어요. 그게

진짜 수억 원에 팔리면서 그런 식의 트렌드가 생긴 것 같아요. 사람들은 대부분 이걸 소유하고 프로필 사진으로 쓰는 걸 좋아해요. 프로필 사진으로 내가 이 NFT 작품을 가지고 있다고 보여줄 수 있다는 점이 NFT의 새로운 점이기도 해요. '이 작품을 내가 소유하고 있습니다' 보여주고 자랑하는 것이 트렌드가 된 것 같고요.

어쨌든 또 새로운 방식으로 아티스트가 활동할 수 있는 공간이 열렸다는 게 중요해요. 아티스트의 작품을 구매해 프로필로 쓸 거라는 생각도, 내 작품을 프로필용으로 판매할 거라는 생각도 해본 적 없잖아요. 그야말로 새로운 형태인 거죠. 또 아티스트는 NFT를 통해 안심하고 더 많은 작품을 더 쉽게 판매할 수 있어요. 전혀 다른 시장이 열렸다는 점에서 시도해볼 만한 새로운 아이디어들이 넘쳐나고요.

◉ NFT 시장은 변동성이 굉장히 크잖아요. 현장에 들어가 있는 입장으로서 어떠세요?

◉ 변동 장난 아니죠. 가격 변동도 장난 아니고. 왜냐하면 이게 가상화폐랑 연동돼서 그래요. 내가 어떤 가상화폐를 사용하느냐, 예를 들어서 이더리움 베이스냐 클레이튼 베이스냐에 따라서 오르기도 떨어지기도 하고요.

"

새로운 방식으로 아티스트가
활동할 수 있는 공간이
열렸다는 게 중요해요.

새로운 세계가 열렸는데 안 해볼 이유는 없잖아요?

"

전혀 다른 시장이 열렸다는
점에서 시도해볼 만한 새로운
아이디어들이 넘쳐나고요.

젬젬   205

엔 그게 뭐에 의해서 떨어지는 걸까요?

샘 거기까지는 아직 잘 모르겠어요. 저희도 비트코인 샀는데 너무 떨어지면 왜 그런지 정확히 모르잖아요. 제 생각에 아직까지는 보이지 않는 손과 트렌드, 그리고 그 작품의 희소성에 의해서 가격이 움직이는 것 같아요.

엔 어렵네요. 제가 앞서가는 밀레니얼 후배라는 이야기를 많이 들어왔는데 되게 뒤처지는 느낌이에요. (웃음)

샘 근데 NFT는 메타버스 쪽에 활동하시지 않거나 관심이 없으면 진짜 알기가 되게 어려워요.

엔 그러니까요. 근데 이게 미래니까 저는 공부해야 한다고 생각합니다. 변동성이 굉장히 어려운 부분인 것 같아요. 그러니까 앞으로 어떻게 할지도 모르시는 거죠.

샘 감히 말하기가 어렵죠.

엔 그에 대한 나만의 계획을 어떻게 세워두셨을까요?

샘 저는 앞으로 제 작품의 대부분을 NFT로 판매할 생각이에요. 무단 사용 여부를 확인하거나 복제를 금지하기에 제일 적합한 방식이기 때문이에요. 변동성을 알 수 없는 것도 오히려 저는 큰 재미 요소라는 생각이 들어요. 아티스트가 실제로 현실에서 전시 활동을 할 수도 있지만, NFT 방식을 사용하면

말 그대로 전 세계 사람을 다 만날 수 있는 거잖아요.
그 부분이 굉장히 메리트 있다고 생각해요. 그리고
아무래도 디지털 기술이 계속 발전함에 따라서
그 공간이 조금 더 넓어질 거라는 생각도 들고요.
어디까지나 개인적인 견해지만요. 그래서 저는
오프라인 활동도 하긴 하겠지만 NFT를 지속적으로 할
것 같아요.

⊗ 그럼 전시회도 하고 일러스트 페어도 나가고 싶은
욕심은 없으세요?

⊗ 저는 할 생각이 있어요. 제가 작년에는
메타버스에서 주로 활동했기 때문에 메타버스
크리에이터라고 많이 소개했어요. 근데 사실
메타버스 크리에이터라는 게 따로 있는 게 아니고
그냥 '크리에이터'거든요. 제페토를 비롯한 메타버스
공간을 이해하고 있고 그곳에서 활동하고 있으면
메타버스 크리에이터가 되는 거예요. 그 안에서 아트
쪽으로 더 많이 활동하는 분도 계시고. 저는 일러스트
쪽에 더 연관되어 있는 메타버스 크리에이터가 되고
싶었어요.

이게 약간 애매할 수 있는데 메타버스는 말 그대로
디지털 세상이잖아요. 원래는 우리가 활동할 수 있는
공간이 오프라인, 온라인 있었는데 여기에 한 가지
더 메타버스라는 공간이 열린 거죠. 예를 들어서 제가

앤드류 님을 정의한다고 하면 인스타그래머라고만
정의하지 않고 유튜버라고만 정의하지도 않잖아요.
작가님이기도 하고 크리에이터이기도 하고. 활동하는
방면이 다양하니까요.

◉ 그렇죠. 유튜브로 가면 유튜버고, 인스타그램으로 가면
인스타그래머고.

◉ 제가 저에 대해 설명할 때 메타버스
크리에이터이자 일러스트레이터라고 말하는 것은
그게 현실에서 가장 이해받기 쉬워서예요. 제가 하고
있는 것들을 하나로 정의하기가 어렵거든요. 저는
다양한 플랫폼에서 여러 역할을 수행하고 있잖아요.
그걸 하나하나 설명하자니 너무 길어지고 복잡해요.
그렇다고 그냥 "일러스트레이터입니다."라고
말하기에는 부족하고요.

그림을 그리고 아이템을 만들기도 하고
인플루언서이기도 하지만 한 단어로 저를 정의할 수는
없는 거죠. 저뿐만 아니라 메타버스에서 활동하는 분들
모두 그럴 거예요. 각자 가진 역할과 직업이 다양해요.
유튜브에 버추얼 유튜버분들도 계시잖아요.
그분들은 얼굴을 드러내지 않고 아바타로 활동하시기
때문에 어떤 측면에서는 유튜버보다는 메타버스
크리에이터에 가깝거든요. 그렇지만 유튜버잖아요.
인플루언서이기도 하고요. 역할값이 점점 다양해지다

보니 한 용어로 나를 정의하기는 무척 어려워요.

(예) 맞아요. 예전에는 돈 벌 방법이 회사밖에 없었고,
회사원이라는 정체성이 무척 명확했었죠. 지금은 회사
밖에서 정말 다양한 활동을 할 수 있게 되었고, 그 안에 여러
플랫폼이 존재하고요. 어떤 플랫폼을 주력으로 활동하느냐에
따라 부르는 이름도 달라지니까요. 제페토에 가면 제페토
아이템 크리에이터지만 NFT에 집중할 땐 NFT 아티스트이고,
책을 열심히 만드는 작가이기도 하고.

(셈) 정확하게 짚으셨어요. 그래서 그냥
크리에이터라고 말하는 게 가장 가장 편해요.
말 그대로 무언가 만드는 사람인 거잖아요. 내
아이디어를 이용해 창의력을 발휘하고 결과물을
만들어내는 거죠. 사실 어떤 플랫폼에서 어떤 도구를
사용하는지보다 만들어낸다는 것 자체가 중요한 것
같아요.

활동의 장이 하나 생겼다 정도로 이해하는 게 가장
편해요. 플랫폼이 워낙 다양하니까요. 이곳에서도
해보고 저곳에서도 해보고. 여기서 흥할 수도 있고
저기서 흥할 수도 있고요. 플랫폼마다 특성이 있고
유저도 다 다르기 때문에 여기서 안됐던 아이디어가
다른 곳에서는 환영받을 수도 있어요. 크리에이터는
그런 다양한 플랫폼을 넘나들며 역량을 펼치는
사람들인 거죠.

⑩ 여러 플랫폼을 사용하고 계시는데, 플랫폼에 따라서
일하는 감각이 좀 다른가요?

⑩ 일단 제페토 같은 경우는 확실히 10대
친구들의 감각을 따라가야 해요. 그 친구들에게는
눈에 확 띄는 반짝반짝거리는 것들이 되게
중요하거든요. 그래서 진중하고 무거운 것보다는
정말 틱톡 같이 가볍게 즐길 수 있는 것이 환영받아요.
그러니 휘발적이지만 그럼에도 눈길을 확 끄는 것들
위주로 생각을 많이 하죠. 아이템 역시 10대 친구들의
눈으로 바라보려고 노력을 많이 했고요.

그리고 NFT는 눈길을 끄는 방식이 좀 달라요.
콘셉트가 더 중요한 시장이라는 생각이 들어요.
그래서 어떤 콘셉트로 가야 하는 건지 많이 고민했고
귀여움에 집중된 작품을 보여주려고 했고요.

그래픽노블은 어른 동화 콘셉트예요. 조금 더
진지하게 내면에 있는 것들을 다루려고 하고요.
스토리라인이나 세계관에 조금 더 많은 고민을 하고
있어요.

⑩ 메타버스 세상에서 일을 잘한다는 것과 현실 세상에서
일을 잘한다는 것에 차이가 있을까요?

⑩ 현실에서는 회사에 들어가 일을 할 때 일을
잘하는 분들 보면 확실히 다르잖아요. 자기 분야에
무척 전문적이고 잘하고. 메타버스에서는 사람들의

눈길을 끌 줄 알아야 하는 것 같아요. 크리에이터 영역이 더 크고요. 창작적인 요소가 더 중요하다고 보고 있어요. 콘텐츠와 플랫폼을 이해하고 창의적으로 그 아이디어를 표현할 줄 아는 능력이 더 필요한 것 같아요.

🟡 메타버스나 웹3.0이 지금 굉장히 빠르게 발전하고 있다고 느껴지거든요. 아직은 좀 더 발전해야 한다고 느끼시는 부분도 있을까요?

🟡 네, 이곳은 질서가 없어요. 룰 같은 게 없으니까 시장을 독점하려는 사람들도 있어요. 1세대분들 중에는 내가 시작했고 내가 다 만들어 놓은 거야, 다 내가 먹어버릴 거야, 그런 분들이 있어요. 근데 사실 그러면 안 된다고 생각해요. 이 생태계 안에서 여러 크리에이터들이 공존해야만 그 생태계가 좀 더 살아남는 거거든요. 아무래도 그런 것들에 대해서는 확실히 룰 같은 것들이 필요하긴 하겠다 하는 생각은 들어요.

그리고 두 번째, 아직은 많은 분들이 메타버스가 뭔지 웹3.0이 뭔지 잘 모른다는 점에서 그런데요. 저에 대해서 설명할 때 너무 어렵더라고요. 성장 가능성 같은 걸 설명드릴 때 특히 어려운 것 같아요. 이해하시는 분들은 '아, 그런 내용이군요' 하시지만 그렇지 않은 분들은 설명을 해도 '전혀 모르겠다, 말이

새로운 세계가 열렸는데 안 해볼 이유는 없잖아요?

안 된다' 그러시거든요. 너무 뜬구름 잡는 내용으로
받아들이시는 거 같아요.

🙂 그 변화가 피부로 와닿지 않아서인 것 같아요.
인스타그램이나 유튜브도 처음에 그걸로 돈을 번다고 했을
때 말도 안 된다고 했잖아요. 근데 인스타그램 광고를 보고
무언가 직접 구매해보면서 나한테 영향을 끼쳤을 때 비로소
이해하게 되는 것 같아요. 모든 플랫폼들이 다 초기 시장이
있고 그 과도기가 있는 것 같고요. 인스타그램에도 처음에
룰이 없었거든요. 요즘은 룰이 있단 말이에요. 유튜브도
광고나 협찬에 가이드가 있고요. 그게 메타버스에도 똑같이
적용될 것 같아요.

🙂 네, 맞아요. 새로운 생태계니까 아직 뭐가
제대로 만들어진 게 없는 거죠.

🙂 반대로 제페토는 초창기랑 지금을 비교하면 어떤 게
달라졌을까요?

🙂 일단 크리에이터들이 정말 많아졌어요. 제가
알기로 지금 한 40만 명 이상일 걸요. 처음에는 정말
아무것도 없었거든요? 유저도 없고 크리에이터도
없고 아무도 없었어요. 콘텐츠랄 것도 없었고요. 뭐든
그냥 올리면 되는 상황이었어요. 근데 지금은 정말
사람 사는 세상 같아요. 정말 많은 게 생겨났고요.
그래서 초기에 비해 빠르게 성장하기는 좀 어려운 것

같아요. 초반에는 무엇이든 만들어서 올리면 선점이
가능했으니까요. 지금은 어지간한 건 다 있어서 뭔가
만들어내기도 어렵고, 워낙 크리에이터들이 많으니
그들 중에 상위로 올라가기도 어렵고요.

🙂 그런 과정에서 성공하기도 하지만 실패하기도 하잖아요.
내가 실패하지 않을까에 대한 두려움도 느끼실까요?

　　　🙂 근데 제가 메타버스나 웹3.0을 겪으면서
확실하게 느낀 게 있어요. 실패랄 게 없다. 여기서는
정말 잃을 게 없어요. 실패한다고 해도 막말로 내가
집을 잃는 것도 아니거든요. 돈을 잃는 것도 아니고요.
준비를 해서 시작했는데 안되면 다른 프로젝트를 하면
돼요. 다시 본업을 찾아갈 수도 있고요. 그래서 저는
사실 두려움은 없어요.

　　　왜냐하면 말 그대로 누구나 원하는 만큼의 꿈을
이룰 수 있을 것 같다는 생각이 들어서요. 실패라고
하면 뭐 좀 안 팔린다 그 정도?

🙂 좋은 태도 같아요. 그런 이야기를 본 적 있어요. "우리가
힘든 이유는 한 번 실패하면 다시 일어날 수 없는 세대에
살고 있기 때문이다." 생각해보면 웹3.0에서는 어떤
프로젝트가 실패하면 새로운 아바타로 새로운 프로젝트를
시작하면 되잖아요.

　　　🙂 네, 바로 그거예요. 지금 이 프로젝트가 잘 안

된다고 해도 그냥 대중의 취향이 아니었나 보다, 운이
없었나 보다 하고 다른 아이디어로 새로운 걸 만들면
돼요.

🙂 정말 실패를 두려워할 필요가 없네요. 현실에서 하려면
투자 비용이 너무 많은데 여기서는 나의 시간과 노력만
들어가는 거니까.

　　🙂 확실히 프로젝트 자체를 대규모로 기획해서
　　팀으로 진행하게 되면 돈의 규모나 팀원의 수에 따라
　　많은 게 걸려 있으니 달라지긴 하겠지만요. 개인이
　　시도하는 거라고 하면 확실히 리스크가 적은 것
　　같아요. 그냥 진짜 계속 성장해 나가면 된다, 이렇게만
　　보면 될 것 같아서. 지금 이게 잘 안돼도 성장의 발판이
　　되는 거죠.

🙂 그리고 저는 젬젬 님의 스토리가 참 좋은 게
일러스트레이터로 커리어를 쌓으려던 계획이 코로나19
때문에 무산되었지만, 반대로 코로나19 때문에 빨리 온
웹3.0에서 성공을 이루셨잖아요. 제페토도 그렇고 NFT도
그렇고 코로나19 때문에 더 활성화된 것 같은데 전화위복을
되게 잘하신 것 같아요.

　　🙂 근데 저도 처음에는 사실 이렇게 될 줄
　　몰랐어요. 제가 이런 식으로 풀릴 줄도 몰랐고요.

젬젬　　　　　　　　　　　　　　　　　　　　　**215**

새로운 세계가 열렸는데 안 해볼 이유는 없잖아요?

근데 제가 메타버스나
웹3.0을 겪으면서
확실하게 느낀 게 있어요.
실패랄 게 없다.
여기서는 정말 잃을 게 없어요.

@ 제페토 크리에이터는 어떤 분들께 추천해주고
싶으신가요?

셈 내가 패션 감각이 있고 콘텐츠 프로덕션
잘한다 하시는 분들은 제페토를 고려하시면 좋을
것 같아요. 그리고 내가 틱톡에서 잘해볼 수 있을 것
같은데 나 진짜 춤 못 추겠다 하시는 분들, 틱톡 감성과
내가 너무 잘 맞아떨어지는데 내가 실제로 영상에
등장하기는 부담스럽다, 난 노래를 너무 잘 부르는데
얼굴을 노출하기는 꺼려진다 그러면 제페토가 좋을 것
같아요.

또 3D 기술을 다룰 줄 알고 게임 회사도 다녀봤고
아이템 만드는 거에 소질이 있다면? 제페토 하시면
될 것 같아요. 맵을 만들 줄 알고 공간을 다루는 게
재밌고 마인크래프트도 좀 해봤다 하시는 분들은
맵 크리에이터로 해보셔도 되고요. 여기가 정말
무궁무진하거든요. 그 안에 라이브 기능도 있어서 내
아바타를 이용해 얼굴을 보이지 않고 방송할 수도
있어요.

@ 맞아요. 내가 현실 세계에서는 조용히 있고 싶지만
웹상에서 인플루언서가 되고 싶다면 다 해볼 수 있잖아요.
그걸로 수익 창출도 할 수 있으니까.

셈 그게 단순 놀이로 끝나는 게 아니라 수입까지
연결되니까 사실 시작하지 않을 이유가 없죠.

새로운 세계가 열렸는데 안 해볼 이유는 없잖아요?

🅰 그림을 소재로 메타버스에 도전하고 싶은 분들에게 하고
싶은 조언이 있다면요.

🅱 너무 기존의 방식대로만 생각하지 않았으면
좋겠어요. 그러니까 메타버스는 또 다른 활동의
장이에요. 내가 작가 활동을 하는데 전시라는 방식도
있을 거고, 굿즈를 만드는 방식도 있을 거잖아요.
아니면 유튜브에서 그림을 그리는 콘텐츠를 만들
수도 있고요. 이런 것처럼 메타버스라는 공간 안에서
새로운 방식으로 작품 활동을 하는 거예요. NFT라든지
아이템을 만든다든지. 표현의 방식 중 하나로
생각해보라고 말씀드리고 싶어요. 나랑 너무 별개의
얘기라기보다는 한번 더 들어가서 해보고 경험해보면
'이게 이런 방식으로 풀어지는구나'라고 아실 수
있거든요. 근데 많은 분들이 그냥 '나는 이게 너무
어려워, 너무 디지털이야' 그러고 마시더라고요. 사실
들어가서 확인해보면 우리가 흔히 쓰는 소셜미디어
앱들이랑 크게 다를 것도 없어요. NFT도 전시와
그렇게까지 다를 것이 없거든요. 물론 완전 새로운
매체, 새로운 장이다 보니 조금 공부는 필요하겠지만
너무 두려워할 필요는 없다고 말씀드리고 싶어요.

🅰 크리에이터 이코노미가 점점 커지면서 앞으로
크리에이터의 역할이 어떻게 얼마나 커질 거라고
생각하세요?

쳄쳄

🌱 확실히 지금보다는 훨씬 더 커질 것
같아요. 왜냐면 요즘 새로 나오는 플랫폼은 대부분
크리에이터를 베이스로 운영되는 경우가 많잖아요.
크리에이터의 역량에 따라 흥망이 결정되기도 하고요.
그러니 크리에이터의 영역 자체가 커지지 않을까 감히
예상해봅니다.

🗨 저는 또 한편으로 그런 생각도 들었어요. 온라인 사업이
처음 등장했을 때 오프라인 사업보다 접근이 쉬웠던 것처럼
크리에이터가 되는 것도 점점 쉬워지는 거 아닌가. 누구나
크리에이터가 될 수 있는 세상이 열리고 있다는 생각이
들어요.

🌱 저도 그 부분에 대해서 생각을 많이 해봤어요.
제가 크리에이터 활동을 하면서 시간과 노력을
많이 쏟는데 어떤 분들은 그냥 호기심에 잠깐 해본
것이 갑자기 확 뜨는 경우도 있고요. 운이 작용한
거겠죠. 그럴 때는 허무해지기도 해요. 근데 그럼에도
불구하고 꾸준히 계속하는 분들이 있어요. 그런
분들을 보면 진심과 정성을 다한 사람들이 살아남기
마련이라는 생각이 들고요. 당장 유행하는 것이나
밈적인 요소가 가미된 것들이 인기가 많다가도
시간이 흐르면 또 다른 걸 찾게 되니까요. 그런 흐름
속에서 계속 새로운 게 열리고 무질서한 것들이
정리되는 것 같아요. 그래서 그런 부분에 있어서는

크리에이터가 되는 길에 희망적인 요소가 많이 있지 않나 생각하기도 합니다.

🟠 창작하실 때 주로 영감을 얻는 창구가 있으신가요?

🟡 저는 노래 듣는 걸 정말 정말 좋아해요. 그래서 다양한 장르를 듣는데요. 메시지에 집중을 많이 하는 편이에요. 이 아티스트가 왜 이런 가사를 썼고 왜 이런 멜로디에 이런 가사를 넣었을까, 뭘 전달하고 싶었을까 생각하면서 영감을 많이 받아요. 그리고 다른 분들이 저한테 자기 얘기를 해줄 때 주로 유심히 듣는 편이거든요. 그 사람이 내면에 어떠한 생각과 마음을 가지고 그렇게 행동하고 그렇게 되었을까, 이런 것들을 생각하면서 영감을 진짜 많이 받는 것 같아요.

🟠 아까도 그래픽노블 이야기를 잠깐 해주셨는데 스토리를 설명해주실 수 있을까요?

🟡 일단 캐릭터 이름은 딱히 없고요. 소녀랑 한 검은 괴물이 나와요. 소녀가 잘 지내고 있었는데 어느 순간부터 그 검은색 괴물이 자기 눈에 아른거리기 시작하는 거죠. 그래서 과연 이 괴물이 왜 나한테 왔고 어떻게 하려고 그러는 걸까 궁금해하면서 얘기가 진행돼요. 그 괴물이 가지고 있는 메시지에 집중하고 봐주시면 좋을 것 같아요.

⑩ 캐릭터가 강한 작품들을 많이 그리시는 것 같아요.
주로 어린아이를 캐릭터로 많이 쓰시는데, 상징하는 바가
있을까요?

　　⑭ 저는 사실 지금 어른이지만 아직도
어른이란 게 믿어지지 않아요. 제게는 말 그대로
'어른이'라는 말이 더 적합한 것 같아요. 내면은 아직도
어린아이인데 그냥 몇 년이 흐른 거죠. 다들 마음속에
어린이가 있을 것 같아요. 그래서 저는 그 안에 있는
내용을 끄집어내고 싶었어요. 우리가 늘상 보는
겉모습이 아니라 그 안에 내가 어떤 스토리를 갖고
있고 어떤 이야기를 하고 싶은지 그런 거에 집중하고
싶다 보니까 아무래도 그림에 나오는 주인공이 대부분
어린이였던 것 같아요.

⑩ 앞으로 본인의 그림을 다른 창구에서 보여주고자 하는
계획도 있으실까요?

　　⑭ 일단 NFT 쪽으로 계속 활동할 거고요.
댕댕스페이스를 계속 발전시켜서 나중에는
머천다이즈, 굿즈까지 진행하고 싶어요. 이렇게
오프라인으로도 연결시켜서 전시 콘텐츠로도
활용할 수 있도록 준비하고 있습니다. 또 그래픽노블
쪽으로도 세계관과 스토리를 강화시키고자 노력
중이에요. 앞으로 책도 만들고 애니메이션도 만들고

새로운 세계가 열렸는데 안 해볼 이유는 없잖아요?

싶어요. 유튜브로 할 수도 있을 것 같지만, NFT
프로젝트랑 연결지어서 진행될 것 같아요.

🅰 **대중들에게 어떤 아티스트로 비쳤으면 하시나요?**

🅢 제 그림을 보고 이해받는 것 같다고 느끼시면
좋겠어요. 세상 사람들에게 이해받지 못할 때,
사람들이 나를 이상하고 별나다고 말해서 세상에 혼자
있는 기분이 들고 쓸쓸할 때 '저 작가 그림을 보니
괜찮다' 그런 느낌을 받았으면 좋겠어요.

저는 대부분 '나만의 작은 악몽'이라는 주제로
그림을 그리고 있어요. 누구나 악몽을 경험해봤을
텐데요. 이게 어떤 사람한테는 기억이 될 수도 있고
감정이 될 수도 있고 어떤 사람 자체가 될 수 있고
아니면 트라우마가 될 수도 있고. 남들한테 말한 적
없는 나만의 악몽 같은 것이 있을 텐데 제 그림을
보면서 위로를 받고 털어낼 수 있었으면 좋겠다는
생각으로 그림을 그렸어요. 그게 그림이나 예술이 가진
힘이기도 하고요. 그래서 그런 내용들을 위주로 담고
있어요. '이상하지만 그런 내가 싫지만은 않다' 하는
느낌을 줄 수 있으면 좋겠습니다.

🅰 **앞으로의 계획도 기대되네요. 다양한 일을 시도하면서
독립적으로 일하고 계신데 거기서 오는 불안감은 없으세요?**

🅢 불안감 많습니다. (웃음) 아무래도 정기적으로

돈이 들어오는 것도 아니고 계속 일을 잡아 와야 하는 입장이잖아요. 어딘가에 소속되어 있지 않고 내가 직접 꾸려야 하니까 위로받고 싶을 때 못 받는 경우도 되게 많아요. 기대고 싶을 때 기대지 못하는 경우가 많으니 외롭기도 하고요. 공감대랄 게 없는 거죠. 왜냐하면 저는 혼자 일하니까. 그런 요인 때문인지 올해 초부터 지난달까지 좀 아팠어요. 지금은 그림을 통해서 해소하고 있고요.

🄴 **그렇게 열심히 일하는 동기가 있을까요. 일이 나에게 의미하는 바는 무엇인가요?**

🅂 일단 사람들한테 제 그림이, 그리고 나의 이야기가 사랑받았으면 좋겠어요. 모든 크리에이터들과 마찬가지로 저도 남들이 내 작품을 보고 "와, 좋다!" 해주면 기분이 너무 좋아요. 내가 만든 걸 보고 사람들이 위로를 받고 공감하면 그 순간 저도 제가 원하는 바를 이해받은 거니까요. 반대로 저도 위로를 받게 되더라고요. 저는 그림이 정말 좋아요. 그림 그리는 게 너무너무 좋고 사람들 이야기 들어주고 내 이야기하고 나누는 것도 너무 좋고.

🄴 **그런 점에 있어서 메타버스가 참 고마운 존재겠네요.**

🅂 그런 것들이 많아질수록 다양하게 활동할 수 있는 거잖아요. 그런 공간들이 계속 열리는 게

새로운 세계가 열렸는데 안 해볼 이유는 없잖아요?

크리에이터들에게 참 좋은 기회가 되는 것 같아요.
무엇이든 시도해볼 수 있다는 것. 누구나 도전할
수 있다는 것. 그게 메타버스와 웹3.0의 가장 큰
장점이니까요. 다양한 플랫폼들이 계속 등장하는 만큼
머뭇거리지 말고 일단 시도해보시면 좋겠어요. 어디서
나의 가능성이 폭발할지는 해보지 않으면 모르는
거잖아요.

새로운 세계가 열렸는데 안 해볼 이유는 없잖아요?

"

크리에이터들에게 메타버스라는
새로운 활동의 장이 생겼잖아요.
여기서 흥할 수도 있고
저기서 흥할 수도 있어요.

"

일단 달려요,
실패도 멋진
풍경이 될 테니까

"모든 주인공에겐
역경을 이겨낸 스토리가 있잖아요.
그래서 내가 겪은 실패도
하나의 이야기가 될 거라
생각하면 좀 편해지더라고요."

안정은

국내 1호 러닝 전도사. 힘들 때 우연히 시작한 달리기로 큰 즐거움과 위로를
느낀 이후 러닝 코치, 런트립 기획자, 칼럼니스트, 스포츠 모델 등으로
활동 중이다. 베이커리 카페 '달리당'을 운영 중이며, 지은 책으로는
『나는 오늘 모리셔스의 바닷가를 달린다』, 『서울을 달리는 100가지 방법』,
『오늘도 좋아하는 일을 하는 중이야』, 『제주를 달리는 64가지 방법』이 있다.

"달리기로 돈을 번다고?"

세상에 없던 직업을 스스로 만들고 전 세계를 달리는 '러닝 전도사' 안정은 님. 11번의 마라톤 풀코스 완주, 250km 사막 마라톤, 여행지에서 이국적인 풍경을 배경으로 달리는 런트립까지. 그녀는 도전을 멈추지 않고 계속 달린다. 그녀의 활동 범위는 달리는 방법을 알려주는 러닝 코치, 달리기와 여행 상품을 결합한 여행 기획, 달리기를 주제로 한 책 집필 등 달리기로 할 수 있는 모든 것!

처음부터 쉽게 찾은 길은 아니었다. 개발자, 승무원, 마케터, 연극배우, 모델 등 여러 직업에 도전하며 나다운 일을 찾기 위해 고군분투했고 그 가운데 시련을 겪기도 했다. 앞이 깜깜한 상황에 무기력을 극복하고자 나섰던 산책길에서 터져버린 눈물에 누가 볼까 도망치듯 달리기 시작했고, 처음으로 달리기의 힘을 경험하게 되었다. 좋은 것을 사람들과 나누고 싶다는 마음으로, 오늘도 달리는 긍정 에너지 안정은 러닝 전도사의 이야기를 들어보았다.

앤 안정은 님을 소개할 때 '러닝 전도사'라는 수식어가
붙잖아요. 러닝 전도사에 대해 설명 부탁드려요.

안 러닝 전도사는 말 그대로 러닝의 즐거움을
알리는 직업이에요. 남녀노소 불문하고 많은 분들께
러닝의 좋은 점을 전달하고 있죠. 힘들거나 우울한
상황에 있는 사람들이 달리기를 통해 다시 삶의
활력을 되찾을 수 있도록 돕고 있어요.

앤 언제부터 그 일을 하셨나요? 이전까지 굉장히 여러 가지
커리어를 거쳤다고 알고 있는데요.

안 제 첫 직업은 개발자였어요. 제가
공대생이거든요. 컴퓨터 공학을 전공하고 자연스럽게
개발자가 되었죠. 그런데 막상 회사에 취직해 다니다
보니 '이게 진짜 내가 원하던 건가?' 하는 생각이
들더라고요. 개인적인 성향에도 잘 맞지 않았고요.
저는 말하는 것도 좋아하고 활동적인 성향인데
종일 노트북 앞에만 앉아 있으니까 너무 답답하고
스트레스도 많았어요. 그래서 내가 원하는 일을
찾고자 6개월 만에 그만두었어요. 그러고는 승무원에
도전했죠. 1년 동안 열심히 준비해서 가고 싶었던
중국 항공사에 합격했어요. 근데 당시에 사드 문제가
터지면서 무산되고 말았어요.
국제적인 정세 때문에 벌어진 일이라 제가 할

수 있는 게 아무것도 없다 보니까 너무 힘들어서
우울증에 대인기피증까지 걸렸어요. 그러다 우연히
달리기를 시작하게 되었고요. 달리면서 다시 일할
힘을 얻었고, 이후 호텔의 마케터로 입사하게
되었어요.

🅔 개발자, 승무원, 마케터. 사실 연관성이 안 보여요. 또
각각의 직업이 하고 싶다고 할 수 있는 직업도 아니잖아요.
어떻게 준비하셨어요?

🅐 승무원은 정말 독하게 마음먹고 준비했어요.
진짜 걸음마부터 다시 배우는 마음으로 시작했죠.
거울 보고 자연스럽게 미소 짓는 연습도 하고요.
그동안 운동화만 신고 다녔으니 구두 신고 걷는
연습도 했어요. 언어도 중요하니까 영어 공부는 물론
중국어 공부까지 했고요. 중국어를 하나도 못 했는데
6~7개월 만에 HSK 5급을 땄어요. 그렇게 열심히
준비했죠.

마케터 같은 경우는 제가 다양하게 대외 활동했던
것들이랑 달리기를 취미로 했다는 것에 점수를 높게
주시더라고요. 그래서 다행히 합격하게 됐어요.

🅔 그럼 마케터로 일하시다가 러닝 전도사가 되신 거예요?

🅐 맞아요. 마케터는 제 성향이랑도 잘 맞고,
일하는 동안 너무 재밌었어요. 마케터로서 호텔이나

호텔의 서비스를 홍보하고 고객들과 소통하는 일이
잘 맞더라고요. 하는 일도 만족스럽고 즐거웠는데
문득 그런 생각이 들었어요. 어차피 한 번 사는 인생,
호텔보다 나 자신을 한번 마케팅해보면 어떨까 하고요.
생각한 후에는 바로 실천했죠. 스스로를 마케팅하기로
했어요. 그러고는 러닝 전도사라는 이름을 스스로
붙이고 활동했어요.

🅺 커리어가 정말 변화무쌍한데, 그럼 몇 번의 경력 전환을
거치신 걸까요?

　　🅰 일단 처음 시작했던 개발자, 승무원도
합격까지는 했으니 승무원, 그리고 마케터. 그리고
지금은 러닝 전도사로 일하고 있고, 사실 중간에
연극배우도 잠깐 했답니다. 스포츠 브랜드 모델을
하기도 했고, 지금은 글 쓰는 작가로도 활동하면서
책을 집필하고 있어요. 아, 3주 전*에 새로운 직업이 또
생겼어요.

🅺 베이커리 카페 사장님?

　　🅰 네, 맞아요! 베이커리 카페의 사장이
되었어요. 빵을 너무 좋아해서 빵집을 차리는 게

＊ 인터뷰 당시를 기준으로 해당되며, 베이커리 카페 '달리당'은 2022년 4월
　말부터 운영을 시작했다.

안정은

일단 달려요, 실패도 멋진 풍경이 될 테니까

늘 꿈이었거든요. 빵 중에서도 에그타르트를 특히
좋아해요. 이렇게 좋아하는 에그타르트 매일 먹고
싶어서 창업하게 되었습니다.

⑪ 그런데 커리어들의 연관성이 정말 하나도 없잖아요.
그것에 대한 두려움이나 불안함은 없으셨어요? 어쨌든
지금껏 노력했던 시간을 다 제로로 돌리고 새로운 곳으로
나아가는 거니까요.

⑫ 왜 없었겠어요. (웃음) 불안함은 늘 있었죠.
생각해 보면 20대 초반에는 내가 과연 돈은 모을
수 있을지 내 집은 장만할 수 있을지 결혼은 할 수
있을지 그런 걱정이 많았거든요. 진득하게 1년 이상
직업을 가져본 적이 없었으니까요. '내 성격에 문제가
있어서는 아닐까?' 하면서 항상 저를 탓했어요.

그렇지만 지금 와서 드는 생각은 그 시간이
전혀 아깝지 않다는 거예요. 왜냐하면 승무원이 잘
안되면서 힘들었기 때문에 달리기를 시작하게 됐고
달리기 덕분에 새로운 꿈이 생겼잖아요. 개발자를
하면서 내 길이 아니라는 것도 알았고, 승무원
준비를 하면서 서비스 마인드도 배웠고, 연극배우를
하면서 발음과 발성에 대해 공부했고, 마케터 생활을
하면서는 다양한 프로젝트를 계획해 보는 연습을
해보게 되었어요. 어떤 것이든 다 삶에 도움이
되더라고요.

⒑ 달리기를 처음 시작하게 된 이야기를 좀 더
들려주신다면요.

⒕ 승무원의 꿈이 좌절되고 맨날 울면서 지내다가
어느 날 밖에 나갔어요. 오늘처럼 날씨가 되게
좋았거든요. 실연당한 사람처럼 혼자 엉엉 울면서
아파트 단지를 걸어 다니고 있자니 너무 창피하고
숨고 싶더라고요. 그래서 그냥 막 도망치듯 달렸어요.
사람들이 안 보이는 곳으로 도망치고 싶어서 울면서
뛰었어요. 그렇게 한 5분 정도 뛰고 나니까 갑자기
마음이 개운해지면서 해방된 느낌이 들더라고요. 너무
답답하고 진짜 한 치 앞도 안 보여 뭘 해야 될지도
몰랐을 때, 그렇게 5분 달리고 나니까 진짜 기적처럼
마음이 편안해진 거예요. 그래서 다음 날도 달리고
그다음 날도 달렸어요. 그렇게 지금의 러닝 전도사가
된 거죠.

⒑ 달리기가 아무리 좋다고 해도 아무것도 없는 상태에서
달리기를 내 밥벌이 수단으로 만들겠다 결심하기는 굉장히
어려웠을 것 같아요. 이렇게 하면 되겠다는 생각이 처음부터
들었나요?

⒕ 뭔가 확신이 있었어요. 그 당시만 해도 달리기
붐이 이렇게까지 크지는 않았는데 분명 수요가
있다고 생각했거든요. 제가 달리기를 시작했던
계기가 다이어트나 친목 도모가 아니라 그냥 '살고

싶어서'였잖아요. 그렇게 힘을 얻을 무언가가 필요한 사람들이 많을 거라고 생각했어요. 달리기가 그걸 도와줄 수 있다는 건 제가 직접 해봐서 알고 있었고요.

사실 말은 안 해도 집에서 혼자 우울감에 빠지는 시간이 있잖아요. 그냥 오늘 밤에 잘 잠들고, 내일 또 잘 살아내고 싶은 사람들은 정말 많을 것 같더라고요. 그 사람들도 저처럼 이렇게 즐겁게 달리다 보면 더 활기차게 밖으로 나올 수 있지 않을까 생각했어요. 그래서 이건 니즈가 분명히 있는데 사람들이 잘 모를 뿐이라는 생각에, 왠지 모르게 확신이 생겼어요. 그냥 제가 즐겁게 하다 보면 사람들도 똑같이 즐겁게 할 수 있지 않을까 싶었고요.

(엔) 내가 경험했던 걸 남들과 나누고 싶다는 마음이었던 것 같네요. 특히 코로나19 때문에 최근 2년간 비슷한 경험을 한 사람이 많을 것 같아요. 실직하신 분들, 하는 사업이 잘 안되는 분들도 많고요.

(안) 저도 울면서 달리기를 시작했다고 말씀드렸잖아요. 근데 이야기하다 보면 울면서 달리기를 시작하신 분들이 아주 많더라고요. 그분들 이야기를 더 들어보면 달리기는 역시 오늘을 살아가기 위한 필수 조건인 것 같아요.

(엔) 그렇다면 처음에 러닝 전도사가 되겠다고 마음먹었을 때

어떤 일부터 시작하셨어요?

㉠ 처음에는 일단 글을 썼어요. 달리기의 즐거움을 알리려면 일단 글로 정리해야겠다고 생각했어요. 근데 사실 제 글을 읽어주는 사람이 없잖아요. 그래서 글을 쓰면서 동시에 그 글을 대중들에게 선보일 방법을 고심하기 시작했어요. 그때 가장 먼저 했던 게 대형 서점에 가서 매거진이란 매거진을 다 뒤지는 일이었어요. 여행 매거진, 스포츠 매거진 아니면 운동 매거진 이런 것들을 다 찾아보면 앞에 편집부 이메일 주소가 있잖아요. 그렇게 한 100군데에 이메일을 보냈어요. "저는 러닝 전도사라는 사람입니다. 달리기의 즐거움을 알리는 일을 하고 관광하는 것도 좋아해서, 우리나라 관광지를 소개하면서 운동의 중요성까지 알리는 글을 쓰고 싶습니다."라고요. 그저 무료라도 좋으니, 글을 연재할 기회를 달라고 적어서 보냈죠.

그러면서 저의 포트폴리오도 함께 보냈어요. 제 러닝 기록도 적고 여행지에서 달리기했던 사진들도 보냈고요. 제가 삼각대 들고 다니면서 달리기하는 걸 찍은 사진들이 있었거든요. 또 썼던 글들도 레퍼런스로 보내면서 이런 글을 쓰고 싶다고 했더니, 100군데 중에 10군데만 답장이 오더라고요.

㉡ 10군데도 엄청난데요?

ⓐ 그렇죠. 근데 10군데 중에 9군데는 거절이었고 딱 한 군데에서만 해보자고 하셨어요. 그래서 거기에서 한 6개월 정도 칼럼을 썼어요.

ⓠ 칼럼에는 어떤 이야기를 쓰셨어요?

ⓐ '수원에서 달리기 좋은 러닝 코스, 부산에서 달리기 좋은 러닝 코스' 이런 식으로 지역과 달리기를 엮어서 쓴 글이었어요. 관광지 설명도 하고, 팁도 한두 개 알려주고요. 이렇게 칼럼을 기고했던 시간이 저한테는 아주 좋은 경험이었어요. 사실 글을 썼던 사람이 아니니까 어떻게 써야 하는지 잘 모르잖아요. 제가 칼럼을 매거진 쪽에 보내면 교정 교열을 해주시는데 그걸 보면서 이런 식으로 쓰는 거구나 배웠죠. 글맛을 어떻게 살리는지도 배울 수 있어서 좋은 기회였어요.

ⓠ 그럼 그때부터 러닝 전도사라는 말을 쓰신 거예요?

ⓐ 네. 마케터로 일하던 곳을 3월 말에 퇴사하고, 4월 1일부터 '나는 이제 러닝 전도사다' 이렇게 스스로에게 이야기했어요. 그러면서 '1년 안에 내 이름으로 책 한 권을 출간하자'라는 목표를 정했죠. 신기한 건 정말 그 1년 안에 칼럼을 쓸 기회가 생기면서, 그 칼럼들이 모여서 첫 책이 출간되었어요.

예 그게 러닝 전도사로서의 첫 번째 수익 모델이었나요?

안 아뇨. 첫 번째 수익 모델은 SNS였어요. 계정에 마라톤 대회 정보나 동기부여가 되는 달리기 사진들을 많이 올리다 보니까 광고가 들어왔거든요. 그걸 통해서 조금씩 수익을 내기 시작했고, 그다음 칼럼을 썼고요. 그러다가 제가 러닝 훈련을 많이 하고 기록도 단축하면서 러닝 코치로도 활동하게 됐죠. 그렇게 조금씩 수익 모델을 넓혀갔어요.

예 그럼 점점 하는 일이 많아진 거네요. 러닝 전도사로서 하는 일은 정확히 어떤 것들이 있나요?

안 일단 러닝, 달리기를 알려주는 코치 일을 해요. 기본적인 러닝 자세를 알려주거나 대회 준비를 돕고요. 그리고 지금도 달리기의 좋은 점을 알릴 수 있는 칼럼은 계속 쓰고 있고, 책도 계속 내고 있어요. 관광하면서 달리는 걸 좋아하다 보니 런트립도 운영하고 있어요. 지자체랑 연계해서 해당 지역의 문화재나 관광지를 함께 뛰면서 관광할 수도 있게 프로그램을 기획하고 있답니다.

예 그러니까 달리기로 할 수 있는 건 다 하시네요.

안 네, 욕심쟁이라서요. (웃음) 다 하고 있어요.

예 근데 러닝 전도사라는 직업이 원래 있던 직업이 아닌데,

일단 달려요, 실패도 멋진 풍경이 될 테니까

말 그대로 '창직'을 하신 거잖아요. 아무도 걷지 않은,

남들과는 다른 길을 간다는 건 어떤 느낌이었을까요?

㉙ 사실 그때는 좀 젊어서 가능했었던 것 같아요.
이게 안 되더라도 아직은 젊으니까 다른 회사에 갈
수도 있다고 생각했고요. 칼럼을 쓰고 나서는 1년 안에
책이 나오니까 그 책으로 강연을 해볼 수 있겠다는
계획이 세워졌어요. 일단 뭐라도 한번 해보자 하는
생각으로 1년을 독하게 살았죠. 저는 성격이 뭘 하면
정석대로 우직하게 하는 스타일이에요. 요령을 부릴
줄 모른다고 할까요? 그러니 러닝 전도사를 하겠다고
결정한 후에도 정말 소처럼 열심히 했어요.

그때도 출근하는 루틴은 계속 이어갔거든요. 대신
교보문고로 출근한 거죠. 교보문고 문 열자마자 가서
저한테 지금 필요한 책들을 전부 읽기 시작했어요.
글쓰기, 운동, 마케팅, 퍼스널브랜딩 이런 분야의 책을
몇 개월 동안 전부 찾아서 읽었어요. 저한테 도움 될 것
같다 싶으면 다 읽었죠. 몇 달 동안 그렇게 하니까
저도 모르게 해당 분야들의 지식과 인사이트들이
정리되더라고요. 여기에 제 생각과 가치관을 더해서
책을 쓰다 보니까 그게 지금의 자산이 된 거죠.
그렇게 첫 번째 책 『나는 오늘 모리셔스의 바닷가를
달린다』를 출간하고, 3년 동안 네 권의 책을 썼어요.

㉐ 3년 동안 네 권이면 엄청나네요. 어떻게 그렇게

하셨어요? 그게 매일매일 교보문고로 출근해서 글을 쓰고
나를 단련했던 일의 결과겠죠?

      ⓐ 네, 맞아요. 다들 바쁜데 어떻게 네 권이나
책을 썼냐 하시는데 전 보통 달리면서도 글을 쓰고
있거든요. 꽉 막혀서 아무 생각이 안 들 때 달리면
은근히 좋은 영감이 많이 떠올라요.

ⓔ 무슨 뜻인지 알 것 같아요. 저도 생각이 막히면 그냥
걸어요. 몸을 움직이면 생각이 떠오르더라고요.

      ⓐ 네, 저는 그걸 '동적 명상'이라고 하거든요.
달리기하고 마라톤 대회에 나가면 엄청난 명상이
돼요. 근데 달리는 동안은 메모를 못 하잖아요.
그럼 한 시간 동안 계속 중얼거려요. 다 뛰고 나면 바로
핸드폰 꺼내서 생각을 메모하고. 그런 식으로 책을
썼어요.

ⓔ 대단하시네요, 많은 분께 용기가 될 것 같아요. 그러니까
1년 정도 교보문고로 매일 출근해서 관심 있는 분야의 책을
다 읽고 정리해보는 일은 분명히 어려운 일이지만, 누구나
인생에 한 번쯤 충분히 해볼 수 있을 거라는 생각이 들어요.

      ⓐ 네, 제 생각에 가장 트렌드가 빠른 곳은
교보문고인 것 같아요. 때마다 분야별로 트렌드에
맞는 책들이 출간되는데, 그게 모두 모여 있는 곳이
교보문고예요. 매대를 쭉 보면서 어떤 단어가 유독

많이 보이면 저게 트렌드구나 알 수 있어요. 트렌드에 뒤처지고 싶지 않을 때 혹은 뭘 해야 할지 모를 때 교보문고에 가서 온종일 있어 보면 이걸 한번 해볼까 하는 게 생기더라고요.

🔵 되게 재밌으셨을 것 같아요. 오로지 나를 위해서 출근하는 느낌이잖아요. 나를 위해서 공부하는 느낌.

🟡 사실 1년을 투자한다고 하면 그 시간 동안은 뭔가 아무것도 안 하는 느낌이잖아요. 1년 동안 그냥 쉬는 것 같고요. 그래서 다들 걱정부터 앞서는 것 같아요. '1년이나 준비한다고? 난 못 해' 하고 말이에요. 근데 지나고 보면 1년 진짜 짧거든요. 내가 작년 한 해 동안 뭐 했는지 떠올려보면 잘 기억나지 않을 정도로 그냥 훅 지나가 버리는 짧은 시간이에요. 그렇다면 1년 정도는 잠깐 멈춰 서서 내가 지금까지 잘 달려왔는지 좀 되돌아보고 정비하는 시간도 필요하다는 생각이 들어요. 내가 누군지 어떤 사람인지 알아보는 시간이 오히려 더 값지니까요.

🔵 그런 용기를 갖기까지는 '지금 이걸 내려놔도 더 많은 걸 얻을 수 있다' 하는 확신도 필요한 것 같아요. 저는 크리에이터고 유튜버니까, 다양한 유튜버를 봐왔단 말이죠. 좋은 레퍼런스, 나쁜 레퍼런스가 이미 넘치도록 있었어요. 근데 러닝 전도사는 참고할 레퍼런스가 없잖아요.

그 점에서 어려움이 많았을 것 같아요.

　　㊞　오히려 그래서 쉬운 것도 있어요. 정답이 없다
보니까 제 마음대로 하는 게 다 정답이 되더라고요.
제가 정답을 새로 만들어 나가는 거예요. 그러니까
'디자이너는 이렇게 해야 한다'거나 '마케터의 기본은
이거다' 하는 게 대부분의 직업에 있잖아요. 근데
러닝 전도사는 그런 게 없고 내가 하는 일이 곧 러닝
전도사가 하는 일이 되니까, 오히려 제 생각대로
다양한 활동을 다 집어넣었죠. 그래서 더 재밌게 할 수
있었어요. 만약에 이걸 꼭 해야 한다, 저걸 꼭 해야 한다
하는 게 있었다면 오히려 저는 금방 싫증이 났을 것
같아요.

㊐　내가 나를 마케팅하려면 내 정체성에 대한 확고한
정의가 필요하잖아요. 그건 처음에 어떻게 설정하셨어요?

　　㊞　많은 사람이 그렇듯이 저도 저를 잘 몰랐어요.
그랬으니 계속 직업을 바꿨겠죠? 근데 마라톤
풀코스를 달리고 나니까 제가 어떤 사람인지 좀 알게
되더라고요. 이게 보통 네 시간에서 다섯 시간 정도
걸리거든요. 페이스 조절하면서 나를 믿고 한발 한발
달리는 시간이 장장 다섯 시간인 거예요. 일상에서는
'나는 어떤 사람이지, 나는 누구지'라고 고민할 시간이
10분도 없잖아요. 너무 바쁘게 매일을 살다 보니까.
근데 풀코스는 뛰는 내내 나에 대해서 생각하게 되고,

> 1년 정도 잠깐 멈춰 서서
> 나를 되돌아보고 정비하는 시간도
> 필요한 것 같아요.
> 내가 어떤 사람인지 알아가기에
> 1년은 진짜 짧거든요.

일단 달려요, 실패도 멋진 풍경이 될 테니까

안정은

내 숨소리와 발소리를 들을 수 있었어요. 오롯이 나를
생각하는 시간이죠. 그러면서 내가 어떤 사람인지
정의를 내릴 수가 있더라고요.

(엠) **어떤 정의를 내리셨어요?**

(연) 제 성향에 대해서 정의를 내렸어요. 나는
누군가와 협업하는 걸 좋아하고 뭔가 새롭게 만들어
나가는 걸 좋아하는 사람이다. 있는 걸 수정하는
것보다 세상에 없던 걸 새로 만들어 나가는 걸
좋아하는 사람이다. 그런 걸 알게 되었죠.

또 제가 잘할 수 있는 일이 무엇인지도 알게
됐어요. 마라톤을 하면 서로 파이팅을 외치잖아요.
다른 사람들한테 우리 한번 잘해보자 응원을
던지는 거죠. 근데 남한테 보낸 파이팅이 나한테도
돌아오더라고요. 그게 달리는 데 굉장히 도움 되고요.
그런 응원을 직업에도 적용하면 일을 더 재밌게 오래
할 수 있겠다는 생각이 들었어요. 힘든 순간에도
포기하지 않고 오래갈 수 있겠구나, 그리고 그 응원을
던지는 일이 나에게 잘 맞겠다는 생각이 들었죠.

(엠) **중요한 건 '나를 정의하는 시간을 갖는 것' 같아요.**
거기서 내가 자신의 길에 확신을 가질 수 있어야 하는 거죠.
제가 이 프로젝트를 통해 만난 분들의 공통점은 자신을 아주
잘 알고 이해하고 있다는 점이었어요. 할 수 있는 것과 할

일단 달려요, 실패도 멋진 풍경이 될 테니까

수 없는 것을 잘 구분한다고 해야 할까요? 안정은 님도 보면

새로운 일에 계속 도전하시는데, 거기에는 '내가 이걸 할 수

있다'라는 생각이 깔린 것 같아요.

    ㉒ 맞아요. 제가 에그타르트 빵집을 오픈한 것도

그런 맥락이에요. 저는 에그타르트를 정말 좋아해요.

어디 여행 가면 주변에 에그타르트 파는 곳은 없나 꼭

검색해요. 맛집이라고 하면 멀더라도 꼭 찾아가고요,

하루에 10개씩 먹어봐요. 먹어보고 이건 내가

좋아하는 맛이다, 여기서는 더 발전시킬 수 있겠다

분석하고요. 해외에 갔을 때도 하도 많이 먹다 보니

자신이 붙더라고요. 적어도 에그타르트에 대해서는

내가 잘할 수 있다는 생각이 들었고요.

    ㉔ 계속 이야기를 듣다 보니, 저도 달리기하고 싶은 마음이

계속 들어요.

    ㉒ 달리기의 또 다른 좋은 점이 성취감을 얻을

수 있고 나 자신을 믿을 수 있도록 해준다는 거예요.

달리기는 짧은 거리라도 어쨌든 끝이 있잖아요.

명확하게 정해진 끝이 있기 때문에 끝까지 해낸 후의

성취감을 느끼면서 다음 도전을 하기도 훨씬 쉬워지는

거예요.

    그런데 일상에서는 성취감을 느끼기 어렵기도

하고 굉장히 애매하잖아요. 명확하게 끝이 나는 일이

그다지 없고, 계속해서 다음 일로 끝없이 이어지고요.

스스로 잘했다고 판단하기도 어렵고 보상의 기준도
무척 모호한데, 달리기는 명확해요. 골인 지점이
있고, 거기 도달하면 이제 100% 끝난 거예요. 거기서
엄청난 성취감을 얻고요. 그러니 피니시 라인이 오히려
다음으로 나아갈 스타트 라인이 되는 거죠.

🎤 그렇네요. 골인 지점을 통과하면서 느끼는 그 성취감이
새로운 일을 시작하는 씨앗이 되는 거죠. 러닝 전도사는 자기
홍보를 해야 하는 직업인데, 어떤 방법이 효과적이었어요?

🏃 아무래도 제가 처음 활동을 시작하던 시기가
SNS 중에서는 인스타그램이 크게 인기를 얻던
상황이어서, 저도 인스타그램의 효과를 많이 봤어요.
그런데 어떤 하나의 툴이 효과적이었다기보다 정말
상황이 딱딱 맞아떨어졌다고 볼 수 있을 것 같아요.
당시 상황을 생각해보면 청년들의 어려움이 많이
화두로 떠오르던 시기거든요. 취업난이 심각한
사회문제로 인식되고 언론이나 대중적으로도 그
주제에 대한 이야기들이 많이 등장하던 때예요. 그런
시기에 제가 스스로 브랜딩 하면서 달리기해보자고
이야기하니까 관심을 많이 받을 수 있었어요. 딱
좋은 타이밍에 책도 출간되었고요. 취업이 어려워
달리기로 인생을 바꾼 청년의 이야기가 책으로
나왔으니 언론에서도 많이 반겨주셨죠. 주제가 주제다
보니 신문사 지면 인터뷰도 많이 진행했고요. 거의

모든 신문사에 나왔던 것 같아요. 라디오에서도 지면 인터뷰를 보시고 섭외가 들어오고, 방송사에서도 그걸 보고 또 연락이 오면서 조금씩 알려졌어요. 정말 모든 게 잘 맞물려 들어간 결과였어요.

⑩ 달리기 코칭도 하신다고 하셨는데요. 그럼 리드하는 역할이니까 사람들 앞에서 늘 높은 텐션을 유지하고 격려해야 하잖아요. 혼자서 달리다가 처음으로 사람들을 이끌게 되었을 때는 어떠셨어요?

⑪ 처음엔 어려웠어요. 저도 아침에 일어나는 거 힘들어하는 사람이거든요. (웃음) 제가 주최하고 리딩해야 하는데 아침에 막 '오늘 가지 말까, 너무 가기 싫다, 아프다고 할까' 그런 생각이 들 때도 많았어요. 주최자가 안 나갈 수는 없으니 억지로 몸을 끌고 나갈 수밖에 없었고요. 근데 나가서 달리다 보면 오히려 제가 참가자들한테 에너지를 더 많이 받는 거예요. 가기 싫다고 생각했던 아침의 내가 이해되지 않을 정도로 말이에요. 에너지 받고, 함께 파이팅 크게 외치고 소리 지르고 하다 보면 '이렇게 즐겁고 행복한데 왜 그런 바보 같은 생각을 했을까?' 하면서 또 즐겁게 마무리되더라고요.

⑩ 그게 함께한다는 것의 매력일까요?

⑪ 맞아요. 함께한다는 건 정말 엄청난 일이에요.

일단 달려요, 실패도 멋진 풍경이 될 테니까

참가자들이 모여서 내는 시너지를 목격하면 감동할
수밖에 없고요. 여기에 더해서 피니시 라인이 있다는
것도 즐겁게 달리는 힘이 되는 요소예요. 아침에 나오는
게 힘들고 지금 달리는 것도 힘들지만, 저기까지만
가면 쉴 수 있다는 게 명확하니까. 거기서 오는
안도감이 큰 것 같아요.

일상에서는 보통 한계점을 두지 않잖아요. 회사에
다니시는 분들이나 자기 일을 하시는 분들 모두
한계를 두지 않고 그냥 막 밀고 가는 면이 있는 것
같아요. "나에게 한계는 없다." 그런 문구가 인기를
끌기도 하고요. 근데 저는 오히려 한계를 둬야
한다고 생각해요. 한계를 둬야지 다음 스텝을 진행할
수 있어요. 달리기에는 피니시 라인이 있으니까
저기까지만 달려야지 하고 스스로 한계를 둘 수
있잖아요. 그렇게 달리고 쉰 다음에 다시 새로 열심히
달려야 해요. 이거 끝났는데 끝난 줄 모르고 다음으로
이어지고, 다시 새로운 프로젝트가 맞물려 시작되면,
거기서 번아웃이 오는 것 같아요.

💬 혹시 최근에 코로나19 때문에 힘든 일은 없으셨어요?

💬 많았죠. 마라톤이라는 게 다 같이 모여서
뛰는 행사잖아요. 비말도 튀고 땀도 나고 달리다
보면 스치기도 하고. 그러다 보니까 마라톤 대회는
2년 동안 아예 안 열렸었어요. 사실 강연이 저의 주

수입원이었는데, 그것도 거의 못 했죠. 여행을 못 가니까 런트립도 진행하지 못했고요. 그러니 몇 달 동안은 수입이 정말 하나도 없는 거예요. 그때도 굉장히 우울감에 많이 빠졌었어요. 이게 언제까지 지속될지 모르니까 더 힘들더라고요. 어떻게 이걸 극복해볼까 하다가 제빵 학원에 다녔어요.

엔 아, 그렇게 이어진 거군요.

안 빵을 너무 좋아해서 '그래, 빵순이라면 내가 먹고 싶은 빵을 직접 만들어봐야 하는 거 아닌가' 해서 내일배움카드로 제빵 학원을 등록했죠. 해보니까 너무 재밌는 거예요. 밀가루부터 시작해서 반죽하고 발효를 거쳐 그 반죽이 변화하고 그런 걸 보면 힐링이 되더라고요. 그래서 제대로 해보고 싶어서 제빵 자격증이랑 제과 자격증도 땄어요. 제가 생각해도 너무 새로운 영역이라 혼자 공부하며 '나 이러다가 빵집 차리는 거 아니야?' 했는데, 정말 차렸네요. (웃음)

저는 이게 정말 중요하다고 생각해요. 계속 말을 하는 것. 누군가한테 하지 않더라도 나한테라도 계속 말을 해야 한다고 생각해요. 일기장에 써도 되고요. 스마트폰 메모장에 적어도 돼요. 팔로우가 없는 비공개 인스타그램 계정에 올려도 좋죠. 거창할 것 없이 목표나 하고 싶은 일을 정리해보는 거예요. 계속 이야기하다 보면 그게 실현된다고 생각해요.

저도 동의해요. 친한 크리에이터 친구가 어느 날 저한테 "와, 진짜 하셨네요." 그러길래 "뭐가요?" 물었더니, 제가 몇 달 전에 이러이러한 걸 할 거라고 말했다는 거예요. 전 사실 기억도 안 나거든요. 몇 달이 지나서 제가 진짜로 그걸 하는 걸 보고 말을 건넸다고 하더라고요. 그때는 계획도 없고 어떻게 하는지도 몰랐지만, 말을 하다 보니까 자연스레 행동하게 되는 것 같아요.

그렇죠. 말만 한다고 다 되는 건 아니지만, 거의 8할 정도는 도움 되는 것 같아요.

좋아하는 일 있으면 그냥 하세요?

네, 성격이 그래요. 좋아하는 거 있으면 일단 해보고 아니면 말고. 해봤는데 좀 아니다 싶으면 다른 거 하면 되죠. (웃으며) 다른 거 할 거 많잖아요.

근데 이렇게 계속 무언가를 좋아하고, 하고 싶어 하고, 그러다가 적극적으로 배우고. 그렇게 하려면 내 안의 동기가 굉장히 중요할 것 같아요.

동기부여가 정말 중요하죠. 저의 동기는 달리기하면서 매번 단단해지는 것 같아요. 진짜 힘들 때 달리면 마음을 다잡을 수 있어요. 그러면서 다음 스텝을 더 명확하게 그릴 수 있고요. 사실 저도 번아웃인가 싶을 때가 있거든요. 일하다 보면 순간순간 내가 지금 잘하고 있는 건지, 이게 맞는

건지, 제대로 가고 있는 건지 굉장히 의심스러울 때가
있잖아요. 내가 하는 일이 정답이라는 보장도 없고요.
그런 게 반복되면 앞이 캄캄해지고, 결국 번아웃으로
이어지는 것 같거든요.

근데 달리기는 내가 움직이는 만큼 나아갈 수
있잖아요. 달리기는 굉장히 정직한 운동이라서 꼼수를
부릴 수 없거든요. 행동과 결과가 명확해요. 그렇게
한발씩 움직이면서 '내가 할 수 있을 만큼 하는 거구나,
내가 하는 만큼 결과가 나타나는구나' 하는 걸 배우죠.
연습한 그대로 결과가 나오기 때문에 그게 활력이
되기도 하고요. 또 무기력할 때 달리고 나면 일단은
생기가 돋잖아요. 그 생기 때문에 더 건강해지고요.
선순환이에요.

◉ 그런데 원래 우울해지면 몸을 움직이기 싫지
않나요? 보통은 우울할 때 거의 누워 있고 잘 앉아 있지도
못하잖아요.

◉ 그렇죠. 그래서 누워 있고 밥도 안 먹게 되고
잠도 못 자거나 불규칙적으로 자게 되는데, 문득
바람을 쐬러 한번 나가보는 거예요. 저도 그랬어요.
처음에는 너무 집에만 있고 우울하니까 한 발만
나가볼까 마음먹고 했던 거였어요. 근데 나가자마자
손쓸 새 없이 눈물이 쏟아져서, 정말 도망치느라
뛰었던 거였어요. 눈물이 땀처럼 보이게 하려고.

일단 달려요, 실패도 멋진 풍경이 될 테니까

땀이 나면 남들이 눈물인지 땀인지 모를 테니까 그냥
그렇게 달렸던 거예요. 달려야겠다고 마음먹고 달린
건 아니었지만, 우울하면 몸을 더 움직여야 한다는 걸
그때 처음 알게 됐어요.

🙂 진짜 운명 같은 순간이네요.

　　🙂　네. 그래서 어떻게 보면 이런 일을 하려고 내가
승무원이 안 됐던 거구나 하는 생각도 들더라고요.
힘든 일이 있던 당시에는 잘 몰라요. 항상 몇 년 지나고
나면 '그래서 그랬구나'라고 생각이 들더라고요.

🙂 거기서 주저앉지 않고 무언가를 했기 때문에 이야기를
반전시킬 수 있었던 거겠죠.

　　🙂　그리고 처음부터 너무 잘나기만 하면 이야기가
재미없잖아요. (웃음) 책의 주인공들도 다 기승전결이
있듯이 힘들었던 일, 안 좋았던 일들이 있어야
결과물들이 또 재밌게 나오는 거죠. 그래서 나를
이야기의 주인공이라고 생각하고 '이 힘든 일들은
나중에 책으로 쓰기 좋겠다' 이런 생각을 하면 그나마
마음이 좀 편안해지더라고요.

🙂 맞아요. 시련이 나의 이야기를 더 재밌고 맛있게
만들어주는 요소인 거잖아요. 근데 달리기는 진짜
반복이잖아요. 지루하지는 않으셨어요?

ⓐ 저희는 그걸 '런태기'라고 하거든요. 달린다는 의미의 '런'이랑 '권태기'를 합친 용어예요. 보통 처음 달리기를 시작하면 너무 재미있고 신세계죠. 모르는 사람들이 응원해주니까 처음에는 기록 욕심도 나서 단축하려고 훈련도 열심히 하고 그래요. 근데 너무 과하면 100% 부상으로 이어지거든요. 그럴 때 어김없이 런태기가 오죠. 저도 물론 왔었고요. 그건 빨리 달리려는 욕심에서 오는 거예요. 욕심을 없애고 즐겁게 달리면 런태기를 피할 수 있더라고요.

ⓠ 그럼 재미있게 달릴 수 있는 팁을 소개해주신다면요?

ⓐ 저는 꼭 여행하면서 달리라고 말해요. 트랙을 뛰거나 정형화된 러닝 코스를 달리는 것보다 좀 새로운 곳에서 달려보면 진짜 달리기의 즐거움을 느낄 수 있어요. 예를 들어 외곽으로 나와서 수원 화성을 달린다든지 아니면 부산으로 여행 가서 해운대를 달려본다든지 하는 거죠. 해외도 좋아요. 해외 여행을 가서 현지를 달려보는 거죠. '내가 뉴욕에서 아침 조깅을 한다고? 그것도 센트럴 파크에서?' 생각만 해도 두근거리고, 나 자신이 너무 멋지잖아요. 거기서부터 즐거움을 만드는 거예요. 어디 멀리 여행 가지 않더라도 생각을 조금 비틀어보세요. '별처럼 야경이 빛나는 도시, 퇴근 후 서울 한가운데를 가로질러 달린다' 이렇게 생각하면 멋있어 보이지

않나요? 자아도취에 빠지는 것도 굉장히 좋은
방법이에요.

🅔 흔히 습관 만드는 방법을 이야기할 때 내가 좋아하는
거랑 내가 하고 싶은 걸 붙여서 습관을 만들라고 하잖아요.
책을 즐겁게 읽고 싶다면 맥주 한 잔 시켜놓고 읽는다든지.
그래서 여행이랑 달리기를 같은 선상에 두고 생각하는 것도
너무 좋은 방법 같아요.

🅐 그렇죠. 그렇게 시작된 게 런더풀이라는
회사예요. 달리기를 더 알리고 싶은데 사람들한테
그냥 달리라고 하면 실천하기가 쉽지 않잖아요.
반면에 여행은 많은 사람이 좋아하는 일이고요.
'여행지 가서 같이 달려볼까요?' 하는 콘셉트로
달리기를 알리다 보니 그게 런트립으로 이어졌어요.

🅔 **원래 운동을 좋아하셨어요?**

🅐 활동적인 걸 좋아하긴 했었어요. 어릴 적부터
남자애들이랑 권총 싸움하고 철봉에 매달리는 걸
좋아했고요. 등산도 좋아하고요. 달리기를 시작하기
전에는 매주 스키장에 가서 보드를 탈 정도로
즐겼는데 지금은 하는 일도 많아지고 바쁘다 보니까
달리기만 하는 것 같아요.

🅔 **달리기는 크게 장비도 안 들고 아무 데서나 할 수**

있잖아요. 그게 매력인 것 같아요.

　　㉐　맞아요. 시간도 장소도 제약이 없어요. 혼자
뛰어도 되지만 강아지랑도, 친구랑도 할 수 있죠.
여행지 가서도 할 수 있고 돈이 없어도 할 수 있고요.
만능이죠.

㉐　국내뿐 아니라 해외 각지에서 달려보셨잖아요. 그동안
달렸던 수많은 장소 중에서 가장 기억에 남는 곳 있으세요?

　　㉐　'모리셔스'라고 하는 아프리카의 작은 섬이요.
모리셔스는 정말 천국 같은 섬이에요. '신들이 질투한
섬'이라는 별명이 있을 정도거든요. 그곳에 가게 된
건 여행사와 같이 모리셔스를 알리는 기획을 해보자
해서였어요. 모리셔스에서 달리기 좋은 코스를
알려준다는 게 방문 목적이었죠. 사실 아프리카에
가는 것도 흔치 않은 경험인데 무려 달리기를 하러
간 거잖아요. 달리는 내내 '내가 지금 아프리카에
왔구나, 내가 여기서 달리고 있구나, 내가 달리기로
모리셔스까지 왔구나' 싶어서 정말 큰 감동이자
자극이었어요. 달리기가 나를 어디까지 데려다줄지
두근대기도 했고요. 그래서 첫 번째 책 제목도 『나는
오늘 모리셔스의 바닷가를 달린다』라고 지은 거예요.

㉐　달리기하면서 많은 것들을 성취하셨잖아요. 실패하신
경험도 있으신가요?

안정은

(답) 저는 지금까지 크고 작은 마라톤 대회를 300회 넘게 참가했는데, 한 번도 포기한 적이 없어요. 저도 제가 신기해서 '내가 왜 포기하지 않았을까' 생각해봤거든요. 포기하지 않을 수 있었던 데에는 세 가지 방법이 있더라고요.

첫 번째는 나만 힘들지 않다고 생각하는 것. 달리기는 항상 반환점을 돌아서 돌아오잖아요. 그럼 건너편에 달리고 있는 사람들의 얼굴이 보여요. 저는 일부러 그들의 얼굴을 다 마주하면서 뛰어요. 어떤 사람은 막 침 흘리고, 소리를 지르는 사람도 있고요. 달릴 때는 죽을 것처럼 힘드니까, 나만 힘들고 부족하다는 생각이 들거든요. 건너편 사람들의 얼굴을 보면 저 사람도 똑같다는 걸 느끼죠. 모두가 똑같다. 다들 힘들지만 참고 뛰는 거라고 생각하면 나도 힘내서 뛰자는 생각이 들어요.

두 번째는 나를 응원하는 사람을 떠올리는 것. 달리기는 혼자 하는 운동이지만 피니시 라인에는 나를 기다리는 사람이 있거든요. 나를 응원하는 누군가가 꼭 있잖아요. 가족이나 친구나 애인이나. 응원하며 기다리는 사람들이 있으니까 한 발짝이라도 더 뛰어서 건강하게 잘 달리고 있는 나를 보여줘야 한다는 생각이 들더라고요.

세 번째 방법은 나를 국가대표라고 생각하는 것. 제가 제일 좋아하는 방법인데요. 저 자신을 그냥

일단 달려요, 실패도 멋진 풍경이 될 테니까

안정은, 그냥 러너가 아니라 국가대표라고 상상해보는
거예요. 내 왼쪽 가슴에는 태극마크가 달려 있고 온
국민이 지금 나를 응원하고 있다고 생각하면 가슴이
벅차요. 전 세계 사람들 나한테 환호성을 지르고
있다고 생각하면 진짜 숨 참고도 뛸 것 같더라고요.
그런 생각으로 뛰다 보니까 포기하고 싶을 때도
포기하지 않게 되더라고요. 근데 그게 달리기 말고
일상생활에서도 똑같이 적용돼요.

일할 때도 빵을 만들 때도 나는 국가대표다, 이
일을 나만큼 잘하는 사람은 없다, 내가 우리나라에서
1등이다 생각하는 거예요.

🌐 멋있네요. 세 가지 다 좋은 방법이네요. 첫 번째는 공감,
두 번째는 기대감, 세 번째는 책임감이라고 볼 수 있을 것
같아요.

🌐 네. 첫 번째, 두 번째 방법도 일상생활에
똑같이 적용할 수 있어요. 회사에서 나만 힘든 것
같다는 생각이 들거나 '왜 나만 이런 거 하지' 불만이
생기다가도 '아, 저 사람은 저런 사연이 있구나, 그래도
자기 일에 책임감을 느끼고 있구나' 생각하면 나도
최선을 다해야지 생각하게 되는 거죠. 또 회사에서는
혼자 일하지만, 오늘 끝나고 맥주 한잔할 친구 혹은
집에서 기다리고 있는 가족들을 생각하다 보면
포기하고 싶을 때 견딜 힘이 나고요. 그래서 달리기가

굉장히 많이 도움 됐어요.

(앤) 지금 달리기 관련해서 기획하는 프로그램들이 되게
다양하잖아요. 러닝 크루, 러닝 교육, 런트립. 그 과정에서
제일 중요하게 생각하는 게 무엇인가요?

(연) 저는 무조건 '즐거움'이요. 즐거워야만 두
번째도 있어요. 그래서 저는 꼭 사진작가분이랑
함께해요. 보통 내가 운동하는 모습을 누가 찍어주진
않잖아요. 근데 그걸 사진으로 남겨두니까 좋은
추억이 되더라고요. '이때 내가 정말 재밌었지, 내가
이렇게 즐겁게 웃고 있네' 그 기억으로 다음에 또
달리게 되고요. 그렇게 두 번째, 세 번째로 이어지는 것
같아요.

(앤) 재미와 즐거움. 중요한 키워드인 것 같아요. 그렇게 해서
마라톤을 300번 이상 나가신 거군요.

(연) 네. 5km, 10km 합쳐서 300번이고 풀코스는
11번 뛰었어요. 사막 마라톤도 다녀왔어요. 250km
고비사막이요. 철인 3종 경기는 두 번 나갔는데 꼴찌로
들어와서 공식 기록은 없어서, 다시 도전해야 해요.

(앤) 그렇게 계속 도전하시는 이유가 뭐라고 생각하세요?

(연) 성취감 때문인 것 같아요. 목표 달성하면서
얻는 성취감이요. 계속하다 보면 내가 이것까지

일단 달려요, 실패도 멋진 풍경이 될 테니까

했는데 앞으로 못 할 일이 뭐가 있나 하면서 자신감도
많이 생기고요.

사실 제가 이번에 카페를 차리고 매장 운영하면서
정말 매일 울었거든요. 친한 분이 그러시더라고요.
"정은아, 너는 사막도 갔다 왔는데 뭐가 무섭니?" 그
얘기를 들으니까 '어? 그렇네?' 하는 생각이 들었어요.
사막은 진짜 너무 힘들었거든요. 그걸 떠올리면서
'그때 생각하면 이건 아무것도 아니야' 하고 다시 힘을
내게 되더라고요.

사실 달릴 때는 숨이 턱 끝까지 차고 진짜로 죽을
것 같잖아요. 근데 지금 당장 죽진 않잖아요. 가장 죽을
것 같고 힘들었을 때도 끝까지 포기하지 않고 달렸는데,
못할 게 뭐가 있나 하는 생각이 들면서 마음을 더
단단하게 먹는 것 같아요.

🎤 누구에게나 도전을 시작하는 순간은 어렵잖아요. 처음
시작할 때 어떻게 마인드셋을 하시나요?

🗣 그냥 무조건 된다는 확신으로 하는 것 같아요.
확신을 갖고 열심히 해도 될까 말까인데, 스스로 의심이
있는 상태에서 시작하면 그건 안될 수밖에 없어요.
그래서 스스로도 될 거라고 확신하고 자신감이 찼을 때
도전하는 것 같아요.

🎤 그렇게 확신과 기대로 시도했다가 실패하면 오히려 더

힘들어지지 않나요?

     ㉰ 맞아요. 더 힘들어지는데 그럴 때는 또 '내가 책에 쓰려고 이렇게 힘들구나' 해요. (웃음) 무한 굴레 속에 있어요.

㉲ 달리기랑 기부도 같이 하신다고 알고 있어요.

     ㉰ 네, 꾸준히 기부하려고 생각하고 있어요. 제가 달리기로 위로를 많이 받았잖아요. 근데 주변 분들이 오히려 제가 달리는 모습을 통해 위로받았다고 많이 말씀하시더라고요. 그 얘기를 들으면서 제가 또 위로받거든요. 그러니까 이렇게 받은 위로와 사랑을 더 베풀고 전해야겠다는 생각이 들었어요.

     저소득층 여학생들에게 생리대를 기부하기도 했고, 수원의 경동원이라는 보육원은 주기적으로 기부하며 찾아뵙고 있어요. 달리기할 때는 km당 얼마를 정해두고 기부하기도 하고요. 사실 이건 저만 하는 게 아니라 달리기하면서 이렇게 하시는 분들이 아주 많아요. 이게 하나의 문화가 되었어요.

㉲ 강연도 많이 다니시잖아요. 저도 강연을 다니는 사람으로서 좀 궁금한 부분인데, 동기부여 강의에서는 주로 어떤 이야기를 하세요?

     ㉰ 저는 군부대를 많이 다니거든요. 거기는 싫어도 해야 하는 곳이잖아요. 달리기랑 비슷해요.

페이스메이커를 통해 올바른 리더십이 무엇인지,
'같이'의 가치가 왜 중요한지, 그리고 우울감을
극복하는 데 좋은 방법들처럼 달리기에서 배웠던
경험과 지혜를 이야기해요.

또 버킷리스트는 많아도 도전하기는 어렵잖아요.
그래서 제가 주저하지 않고 도전했던 이야기들을
해드리면 당장 달려야 할 것 같은 느낌이 든다고
좋아하시더라고요. 그밖에 달리기를 잘하는 방법, 기록
단축하는 방법처럼 실제 달리기에 적용할 수 있는
팁들도 반응이 좋고요. 중고등학교도 자주 가는데
그런 곳에 가면 직업에 대해서나 창직, 나를 찾는 방법
위주로 말씀드리죠.

ⓔ 그렇게 코칭하시고 사람들 만나며 강연도 하시면서,
특별히 기억에 남는 사람이나 무대가 있으신가요?

ⓐ 제가 처음 했던 강연이요. (웃으며) 첫 강연은
돈 받고 한 게 아니었거든요. 강연을 너무 하고 싶어서
그런 강연을 주최하시는 분한테 강연하고 싶다고
연락을 드렸어요. 대구에서 열린 강연이었는데, 기차를
타고 내려가는 내내 굉장히 설레고 두근거리더라고요.
내가 강연할 수 있다는 것만으로도 무척 감사하고
좋았거든요. 지금도 그때를 생각하며 지방이더라도,
10명 내외의 작은 청중 규모라고 하더라도 저의
이야기가 필요한 곳이라면 어디든 강연하러 가요.

ⓔ 그런 초심의 기억은 정말 소중하죠. 지금은 인스타그램, 유튜브, 블로그 등 다양한 플랫폼에서 활동하시잖아요. 어떤 사람으로 비쳤으면 하시나요?

ⓐ 저는 항상 '내가 이걸 왜 할까?'라고 생각해보는데요. 저는 좋은 걸 남들과 나누고 싶어 하고 그걸 좋아하는 사람인 것 같아요. 나의 행복을 나누는 걸 좋아하는 사람.

러닝 전도사를 하게 된 것도 달리기할 때 너무 행복한데 혼자 알고 있기는 너무 아쉬운 거예요. 그래서 알려주고 싶어서 러닝 전도사가 된 거죠. 제빵 학원에 다녔을 때도 실습으로 빵을 많이 만들다 보니 그걸 주변에 막 나눠줬는데, 다들 맛있게 잘 먹는 모습을 보는 것 자체만으로도 너무 행복한 거예요. 그래서 빵집을 차리면 매일매일 행복해하는 사람들을 볼 수 있겠다 싶어서 빵집을 차린 것도 있어요. 저는 그런 면에서, 나누기를 좋아하는 사람으로 비쳤으면 좋겠어요.

ⓔ 그렇다면 커리어 부분에서 개인적인 목표는 무엇인가요?

ⓐ 목표가 아주 많기는 한데요. 일단은 이 베이커리 카페를 잘 운영해서 에그타르트의 왕이 되고 싶어요. (웃음) 그렇게 해서 한 3호점까지 만드는 게 일단 목표예요. 그리고 지금은 자녀가 없긴 한데,

나중에 아기를 셋 정도 낳아서 한 명은 유아차에
태우고 한 명은 남편 등에 업히고 한 명은 손을 잡고
뛰어보고 싶어요. 가족이 함께 5km 단축 마라톤을
완주하는 게 목표예요.

🔘 **정말 멋있을 것 같아요.**

> 🔘 가끔 어떤 분께서는 지금은 젊어서 이런
일을 할 수 있는 거 아니냐는 질문을 하시기도 해요.
결혼하기 전에는 결혼 전이라서 할 수 있는 거란 말도
많이 들었고요. 근데 오히려 저는 결혼하고 나서 더
많이 활동하게 되었거든요. 이게 일시적인 활동이
아니라는 걸 증명하고 싶어요. 아기를 갖고 나서도,
나중에 아줌마가 돼서도 얼마든지 러닝을 할 수
있다는 걸 더 많이 보여주고 싶고요. 임신했을 때도
달리기하고 싶고, 아기랑도 같이 달리기하고 싶고, 또
아빠랑 아기랑 하는 프로그램도 만들고 싶고.

> 하고 싶은 게 너무 많아요. 이렇게 말했으니 또
이루어지겠죠. (웃으며) 지금까지 해왔던 것처럼 제가
하고 싶은 일을 계속해보려고요.

사실 달릴 때 숨이 턱 끝까지 차서
죽을 것 같지만, 죽진 않잖아요.
그걸 이겨낸 경험이 있는데,
다른 힘든 일 못할 게 뭐 있나 싶어요.

사진 — 김민수

프로
도망러라서
더 멋진 길을
만났죠

"삶에 정해진 길 같은 건 없어요.
준비하는 일이 잘 안된다면,
전 언제든 도망칠 준비가 되어 있어요.
저를 어떤 한계 안에
가두고 싶지 않거든요."

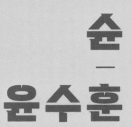

순
—
윤수훈

인스타툰 작가, 일러스트레이터, 에세이 작가.
어렸을 땐 그림을 그렸지만 스무 살에 돌연 뮤지컬을 시작했다.
지금은 다시 그림을 그리고 글을 쓰는 중이다. 지은 책으로는 『그냥이 어째서』, 『취야진담』,
『무대에 서지 않지만 배우입니다』(전2권), 『계획대로 될 리 없음!』이 있다.

우리는 사회에 속해 살아가면서 크든 작든 주변 사람들에게 영향을 받는다. 특히 나와 비슷한 일을 하는 사람을 보면 묘한 경쟁심이 생기기도 하고 종종 열등감에 빠지기도 한다. 남과 비교하는 일이 건강하지 않다는 걸 알면서도 이런 미운 감정은 때로 나를 놓아주지 않는다.

글과 인스타툰으로 자신을 표현하는 슌 작가는 열등감으로부터 도망치는 길을 선택했다. 전국에서 그림 잘 그리는 사람들이 모인다는 한국애니메이션고등학교를 졸업했지만 춤과 노래, 연기까지 발군인 사람들의 집합인 뮤지컬학과에 들어갔다. 오직 재능으로 승부를 보는 세계에서 고군분투했을 그의 삶을 들여다보면 그가 왜 열등감으로부터 도망쳐야 했는지 이해 가기도 한다.

그렇다면 그는 열등감에서 도망친 실패한 사람일까? 아니다. '도망'이라고 표현했지만 그는 마음속 떨림을 주저 없이 따라갔을 뿐, 누구보다 뚜렷하게 자기만의 길을 개척했다. 돌아 돌아간 길처럼 보이지만 결국 자신만의 무대로 올라설 수 있는 지름길이 되었다.

앤 슌 작가님은 글도 쓰고 그림도 그리는 창작자시죠. 책도 여러 권 내셨고요. 만드신 여러 콘텐츠에는 특히나 '도망가도 괜찮다'는 위로의 메시지가 많이 등장하는 것 같아요.

　　　슌 네, 도망가도 괜찮다는 것을 계속 이야기하고 있는 크리에이터입니다. 프로 도망러고요. (웃음)

앤 도망가다가 자기 커리어를 찾은 케이스라고 봐도 될 것 같은데, 애니메이션고등학교를 나오셨다고요? 국내에 애니고가 많지는 않죠?

　　　슌 제가 입학할 때는 몇 개 없었는데 지금은 좀 많이 생겼어요.

앤 애니고에는 왜 들어가셨어요?

　　　슌 어렸을 때부터 그림 그리는 걸 되게 좋아했었는데 아버지가 "애니메이션고등학교라는 데가 있는데 가볼래?"라고 추천해주셨어요. 진학하면 그림만 그릴 수 있다고 하길래 시험을 보고 들어갔죠. 여러 애니고 중에서 제가 나온 학교가 최초로 생긴 애니메이션고등학교여서 커리큘럼이 탄탄하더라고요. 그래서 그쪽으로 지원했어요.

앤 그러면 애니메이션을 만들고 싶으셨던 거예요?

　　　슌 그런 건 아니에요. 애니메이션고등학교라고

해서 다 애니메이션 감독을 꿈꾸는 친구들이 오는
건 아니에요. 과가 만화창작과, 애니메이션과,
영상연출과, 컴퓨터게임제작과 네 개 있었고, 저는
만화창작과였어요. 만화창작과는 출판 만화를 목표로
하는 친구들을 위한 커리큘럼으로 구성된 과였죠.
당시는 웹툰이 지금처럼 활성화되었을 때는 아니고 막
산업이 시작하던 때라 웹툰보다는 출판 만화를 목표로
하는 사람이 많았어요.

🜚 그러면 작가님도 그쪽을 꿈꾸셨을 텐데, 대학교는 아예
다른 과로 가셨잖아요.

　　　🜚 네, 대학은 뮤지컬학과로 진학했어요. 사실
고등학교 때 제가 열등감이 무척 심했어요. 그도 그럴
수밖에 없었던 게 제가 동네에서야 그림 잘 그리는
애였지만 한국애니메이션고등학교는 전국에서 그림을
잘 그린다는 애들이 다 모인 학교였으니까요. 그런
환경에 있으면 당연히 비교할 수밖에 없잖아요. 제가
우물 안 개구리였다는 걸 많이 느끼기도 했고요.
　　　결정적으로 고등학교 2학년이 되면서부터 한
동기 친구한테 너무 심한 열등감을 느꼈어요. 그림
실력이나 스킬이 뛰어나다기보다 천재 같은 구석이
있는 친구였어요. 가끔 되게 기발한 아이디어를 내곤
해서 감탄할 수밖에 없었거든요. 제가 그 친구랑 아주
친했어요. 그런데 너무 친하다 보니까 가까워질수록

나와 작은 것 하나하나까지 다 비교하는 수준에
이르게 된 거예요. 이를테면 얼굴 생김새라든지
키라든지 목소리라든지 이런 것까지 다 비교하면서,
저 자신을 완전히 부정하게 됐어요. '내 존재는 잘못된
거구나'라는 생각까지 할 정도로 심각했죠. 그래서 전
도망친 거예요, 뮤지컬로.

⟨엔⟩ 처음엔 재능에 대해 열등감을 느꼈는데, 그게 점차
커지면서 이제 나의 모든 게 다 부족하다고 느끼는 상황이
된 거군요. 그런데 상처받고 도망간 곳이 뮤지컬이라는 게
의외예요. 전혀 다른 분야잖아요.

⟨슌⟩ 제 자신을 부정하던 시기에 도망친 곳이
그렇게 대외적으로 얼굴을 드러내고 무대에 서야 하는
곳이라는 게 참 아이러니하죠. (웃음) 저는 어릴 적부터
노래 부르는 건 좋아했어요. 다만 그걸 직업으로
삼겠다는 생각은 해본 적이 없었죠. 그러던 어느 날
혼자 노래방에서 노래를 부르고 있었어요. 스트레스가
쌓이면 노래로 푸는 편이라, 코인 노래방도 없던 그
당시 한 시간에 1만 5천 원 내고 혼자 콘서트를 하곤
했거든요. 그러다가 갑자기 '내가 무대에서 노래를
부르고 내 앞에는 청중이 가득하면 어떨까? 노래하는
나를 그들이 바라봐주면 기분이 어떨까?' 이런 생각이
들었어요. 비슷한 시기에 대학로에서 《오, 당신이 잠든
사이》라는 뮤지컬 한 편을 보게 되었고 이거다 싶었죠.

이걸 하고 싶다, 이건 내가 할 수 있겠다 싶었어요.

🔵 뮤지컬학과는 정말 다재다능한 사람들이 모이는 곳이잖아요. 노래 실력, 춤 실력은 물론이고 외모에 이르기까지 겉으로 보이는 면이 많다 보니 더 비교당하기 쉬운 곳이라는 생각이 드는데 어땠어요?

　🔵 무대 위에 서면 진짜 벌거벗은 느낌이거든요. 근데 아이러니하게도 아예 벌거벗은 느낌이 드니까 괜찮더라고요. 어차피 같이 공연하는 사람들도 저랑 똑같은 조건일 테니까요. 무대 위에 아무것도 없이 두 발을 딛고 서 있다는 것 자체가 똑같은 조건인 거잖아요. 그렇게 생각하니까 괜찮았어요. 그리고 무대라는 공간 자체가 약속된 것만 할 수 있는 공간이잖아요. 그 약속 안에서 나를 펼치는 공간이다 보니 오히려 편안함을 느꼈던 것 같아요.

🔵 뮤지컬학과도 전국에 몇 개 없지 않아요?

　🔵 제가 입학할 때만 해도 두세 개 정도 있었는데, 지금은 많이 생겼어요.

🔵 두세 개밖에 없으면 진짜 전국의 춤 잘 추고 노래 잘하는 사람들이 거기에 다 몰리는 거잖아요. 경쟁도 엄청 심했을 것 같아요.

　🔵 맞아요. 근데 제가 뮤지컬로 도망치기 전

282　　　　　　　　　　프로 도망러라서 더 멋진 길을 만났죠

심한 열등감을 느낄 때 깨달은 게 하나 있어요.

'남과 비교하는 데서부터 고통이 시작된다' 그래서
뮤지컬학과에 가서도 그걸 제일 경계했어요. 그 고통을
다시는 맛보고 싶지 않았거든요. 잘나고 멋진 사람들이
잔뜩 모여 있는 곳이지만 어쨌든 거기서 제가 할 수
있는 1인분의 몫을 하겠다고 다짐했어요. 비교하려는
마음이나 열등감이 문득 고개를 들 때면 애써 '내가
더 잘하는 건 뭐지? 내 강점은 뭐지? 내가 더 빛나기
위해선 뭘 해야 하지?' 하는 생각에 집중했어요.

(엔) **수석으로 졸업할 정도로 학교생활을 잘했다고 들었어요.**
졸업하고 나서는 어떠셨어요?

(순) 진짜 막막했어요. 알아야 할 것들을 학교에서
다 배우긴 했는데, 능력이 취업으로 연결되는
프로그램 같은 건 전혀 없고 아예 처음부터 다시
시작하는 기분이었죠. 특히 뮤지컬 쪽은 전공 학과를
졸업했다고 해서 기회를 얻을 수 있다기보다 매번
새로운 오디션을 문 두드려가며 경쟁해야 하는
분야니까요.

저는 너무 학교생활에 집중한 나머지 졸업 이후에
대해서는 별다른 생각이 없었거든요. 너무 갑자기
닥친 졸업이었는데 어쨌든 생활은 해야 하니 계속
오디션을 보고, 생계를 유지하기 위해 아르바이트도
했어요. 그러면서 돈을 벌기 위해 그림을 다시 조금씩

그리기 시작한 거죠. 그림에서 도망쳐 뮤지컬로
갔는데, 다시 도망쳐서 그림으로 왔다는 것에
회의감이 좀 들기도 했어요.

⑩ 그래도 작가님 책 『무대에 서지 않지만 배우입니다』는
뮤지컬학과의 경험들을 콘텐츠로 만든 거니까 결국 지금
하는 일이랑 연결되어 있잖아요.

　　　⑥ 그렇죠. 많은 도움이 되었어요. 제 콘텐츠의
재료가 되어줬으니까요. 그건 저만 할 수 있는
이야기라고 생각했어요. 지금은 또 다른 분들이
계실지 모르겠지만, 그림 그리다가 배우를 준비한
사람은 저밖에 없을 거라고 생각했거든요. 그래서
이게 유일무이한 이야기가 될 수도 있겠다, 괜찮은
콘텐츠가 될 수 있겠다고 판단했죠.

　　　또 저는 연기를 배우면서 이게 중고등학교
필수 과목이면 좋을 것 같다는 생각도 많이 했어요.
심리적으로 무척 도움을 받았기 때문에, 어두웠던
고등학교 시절의 저에게도 알려주고 싶었거든요.
고등학교 때는 열등감 같은 부정적인 감정들로
가득해서 저 자신을 무척 싫어했으니까요. 모자를
푹 눌러쓰고 다녀서 졸업할 때까지 제 얼굴을
본 적 없었다는 후배도 있을 정도였어요. 근데
연기하면서부터 그런 부정적인 감정들이 많이
치유되었죠. 무대 위에서 제 감정을 솔직하게

순 ⌒ 윤수훈

표현하고 많은 사람에게 박수받는 경험이 자존감
회복에도 도움 되었고요.

　　게다가 뮤지컬은 공연 하나를 위해서 엄청나게
많은 사람, 돈, 노력이 쓰이는 작업이에요. 그런데도
길면 몇 달, 짧으면 몇 주 공연하고 휘발되어
버리잖아요. 그렇기 때문에 순간의 에너지가 엄청난
것 같아요. 열심히 준비해서 사람들한테 보여줬을 때
현장에서 즉각적으로 박수와 환호성으로 피드백이
돌아오니까요. 그 열기와 에너지가 엄청나서 그 매력
때문에 배우들이 계속 연기하게 되는 것 같아요.

앤　그걸 포기하는 게 쉽지 않았을 것 같아요.

　　순　저 아직 포기하지 않았어요.

앤　또 하실 거예요?

　　순　저는 포기하지 않았어요. 도망은 쳤지만 포기한
건 아니에요. 저는 '도망'이라는 단어를 좋아해요. 많은
사람이 '지금 이거 아니면 안 돼' 하는 생각에 갇히곤
하는 것 같아요. 특히 진로나 미래를 엄청나게 준비하고
온 힘을 쏟은 사람일수록 더 그런 것 같고요. 사실
아니거든요. 지금 이 회사를 그만둔다고 해서 인생이
끝나는 게 아니라는 걸 모두 머리로는 알고 있어요.
하지만 두렵죠. 제 경험에 비추어보면, 저는 도망쳤을
때 오히려 더 멋진 걸 만났어요. 그래서 도망치는 걸

두려워하지 않았으면 좋겠다고 말하고 싶어요.

저는 언제든 다시 도망갈 생각이 있거든요. 지금 가는 길에 벽이 보인다면 다른 길로 우회하는 것도 멋진 일이잖아요. 지금 이게 너무 힘들면 좋은 기회가 피어나는 방향으로 도망칠 준비가 되어 있어요. 뮤지컬도 끝이라고 생각하지 않고 그 가능성을 열어두고 있고요.

다들 도망을 여행처럼 생각하면 좋겠어요. 현실에 너무 치여서 힘들 때 그냥 한번 떠나볼까 해서 훌쩍 떠날 수 있는 게 여행이잖아요. 삶도 똑같아요. 도망칠 곳이 생겼을 때 언제든지 떠날 수 있다고 생각하면, 도망이 꽤 멋있게 느껴지거든요.

◉ 많은 사람이 꿈을 꾸지만, 그 꿈이 다 이뤄지는 건 아니잖아요. 그것 때문에 힘들어하는 사람도 많고요. 그런 분들에게 해주고 싶은 말이 있을까요?

☕ 저는 20대 때 꿈이 아주 확고했어요. 이름만 대면 알 만한 그런 배우가 되고 싶었거든요. 그 목표를 향해서 진짜 열심히 달렸어요. 지금은 그 꿈이 사라졌어요. 그런 변화를 겪으면서 생각한 건, 꿈은 꿈으로 남아 있을 때 더 강한 생명력을 갖게 되는 것 같다는 거예요. 되고 싶고 이루고 싶은 게 있어야 그 힘으로 앞으로 나아갈 수가 있으니까요.

꿈은 꾸는 것 그 자체만으로도 가치가 충분하다는

프로 도망러라서 더 멋진 길을 만났죠

내가 다양한 시도를 해봤는데
답이 안 나온다면, 도망가면 돼요.
도망친 곳에서 또 새로운 꿈을
찾을 수도 있어요.

숨 〜 윤수훈

거죠. 이루어지지 않아도 괜찮아요. 꿈이 현실의 벽에 부딪혔을 때 그 벽을 부수거나 우회하거나 넘어뜨리는 방법을 찾기 위해 궁리하잖아요. 그 과정에서 내가 살아 있음을 느낄 수 있는 것 같아요. 벽은 더 이상 벽이 아닌 거죠. 내가 이것저것 다 해보고 애를 썼지만 도저히 극복되지 않는다면, 그럴 때는 도망가면 돼요. (웃음) 도망간 곳에서 새로운 꿈을 찾죠, 뭐. 사람은 인생에 목표가 있어야 계속 나아갈 힘이 생기는 거니까요. 새로운 꿈, 새로운 목표를 찾으면 돼요. '꿈이 생겼다', '이루고 싶은 목표가 생겼다'는 말은 곧 살아갈 힘이 생겼다는 말이라고 생각해요.

⑩ 그러다가 찾은 길이 인스타툰인가요?

    ⑥ 맞아요. 다양한 시도를 했었어요. 그림도 그리고 원데이 클래스를 열기도 해보고요. 굿즈도 만들어서 팔아봤고, 만화나 일러스트를 그리기도 했어요. 그중에 제일 반응이 좋았던 게 인스타툰이었죠. 그래서 여기 집중해야겠다고 생각했어요.

⑩ 인스타툰은 언제부터 시작하신 거예요?

    ⑥ 2019년 5월부터 시작했더라고요. 올해로 딱 3년 정도 되었어요.

🙆 시작하셨던 계기가 뭐예요? 웹툰을 할 수도 있었을
텐데요.

🙋 저는 인스타툰이나 웹툰이나 같다고
생각해요. 단지 플랫폼의 차이일 뿐이거든요.
자유롭게 하고 싶은 이야기를 원하는 대로 연재하려면
인스타그램이라는 플랫폼이 제일 좋을 것 같더라고요.
저에게는 부담 없이 해야 한다는 게 굉장히 중요한
조건이었거든요. 항상 시작은 화려하게 해놓고
용두사미식으로 끝낸 프로젝트가 많았어요. 이번에는
그렇게 하고 싶지 않아서 부담을 안 느끼려고 하다
보니 인스타툰이 눈에 들어왔어요.

🙆 그렇다면 인스타툰 처음 시작할 때 뮤지컬 배우
이야기를 해야겠다고 바로 생각하셨어요?

🙋 네, 그 얘기는 계속하고 싶었어요. 대학
다니면서 재밌었던 에피소드도 많았고, 또 그 안에서
인생의 교훈을 많이 배웠거든요. 제가 했던 작품들의
메시지만 전달해도 사람들한테 의미가 있겠다는
생각이 들더라고요. 아이디어를 떠올리고는 너무
괜찮은 기획인 것 같아서 곧장 시작했었어요.

🙆 이렇게 창작을 계속하는 이유는 뭐라고 생각하세요?

🙋 그 이유는 계속 찾고 있거든요. 생각해보면
저는 본능적으로 제 이야기를 하고 싶어 하는 사람인

프로 도망러라서 더 멋진 길을 만났죠

것 같아요. 누군가한테 보여주고 싶다는 생각에
본능적으로 시작하고, 거기에 의미는 나중에 담는
편이에요. 일단 하고 싶은 대로 하고 '내가 한 이번
작업은 이런 의미가 있었어'라고 의미를 부여하는
거죠. 왜 그렇게 계속 무언가를 만들어내는지는 지금
찾고 있는 과정이라고 대답할 수 있을 것 같아요.

⑩ 내 이야기를 하는 게 목적이자 창작의 원동력이기도
하고요. 그럼 그 인스타툰이 시작하자마자 잘됐나요?

⑩ 제 기대보다는 빨리 잘됐어요.

⑩ 어떻게 보면 이제는 사람들에게 영향을 주는 사람이
됐잖아요. 팔로워도 많아지고 거기에 반응하는 사람이
많아졌으니까요. 자신의 이야기를 통해서 어떤 메시지를
전하고 싶으신가요?

⑩ 저랑 비슷한 사람들한테 '저처럼 이렇게
살아도 괜찮아요' 그런 용기를 주고 싶어요. 저한테는
그런 사람이 필요했거든요. 힘들고 방황할 때 그런
사람이 있었으면 좋았을 텐데 하는 마음이 계속
있었어요.

⑩ 인스타툰 반응이 좋았잖아요. 그러면서 자존감의 변화도
있었을까요?

⑩ 저는 《무대에 서지 않지만 배우입니다》라는

만화를 연재하면서, 사실 감정적으로는 모든 게
치유됐어요. 그러려고 시작한 작업이기도 했고요.

　　뮤지컬 배우가 되기 위해 거의 10년간 진심으로
열과 성을 다해서 준비했었거든요. 당장 배우를 하지
않으면 그 시간이 사라지는 거라고 생각하니 납득이
어려웠어요. 그 노력과 시간이 다 아무것도 아닌
게 되어버리는 걸까 싶어서 너무 억울했고요. 그걸
스스로에게도 납득시키고 싶었어요. '괜찮아. 너 그 시간
동안 충분히 노력했고, 잘했고, 그 시간이 있었다는 것
자체만으로 너한테는 의미 있는 거야' 이렇게 저에게
이해시키고 싶어서 시작한 작업이었거든요. 끝낼
때쯤에는 제가 완전히 그렇게 느끼고 있더라고요.
'맞아. 나는 그때 진짜 최선을 다했고 후회 없어' 이게
되더라고요. 그 작업을 통해서 많은 치유를 받았다고
생각해요.

🅐 인스타그램에서 연재하면 바로 댓글이 달리고 반응을
즉각적으로 볼 수 있잖아요. 기억나는 독자의 반응이
있을까요?

　　🅗 제가 인스타툰에서 무대 이야기를 했을
때 그걸 보고 배우의 꿈을 키웠다는 분들이
계셨어요. 배우의 꿈을 키운다거나 원하는 오디션에
합격했다거나 아니면 원하는 학과에 들어갔다거나
그런 후기를 남겨주시는 분들이 계시거든요. 그럴 때

내가 좋은 영향을 끼친 것 같아 뿌듯해요.

⑩ 때로는 부정적인 댓글도 있잖아요. 그럴 때는 어떻게
대처하세요?

　　　㊟ 저는 멘탈이 약해서, 악플을 보면 많이
흔들리거든요. 초반에는 아주 힘들었죠. 이제는
대처하는 방법을 좀 알게 됐어요. 그런 댓글을 보면서
속상함을 느끼는 지점은 상대를 이해하려는 마음에서
생기는 것 같거든요. 무의식적으로 '이 사람이 왜 나한테
이런 말을 하고, 왜 나를 싫어하는 걸까' 어떻게든
이해해보려고 했던 거죠. 그래서 의식적으로 생각을
바꿨어요. 상처가 되는 댓글을 발견하면 '왜 나한테
상처를 주지?'하고 그냥 나를 중심으로 생각하는
거예요. (웃으며) 그런 댓글은 바로 삭제해버려요.

⑩ 그런 얘기도 하셨던 것 같아요. 인스타그램에서
연재하면서 알고리즘의 변화로 슬럼프가 오는 것 같다고요.
어떻게 극복하셨나요?

　　　㊟ 제가 올해 인스타그램 계정을 운영하면서
약간 정체기가 있었는데, 그때 마침 알고리즘의
변화가 있었던 건 아닐까 생각이 들더라고요. 오피셜
한 건 아닌데 인스타그램 플랫폼에서 창작하는
분들 사이에서 공통으로 나오는 이야기였어요.
알고리즘이 변한다는 건 대중에게 노출되는 근거가

프로 도망러라서 더 멋진 길을 만났죠

달라진다는 거니까 창작자들은 그 부분에 민감할
수밖에 없거든요. 근데 저의 이런 고민을 앤드류
님이 들으시고 콘텐츠가 좋으면 상관없다고
이야기해주셨죠. 그 이야기를 들으면서 '그래, 내가
너무 알고리즘 탓을 했네, 진짜 좋은 콘텐츠를 만들면
그런 건 상관없을 텐데' 하고 반성하게 됐어요.
그 이후에는 무엇보다 전하고자 하는 메시지에 더
집중하고 있고요.

(앤) 실제로 몇 번 크게 터졌잖아요. '좋아요' 만 개 넘고
몇백만 뷰도 나오고요. 그런 과정을 겪으면서 생각한,
인스타그램을 잘 키우는 방법은 뭐라고 생각하세요?

(슌) 콘텐츠가 좋아야죠. 제일 중요한 건 콘텐츠의
퀄리티라고 생각하지만, 스킬이 완벽해야 한다는 뜻이
아니에요. 전하고자 하는 메시지가 명확하면 사람들의
마음을 울린다고 생각해요. 그게 제일 중요한 것
같고요. 그리고 두 번째로, 자주 올리는 게 중요해요.
'내가 이런 걸 하고 있다', '이런 메시지를 전하는
사람이다'를 자주 사람들한테 노출해줘야 해요. 너무
정보가 많은 시대잖아요. 인스타그램에는 지금도 막
수십 개, 수백 개씩 새로운 게 올라오니 내가 하는
작업을 최대한 많이 알리는 것도 중요한 것 같아요.

(앤) 콘텐츠로 풀어낼 만한 자기만의 이야기가 없다고

생각하는 사람도 많거든요. 그런 분들한테 해주고 싶은
얘기가 있을까요?

　　　　ⓢ　저는 일단 '글'로 써보라고 하고 싶어요.
종이 위가 됐건 화면 위가 됐건 자기가 지금 하고
싶은 이야기나 해보고 싶은 이야기들을 두서없이
일단 써봤으면 좋겠어요. 저는 모든 콘텐츠의 출발은
'글'이라고 생각하거든요. 영상도 스크립트를 먼저
쓴 다음 시작하고, 인스타툰도 글로 콘티를 짜놓고
작업해요. 모든 원소스가 되는 건 글이에요. 접근성이
낮으니까 아무나 쓸 수 있고요.

　　　　저도 사실 군대에서 글을 쓰기 시작하면서 다시
창작하기 시작했던 거거든요. 군대 내무반에서
자그만 수첩에다가 달빛을 조명 삼아 그날 느꼈던
것들을 쓰면서 '내 안에 이런 이야기들이 있구나'를
발견했어요.

ⓔ　작품을 보면 사소한 소재들을 재밌게 풀어내는 것
같아요. 그런 걸 평소에 자주 메모하시나요?

　　　　ⓢ　네, 저는 항상 메모해요. 지금도 고민이나
생각이 많아질 때 무조건 글부터 쓰거든요. 글을 쓰는
행위 자체가 나 자신과 대화하는 느낌이 들어서예요.
계속 기록하면서 내 감정을 솔직하게 터놓고 나
자신과 대화하려고 해요.

ⓔ 자주 쓰는 툴이 있다면요?

ⓢ 아이폰 메모장이요. 동기화가 되니까 바로
노트북 작업으로 이어갈 수 있어서 자주 써요. 아이폰
메모장은 주제에 따라 폴더별로 정리해놓는 편이에요.
'인스타툰 아이디어' 아니면 '책 작업' 이런 식으로
폴더명을 정해두고 관련해서 아이디어가 떠오를
때마다 그 폴더에 정리하죠.

제가 하는 창작의 재료는 '일상'이라고 생각해요.
창작자로서 일상에 떠다니는 재료들을 붙잡아 놓지
않고 흘려보내는 것은 싱싱한 재료를 사놓고 쓰지 않는
요리사와 같다는 생각이 들더라고요. 그래서 그때그때
놓치지 않고 기록하려는 거예요. 나중에 알아볼 수 있을
정도로 간단하게 단어나 문장으로 저장해두죠. 마치
냉장고에 재료를 가득 채워 놓는 것처럼요. 필요할 때
꺼내 요리해서 사람들한테 선보이는 거죠.

ⓔ 정말 그렇네요. 그럼 글을 본격적으로 쓰기 시작한 건
언제부터예요?

ⓢ 어렸을 때부터 글 쓰는 걸 좋아하긴 했어요.
다른 일들이 눈에 들어오다 보니 그걸 잠깐 잊고
살았죠. 글을 좋아하는 마음이 다시 피어난 건
군대에서예요. 뮤지컬 배우로서의 삶을 살다가 군대를
좀 늦게 갔거든요. 열정적으로 무대 생활을 하다가
군대에 가니까 갑자기 현실을 자각하게 되더라고요.

" 저는 모든 콘텐츠의 출발점이 글이라고 생각해요. "
일상이 콘텐츠의 재료라고 생각하기 때문에,
떠다니는 재료들을 붙잡아 두기 위해
자주자주 기록해요.

프로 도망러라서 더 멋진 길을 만났죠

'내가 지금 여기서 뭐 하고 있는 거지?' 그런 생각 때문에요. 나에 대해 생각할 시간이 많아지면서 뭔가 나를 표현하고 싶은 욕구가 생겼어요. 근데 거기서는 연기도 노래도 할 수가 없잖아요. 내 속에 있는 이야기는 끄집어내고 싶은데 말이에요. 종이랑 펜이 있길래 그 마음들을 그냥 적어 내려가기 시작했는데, 그게 너무 재밌더라고요. 불침번 설 때도 진짜 희미한 조명 아래서 글 쓰고 그랬어요. 글 쓰는 재미를 한번 찾고 나니까 자대 배치받고 나서도 계속 글을 쓰게 되었고요. 그 무렵 제가 아는 작가님이 브런치라는 플랫폼을 알려주셨어요. 거기에서 작가 신청을 해서 글을 쓰면 좋을 것 같다고 하시더라고요. 브런치에 연재하다가 출간으로 이어지는 사람도 많다고 하시면서요. 휴가를 나왔을 때 한번 신청해봤죠. 그게 통과되어서 브런치에 글을 쓰기 시작했어요.

저는 의경을 나왔는데 의경은 일주일에 한 번씩 외출을 나오게 되어 있어요. 주중에 훈련받을 때는 쉬는 시간에 짬 날 때마다 종이에다 조금씩 끄적이고, 주말에 휴가 나왔을 때 타이핑해서 브런치로 발행했어요. 글이 쌓이자 감사하게도 출판사에서 연락을 주셔서, 첫 책을 출간하게 되었죠.

⦿ 글 쓰는 재능이 있었나 봐요. 브런치 통과하는 것도 쉽지 않고, 거기서 출간까지 이어지는 건 더더욱 쉽지 않은

일이잖아요.

　　🜉　필력이 엄청 좋은 건 아니라고 생각하는데,
다만 많은 사람이 공감할 수 있게 글을 쓰는 것 같기는
해요.

🜊　그러고 나서 쓴 두 번째 책이 『무대에 서지 않지만
배우입니다』인가요?

　　🜉　네. 사실 두 번째 책의 편집자님은 브런치
연재 때도 제안 주셨던 분이에요. 그때는 이미
다른 출판사랑 계약이 된 상태라서 거절할 수밖에
없었는데, 그 뒤로도 제 활동을 계속 봐주셨더라고요.
새로운 주제로 연재 시작하는 걸 보시고는 같이해보고
싶다고 연락하셨어요.

🜊　지금까지 책을 네 권이나 내셨잖아요. 책은 콘텐츠
중에서도 많은 품이 드는 콘텐츠인데도, 계속 쓰는 이유가
무엇일까요?

　　🜉　그걸 봐주는 사람들 때문에 쓰는 것 같아요.
사실 콘텐츠 시장은 계속해서 숏폼 쪽으로 가고
있잖아요. 점점 짧은 것, 자극적인 것, 간단한 것
쪽으로 옮겨가고 있는 거 같은데요. 그런 콘텐츠만
소비할수록 소비자도 변화한다고 생각하거든요. 책을
보는 자세로 릴스나 쇼츠를 보지 않잖아요. 콘텐츠를
대하는 방식이나 마음가짐이 아예 다르다고 생각해요.

그런 점에서 책은 무겁고 시간을 많이 투자해야 하는 콘텐츠이고요. 그런데도 '나는 이 긴 호흡으로 진행되는 콘텐츠를 소비할 준비가 되어 있어' 하는 마음으로 책을 찾아주시는 독자분들이 있다는 게 너무 감사한 마음이 들어요. 저는 제 콘텐츠가 그런 식으로 소비되었으면 좋겠거든요. 그래서 책이라는 콘텐츠에 욕심이 계속 생기고요.

⑩ 각기 다른 주제의 책을 낼 때마다 성장한 부분이 있다면 소개해주실 수 있으실까요?

⑥ 첫 책인 『그냥이 어때서』를 냈을 때는 내가 가진 이야기가 진짜 아무것도 아니라고 생각했을 때거든요. 그런데 아무것도 아니라고 생각한 이야기가 이렇게 한 권의 책이 되어 나올 수 있다는 데서 자존감이나 자신감이 많이 생겼던 것 같아요. 『무대에 서지 않지만 배우입니다』는 말씀드렸던 것처럼, 만화를 연재하면서 부정적인 감정이나 깊이 남아있던 상처들이 전부 없어졌고요. 그리고 『계획대로 될 리 없음!』 같은 경우는 여행 에세이인데요. 어렸을 때부터 여행을 너무 좋아해서 여행으로 콘텐츠를 만들어보는 게 버킷 리스트 중 하나였거든요. 그걸 이뤘다는 것 자체만으로도 저한테는 의미가 있는 작업이었어요.

⑩ 그것도 어떻게 보면 코로나19 때문에 못 가게 된 여행

대신에 쓴 거잖아요. 인생이 참 뭐가 안 되면 다른 쪽으로 흘러가기 마련인 것 같아요. 슌 님이 그걸 또 잘하시는 것 같고요.

　　　㊍　그게 재밌어요. 뭔가 장애물이 생겼을 때 그거를 극복하려고 발버둥 치다가 더 괜찮은 새로운 아이디어가 나올 때도 있고, 그 극복하는 과정이 더 재밌는 것 같아요.

㋐ **책을 네 권 내보니까 어떠세요?**

　　　㊍　책을 내는 과정을 통해서 일을 많이 배웠어요. 분별력도 좀 생겼고요. 책 한 권을 내는 과정은 끊임없는 커뮤니케이션 과정이잖아요. 책 한 권에 얽혀 있는 사람도 많고요. 편집자, 마케터, 디자이너 다양한 사람들이랑 소통하면서 하나의 작품을 만들어 나가야 하니까요. 그 과정에서 소통 스킬이 생겼던 것 같아요. 내가 원하는 것을 얻기 위해서 그렇게 해서는 안 되는 것이었구나 하는 교훈도 얻었고요.

　　　사실 제가 출간한 책들이 성적이 다 좋지는 않았어요. 지금까지 저는 거기에 대해서 전혀 불만이 없었죠. 내가 하고 싶은 이야기를 하고 싶은 방식대로 잘 만들어냈기 때문에 그걸로 충분히 만족했거든요. 시간이 지날수록 '이게 이기적인 생각이구나'라는 생각이 들더라고요. 더 잘돼야지, 잘 팔려야지 여러 사람이 다 기뻐할 수 있는 건데 말이에요. 저 혼자

프로 도망러라서 더 멋진 길을 만났죠

하는 작업이 아니기 때문에 한 번쯤은 잘돼보고 싶다고 생각하게 되었어요. 예전에 이름만 대면 알 만한 배우가 되고 싶다는 꿈을 꿨던 것처럼 내 창작물이 누군가에게 얘기만 해도 알아볼 수 있도록 유명해졌으면 좋겠다는 목표가 생겼어요.

🅔 다양한 플랫폼에서 여러 가지 유형의 콘텐츠로 자신만의 생각과 경험을 솔직하게 공유하잖아요. 특히 일상툰이라는 것은 일상을 공유하는 거니까 나를 어느 정도까지 보여줄지 신경이 쓰일 것 같은데 어떠세요?

🅢 처음 글을 쓰기 시작했을 때 진짜 많이 신경 썼던 것 같아요. 남들이 나한테 보고 싶어 하는 모습과 내가 보여주고 싶은 모습이 아주 다르다고 생각했거든요. 보여주기도 전에 남들이 원하는 건 이런 게 아닐까 하고 지레짐작했던 거죠. '이런 모습은 별로 안 좋아할 것 같아' 하면서 스스로 굉장히 신경을 많이 쓰기도 했고. 글을 쓰거나 그림을 그릴 때도 계속 그런 걸 신경 쓰면서 작업했는데, 계속하다 보니까 점점 통합되는 과정이 생기더라고요. 내가 보여주고 싶은 것과 남이 보고 싶은 것 사이의 괴리를 조금씩 채워가게 된 것 같아요. 지금은 예전보다는 좀 더 솔직하게 저를 드러낼 수 있게 됐어요.

🅔 콘텐츠를 만들어 올릴 때 특히 신경 쓰는 부분이 있나요?

ⓢ 신경 쓰는 부분이라고 하면, 사회적으로 민감한 이슈는 되도록 자세히 다루려고 하지 않아요. 제 의도와 상관없이 오해가 생기는 상황이 생길 수 있더라고요. 저 자신이 어떤 특정 사상이나 가치를 추구하는 작가로 인지되는 순간부터는 제가 할 수 있는 이야기의 폭이 좁아질 수 있겠다 싶기도 했어요. 제 메시지가 잘못 전달되면서 생기는 날 선 반응 또한 견디기 힘들어요. 제가 건강하게 꾸준히 창작하기 위해선 이런 식으로 스스로를 보호할 수 있는 최소한의 장치가 필요하다 생각했어요. 그리고 내가 하고 싶은 이야기와 사람들이 보고 싶어하는 이야기의 접점을 많이 찾아서 균형을 맞추려고 하는 것 같고요.

ⓔ 그게 정말 어려운데 어떻게 찾으세요?

ⓢ 저도 새벽 감성에 취해 있을 때 하고 싶은 말만 할 때가 있긴 하거든요. 최대한 그런 감정에 취하지 않게 조심하려고 해요. 지나고 보면 '내가 굳이 왜 이런 얘기까지 했지?' 싶은 것들도 있어요. 나중에 후회하고 싶지 않으니 그런 부분도 신경 쓰고 있고요.

ⓔ 그렇다면 콘텐츠에서 이건 항상 먹힌다 하는 것도 있어요?

ⓢ 있어요. 인스타툰 안에서도 인기 많은 주제가 있어요. 연애, 결혼, 육아, 고양이, 강아지. 이와 같이

프로 도망러라서 더 멋진 길을 만났죠

일상과 밀접한 키워드들이 특히 인기가 많습니다.

🅔 지금 인스타툰도 하고 책도 쓰고 강의도 하고 외주 일도
하고 여러 가지 하는데, 수익 구조가 어떻게 되나요?

🅢 인스타그램으로 받는 광고가 전체 수익의 한
50% 정도 되는 것 같아요. 그림 관련 외주도 많이
들어와서 한 30% 정도라고 보시면 되고요, 나머지
20%가 온라인 클래스랑 가끔 들어오는 이런 인터뷰
수익이에요.

🅔 프리랜서로 일하면 뭐든 혼자 해야 하잖아요. 스스로
동기부여하고 일을 만들어가는 데 가장 중요한 게 뭐라고
생각하세요?

🅢 시간 관리가 제일 중요한 것 같아요. 제일
어렵게 느끼는 부분이기도 하고요. 처음에는 아주
어려웠어요. 쉬는 시간과 일하는 시간을 스스로
구분 지어야 하는 것도 쉽지 않더라고요. 그걸
구분 지을 필요성 같은 것도 아예 못 느꼈었고요.
프리랜서를 몇 년 동안 하다 보니 이제야 조금씩
정리되고 있어요. 일을 한꺼번에 많이 받으면
건강까지 해칠 수도 있고, 그렇다고 일이 없으면
너무 불안해지고. 그게 프리랜서의 숙명인 것 같아요.
그러니까 시간 관리가 정말 중요하죠.

⑩ 오히려 에너지 관리라고 할 수도 있을 것 같아요. 지금 공유 오피스에서 일하시는 걸로 알고 있는데 그게 도움 된 것 같아요?

㊜ 도움 많이 됐어요. 두 가지 정도 크게 도움을 받았는데 첫 번째는 일하는 공간이랑 쉬는 공간을 완전히 분리할 수 있다는 것. 처음엔 중요성을 느끼지 못했어요. 어차피 프리랜서면 '디지털 노마드' 이런 말처럼 어디서든 일하는 거잖아요. 여행 가서도 일할 수 있고 카페 가서도 일할 수 있는 게 프리랜서 일이기 때문에 그 필요성을 딱히 느끼지 못했는데, 확실히 분리가 필요하긴 하더라고요. 분리하니까 능률도 훨씬 올라가고 일과 삶 각각에 좀 더 집중할 수 있게 되었어요. 일할 때는 일하고, 쉴 때는 쉬고요.

두 번째는 동료들. 비슷한 일을 하는 동료들을 만날 수 있다는 게 너무 좋더라고요. 아무래도 프리랜서는 혼자 일하다 보니까 정보를 얻는 데 한계가 있을 수밖에 없잖아요. 공유 오피스를 쓰면서 주변에 인스타툰 하시는 분들이랑 업체 정보나 단가 같은 것도 공유하면서 나의 기준을 다시 세울 수 있어서 좋았어요.

⑩ 그러면 프리랜서로 일하면서 생기는 불안감은 어떻게 해소하세요?

㊜ 일이 너무 많거나, 너무 적거나 하는 것이

프로 도망러라서 더 멋진 길을 만났죠

프리랜서가 가지는 불안감인 것 같아요. 그럴 때는 돈이 되지 않는 일이더라도 자신만의 프로젝트를 만들어 시작하는 게 큰 도움이 되더라고요. 저도 지금 따로 하는 게 있어요. 만화를 새로 기획해서 그리고 있고, 지금 연재분도 한 4회차분까지 그려놨어요. 인스타툰은 짧은 호흡으로 진행되는 콘텐츠잖아요. 이번에는 좀 긴 호흡으로 가져갈 만화를 그리고 있어요.

⊕ 불안하다고 가만히 있지 말고 뭐라도 할 수 있는 것들을 해야 하는 거죠.

⊛ 나를 필요로 하는 곳이 한 군데 정도는 있을 테니까 계속 어필해야 하는 것 같아요.

⊕ 요즘 보니까 새로운 일 제안이 많이 들어오는 것 같던데 절대적인 시간과 나의 체력은 한정적이잖아요. 그러다 보면 거절하는 일도 생길 텐데 기준점이 있나요?

⊛ 보통 메일로 업무 제의를 받잖아요. 사실 처음 메일을 읽으면 여기랑 하고 싶다, 안 하고 싶다가 좀 결정되는 것 같아요. 가끔 담당자도 본인이 무엇을 원하는지 잘 모르는 것 같다는 게 메일에 드러날 때가 있어요. 그럴 때는 앞으로의 일이 어떻게 진행될지 좀 보이는 느낌이어서 그런 거는 안 하려고 하는 편이에요. 그리고 단가를 계속 깎으려고 하는 일도

프로 도망러라서 더 멋진 길을 만났죠

거절하는 편이에요. 단순히 금액의 문제는 아니고요.
저한테 단가 요청을 해서 제가 가이드를 드렸음에도
거기서 계속 조정하려고 하면, 그 가이드를 존중받지
못하는 느낌이 들더라고요.

🅐 프리랜서 처음 하면 많은 분이 단가 산정을
어려워하시는 것 같아요. 그건 어떤 기준으로 하세요?

　　🅢 저도 처음에는 단가에 대한 정보가 아예
없으니까 최저 시급을 기준으로 접근할 수밖에
없었어요.

　　저는 아예 콘텐츠 시장이 처음이어서 단가에
대한 기준이 하나도 없었어요. 당시에는 나쁘지 않은
금액이라고 생각했는데 지금 생각해보면 정말 푼돈을
받고 일했던 시기도 있었고요. 계속하다 보니까
주변에 비슷한 일을 하는 사람들이 많이 생기고 그런
정보를 공유하고 하면서 기준점이 생기더라고요.

🅐 최근에 인스타툰 올리시는 것 중에 《독립 일기》를
재밌게 보고 있어요. 혼자 살아보니까 어떠세요?

　　🅢 체질인 것 같아요. 혼자 사는 게 너무 좋아요.
(웃음) 예를 들어서 부모님이랑 같이 살 때는 제가 뭘
먹고 나중에 설거지하려고 싱크대에다 놓고 외출하면
어머니가 다 해놓으시는 경우가 많았거든요? 그런 게
약간 불편했어요. 내 몫의 1인분을 책임지지 못하는

기분이 들더라고요. 예시를 이렇게 들긴 했는데 삶의
전반적인 부분에서 이런 기분을 많이 느꼈어요.
독립하고 나서는 모든 걸 다 제가 책임져야 하는
상황이니 자신의 효용성을 더 느낄 수 있다는 게
좋았어요. 제가 되게 부지런한 사람이더라고요.

📢 인스타툰 중에서, 이제 주방에 찬장을 열면 엄마 취향이
아닌 내가 좋아하는 컵들만 있다는 내용도 재밌었어요.

🙆 이사 오자마자 제일 먼저 한 게 찬장에
컵 채우는 거였거든요. 집에서는 어머니가 어디
은행에서 받아온 컵이라든지 선물 받은 컵들이 다
섞여 있었는데, 이제 제가 직접 골라서 산 컵들로만
채워두었죠. 내 취향으로만 공간을 채울 수 있다는 게
너무 좋았어요.

📢 혼자 살기 시작하면서 일할 때와 쉴 때의 전환 스위치가
생긴 것 같아요. 그 스위치를 빠르게 전환하기 위한 본인만의
루틴이 있나요?

🙆 저는 그 모드 전환이 잘 안돼서 스트레스를
많이 받는 편이었어요. 최근엔 방법을 하나 찾았어요.
그 방법이 좀 웃길 수도 있는데, 난 뭐든 할 수 있다고
생각하는 거예요. 지금 일해야 하는데 주변에 집중을
흐트러트리는 것들이 너무 많잖아요. 유튜브를 보고
싶기도 하고 피곤해서 자고 싶기도 하니까요. 그래서

프로 도망러라서 더 멋진 길을 만났죠

저는 전환이 잘 안될 때는 '난 지금 당장 이거 끄고 일어나서 일할 수 있어! 나 할 수 있는 사람이야!'라는 생각 전환을 스위치 누르듯이 의식적으로 하고 있어요. 할 수 있다는 자신감을 갖고 하면 전환이 잘 되는 것 같아요.

◉ 오늘 얘기하면서 든 생각인데, 우물 안에서도 혹은 큰물에서도 자기를 항상 주인공으로 놓는 사람인 것 같다는 생각이 들었어요. 나를 가장 우선으로 두고 그 안에서 내가 나를 위해서 할 수 있는 건 뭘까 고민하고 상처받지 않는 방법을 찾는 거죠. 계속 나의 무대를 찾아서 이렇게 돌아다니는 유목민이라고 할까요?

◉ 그게 좋은 것 같아요. 뮤지컬을 준비했을 때도 사실 그런 무언의 압박 같은 게 있거든요. "너 무슨 일해? 뭐 전공해?" 하고 질문을 받아서 "뮤지컬, 연기 이런 거 해요." 하면 "TV 언제 나와?" 이런 식의 대답이 돌아와요. 그 말인즉슨 유명세와 연결되는 이야기잖아요. 유명한 사람이 되어야 하고 돈을 많이 벌어야 한다는 압박이 계속 있었어요. 지금은 나한테 맞는 무대를 찾아서 내가 주인공이 되려고 하는 것 같아요. 또 지나치게 여기에 매몰되면 안 되겠지만요. 뭐든 밸런스가 중요하잖아요.

앤 앞으로의 계획도 이야기해주세요. (웃으며) 계획대로 될 리는 없지만요.

슌 제가 만든 창작물을 많은 분들이 소비해줬으면 좋겠어요. 그러기 위해서 지금 계획하고 있는 일들이 또 여러 가지 있어요. 먼저 아까 말했던 호흡이 긴 만화를 인스타그램으로 발행하기 시작할 거예요. 어쨌든 기존 제 독자분들이 제 콘텐츠를 많이 소비해주시니 인스타그램에서 연재*를 시작하고요. 연재분은 묶어서 단행본으로 내거나 타 플랫폼에 정식 연재하는 방향을 염두에 두고 있어요. 그리고 작년부터 그린 일러스트를 올 2022년 8월쯤 전시회**를 통해 선보일 예정이고요, 다섯 번째 책도 준비 중입니다. 그렇게 저는 계속 저의 이야기를 해보려고요.

---

* 2022년 7월부터 인스타그램에서 《엄마랑 떠날 수 있을 때》를 연재 중이다.

** 세계 곳곳을 여행하며 작업한 슌 작가의 일러스트 아트워크는 2022년 8월 4일부터 28일까지, KT&G 상상마당 <SHUN's Bon Voyage!>에 전시되었다.

프로 도망러라서 더 멋진 길을 만났죠

오랜 시간
고민하고 준비한 일일수록
그게 아니면 안 된다는
생각에 갇히기 쉬워요.
근데 저는 오히려 도망쳤을 때
더 멋진 것들을 많이 만났어요.

여러 우물을
파다 보니
세상을
이해하는 폭도
넓어졌죠

"한 우물을 파려고 노력하던
시절에는 힘들고 절박하니까
세상을 보는 시야도 좁았어요.
지금은 사람에 대한 이해도
더 늘어난 것 같아요."

염문경

배우 겸 영화감독이자 방송 작가.
배우를 시작으로 EBS 웹드라마 《멍냥꽁냥》,
EBS '자이언트 펭TV', '딩동댕대학교' 등 방송 작가로서 커리어를 넓혀갔다.
《백야》, 《현피》 등 단편영화 감독으로도 활약 중이며,
지은 책으로는 『내향형 인간의 농담』이 있다.

2019년 대한민국을 강타한 펭귄, '자이언트 펭TV'의 펭수. 어린이 프로그램에 나오는 캐릭터답게 귀여운 외모를 하고 있지만 즉흥적 성격과 직설적인 말을 서슴지 않는 펭수의 모습에 어린이들이 아닌 어른들이 열광했다. 특유의 센스와 드립력으로 펭수만의 유니버스가 만들어지고 펭수를 중심으로 EBS의 역대 캐릭터들이 다시 주목받는 기획이 생기기도 했다. 이렇게 특별하고 개성 있는 캐릭터는 어떻게 탄생했을까?

스스로를 '다목적 프리랜서 배우'라고 소개하는 염문경은 글을 쓰는 작가이자 배우이면서 감독이기도 하다. 전공이 아닌 분야에서 커리어를 쌓고 연기와 글쓰기에 자신을 녹여내기까지, 그 속에는 얼마나 많은 인내와 고민이 쌓였을까? 유머를 잃지 않고 그 누구도 불편하지 않은 친절한 농담을 던지기 위해 애쓰는, 내향적이지만 자기 안에 할 말은 많은 작가 염문경의 이야기를 들어봤다. 펭수의 그늘에 가려진 작가가 아닌 인간 염문경이라는 사람을 조금 더 깊이 알아보자.

앤 배우로 시작해서 작가로 커리어를 쌓으셨잖아요. 어떻게
작가 일을 시작하게 되셨나요?

염 제가 처음 보조 작가로 참여한 건《퐁당퐁당
LOVE》라는 웹드라마였어요. 윤두준 님과 김슬기 님이
주인공이었고 조선 시대로 가면서 벌어지는 일들을
그린 작품인데, 당시 반응이 좋았어요. 그 작품의
작가이자 감독이 MBC PD로 일하다가 지금은 영화
일을 하는 김지현 PD님인데, 제 연극 동아리의 첫
연출이셨거든요. 제가 처음으로 글을 쓸 수 있게 해준
분이세요.

사실 드라마 쪽은 영화와 다르게 감독과 작가의
역할이 명확하게 분리되어 있어요. 근데 김지현
PD님은 단막극부터 직접 쓰고 연출까지 했던
분이다 보니 자신을 도와줄 보조 작가가 필요했던
거죠. 편하게 같이 일할 수 있는 사람을 찾다가 제가
페이스북이나 블로그에 써 놓은 글을 보고 함께
일해보자고 하시더라고요. 그렇게 처음으로 작가 일을
접했는데 말씀드렸다시피 꽤나 반응이 좋았거든요.
그러니까 내가 참여한 작업물로 사람들이 즐거워하는
그 경험이 엄청 기뻤고 재밌었어요. 그래서 다음 작품
《우주의 별이》도 함께하게 됐고요.

그러다가 김지현 PD님이 이슬예나 PD님을
소개해주셔서 어린이 단막극을 함께 만들었어요.

염문경 **321**

이슬예나 PD님의 첫 어린이 단막극이었는데, 15분 단편영화 같은 거였죠. 저한테도 처음으로 제 이름을 걸고 쓴 작품이었어요. 그렇게 이슬예나 PD님과 연결되었고 '자이언트 펭TV'까지 이어졌어요.

🎤 펭수를 만든 PD님과 작가님의 인연이 그렇게 시작된 거군요. 펭수 인기가 대단했잖아요. 염문경 님께도 펭수는 떼려야 뗄 수 없는 키워드가 되기도 했고요. 관련해서 인터뷰 요청이나 협업 요청이 많이 왔을 것 같아요.

🧑 그랬죠. 지금은 조금 덜하지만 펭수가 받았던 사랑은 정말 어마어마했으니까요. 펭수 담당 PD이신 이슬예나 PD님만큼은 아니지만 인터뷰 요청도 많이 받았고요. 그때는 좀 이상한 기분이었어요. 좋은 마음 반, 싫은 마음도 반이었죠. 나의 정체성은 무엇인가 고민하면서도 또 내가 펭수 작가라는 걸 숨기고 싶지는 않은 양가감정이 들었던 거 같아요. 드러내고 싶으면서도 펭수 작가로만 저를 정의 내리자니 서운하기도 했고요. 되게 이상하고 바보 같은 마음이 들끓을 때가 있었어요.

🎤 창작자로서는 자랑스러우면서도 워낙 많은 일을 하고 계시니까 한쪽으로 규정되고 싶지 않은 마음이셨을 것 같아요. 그때 펭수의 인기는 거의 신드롬이라고 불러도 될 정도였잖아요. 어떻게 그렇게까지 인기를 얻을 수

여러 우물을 파다 보니 세상을 이해하는 폭도 넓어졌죠

염문경

있었을까요?

> (연) 첫 화부터 나름 반응은 좋았어요. 아는 사람들
> 사이에서는 반응이 좋았는데 문제가 하나 있었어요.
> 유튜브는 알고리즘이잖아요? '자이언트 펭TV'는
> EBS랑 연결돼 있다 보니까 유치원에서 보여주거나
> 유아용 프로그램을 보는 사람들한테만 도달되는
> 거예요. 그러니까 애초에 우리가 보여주고 싶었던
> 사람들한테는 노출조차 잘 되지 않았던 거죠.

(옌) 아, 그럼 처음 기획 단계부터 어린아이보다는 성인을
타깃으로 만들었던 거예요?

> (연) 네. 더 정확히 말하자면 '성인이 봐도 재미있는
> 병맛'을 콘셉트로 잡았고 타깃은 키덜트 쪽으로
> 잡았어요. 그러다 보니 알고리즘의 선택을 받지
> 못한 초반에 정체기가 있었어요. 저희도 방향을 잡지
> 못하고, 유명한 크리에이터를 섭외해서 협업하고
> 그랬거든요. 흔한 남매도 섭외해보고 침착맨도
> 섭외해보고. 섭외 방향도 좀 중구난방이었죠.
> 그러다가 'E육대(EBS 아이돌 육상대회)'로 처음
> 화제되기 시작하면서 조금씩 잘되더니 조회수가 계속
> 올랐어요. 'E육대'가 펭수한테는 딱 분기점이 됐던
> 콘텐츠였죠. '딩동댕 유치원' 같은 EBS 프로그램에
> 등장했던 캐릭터들이 다 모여서 육상 대회를 하는
> 콘셉트의 프로그램이었는데요. 펭수부터 시작해서

뿡뿡이, 뚝딱이, 번개맨까지 정말 예전 캐릭터들이
다 모였어요. 한 시대를 풍미한 프로그램 주인공들이
한자리에 모이니 개성도 가지각색이고, 향수를
자극하기도 했던 것 같아요. 그게 타깃한테 잘
어필하면서 인기가 급물살을 탔고요.

　　유튜브는 잘되면 흔히 협찬이라고 하는 브랜디드
콘텐츠를 만들잖아요. 저한테도 그때 연락이 엄청나게
왔어요. "우리 제품 펭TV에 어떻게 광고 안 될까요?"
하는 연락들이요. (웃음) 저는 단호하게, 결정은 우리가
아니라 무조건 사업부가 한다고 말했죠. 이런 상황이
늘어나면서 펭TV 사업부가 생겼고, 그게 점점 커져서
지금의 펭TV 스튜디오라는 부서가 생긴 거예요.

🅮 처음에는 힘든 점도 있었을 것 같아요. 감당할 수 없을
정도로 갑자기 관심이 쏠리니까.

　　🅐　정신없었어요. 저는 배우 출신에 심지어 방송
작가 일이 처음이다시피 한 상황이었잖아요. 보통
방송 작가 경력이 많아지면 기획하고 거기에 맞춰
사람이든 장소든 섭외하고 조율하고 그런 일들에
익숙해진다고 하는데, 저는 그런 경력이 전무했고요.
근데 일이 커지니 갑자기 기업의 마케팅 회의에
참석해야 하는 일도 많아졌어요. 마케팅 방안을 듣고
협의해야 하는데 제 권한이 어디까지인지도 모르겠고
너무 혼란스럽더라고요.

저희가 처음 시작할 때는 팀이 한 10명 남짓 정도였거든요. 다 제 또래였고요. 처음 프로그램이 엄청난 피크를 찍었을 땐 다들 너무 행복했죠. 그런데 딱 일주일 후부터는 다들 우왕좌왕했고 각자 다른 이유로 많이 힘들어했어요. 애매한 과도기를 겪었죠. 시스템도 없어서 하나하나 새로 만들어가고, 다 같이 힘든 상황 속에서 전우애 같은 게 생겼고요. 믿을 건 우리뿐이라는 생각으로 으쌰으쌰 하다 보니 차츰 안정기로 접어들었어요.

⒪ 진짜 그 시기의 젊은 친구들끼리 서로 밀어주고 끌어주고 어리둥절하면서도 다 같이 노 저어 나아가는 분위기가 그려지네요. 처음에는 배우로 사회생활을 시작하셨는데, 지금까지의 커리어 변화를 설명해주실 수 있으실까요?

⒫ 일단 저는 신방과 출신인데요. 뭔가 멋있고 재밌는 일을 할 수 있을 것 같아서 선택한 과였는데 막상 전공과목보다는 연극 동아리에 심취했어요. 어느 날 선배가 밥을 사준대서 들어간 동아리였는데, 다 같이 모여서 순수하게 뭔가를 만드는 감각을 처음 느껴봤던 것 같아요.

지금 생각해보면 저는 어른들이 시키는 대로 열심히 공부는 했지만 제 감정을 원하는 대로 막 표출하는 타입은 아니었거든요. 그런 답답함을 연극을

여러 우물을 파다 보니 세상을 이해하는 폭도 넓어졌죠

통해 해소하면서 해방감을 느꼈던 게 아닌가 싶어요.
그래서 동아리를 넘어 연기를 더 배워보고 싶었고
배우라는 직업을 가진 사람들도 만나서 이야기를
들어보고 싶었어요. 스스로 배우가 되어야겠다
생각하고 나서부터는 오디션 보는 사이트에 프로필을
올리고 오디션을 보기 시작했고요. 그렇게 연극으로
배우 생활을 시작했습니다.

㉎ 전공을 살리지 않고 일한다는 게 굉장히 어렵잖아요.
내가 공부해온 걸 뒤로하고 다른 커리어를 선택한다는 것에
대한 두려움은 없었나요?

㉏ 솔직히 말하면 그때는 부모님의 반대에 대한
두려움이 더 컸어요. (웃음) 저는 나름 말을 잘 듣는
딸이었거든요. 중학교 때는 만화가가 되고 싶어서
애니고에 진학하고 싶었는데 담임선생님이랑 엄마가
상담하면서 인문계에 가야 한다고 해서 포기했어요.
그냥 그런가 보다 하고 딱히 고집 피우지 않았어요.
근데 갑자기 신방과 졸업하고 연극을 해보겠다고
말하면 부모님이 기함할 것 같은 거예요. 그래서
그 고민을 꽁꽁 싸매고 있다가 어느 날 대화 중에
버럭 질러버렸어요. "나는 배우가 되고 싶다고!"
근데 엄마가 생각보다 "그래, 그럴 줄 알았다." 이런
반응이신 거예요. 엄마도 딸이 하고 싶은 것을 못 하게
했다는 미안함이 있었나 봐요. 애가 뭔가 또 하고 싶은

게 있지 않을까, 하시면서. 그래서 운 좋게 부모님
집에 같이 살면서 주거 지원을 받으며 밑바닥 배우
생활부터 시작해볼 수 있었죠.

⑭ **배우에서 멈추지 않고 감독으로도 데뷔하셨어요.**

⑭ 원래 감독은 하고 싶지 않았어요. 감독이라는
직책이 결정하는 자리에 가까운데, 전 그게 좀 자신
없었거든요. 내가 전하고 싶은 메시지가 있는데 그걸
영화로 풀고 싶으니까 직접 만들어야겠다는 사고의
흐름으로 자연스레 감독이라는 직책을 맡은 거지,
감독이 되고 싶어서 한 건 아니었어요. 독립영화라는
건 상업영화와 달리 지원받을 곳도 내가 찾아서 전부
직접 연출해야 하는 시스템이거든요. 그래서 도전한
거였어요. 이 이야기를 만들고 싶은데 내가 만들
수밖에 없겠다, 출연을 꼭 해야 하는 건 아니지만
출연도 할 수 있겠다, 그런 마음으로 했어요.

⑭ **감독 일은 어떠셨어요?**

⑭ 다 내 마음대로 되는 게 아니니까
처음엔 신경질이 많이 났죠. 근데 제가 선택한
사람들이잖아요. 다 제가 배우로 일할 때 만난 분들을
섭외한 거였거든요. 그래서 그냥 믿었어요. 내가
감독 일을 잘 아는 것도 아니니까 고집 피워봤자
어중간한 고집일 거라 생각했어요. 제가 연기까지

해야 하니까 촬영 들어가기 전에 연출부, 촬영 팀으로 섭외한 분들께 최대한 잘 설명해놓고 이후에는 그분들의 선택이 맞을 거란 생각으로 했어요. 작은 독립영화지만 아웃소싱한 거죠. "내 눈을 믿지 말자, 내 눈이 지금 배우의 눈인지 감독의 눈인지 헷갈리니까 내가 선택한 사람들의 눈을 믿자." 하는 마음으로 진행해서 그나마 가능했던 것 같아요.

앤 다재다능하신 것 같아요. 작가도 그렇지만 배우도, 감독도 하고 싶다고 되는 일이 아니잖아요.

여 저는 배우 일에서는 운이 아주 좋았다고는 생각하진 않는데, 작가 일은 누가 봐도 운이 좋았다고 생각하거든요. 재능이 있고 많은 노력을 해도 운이 트이지 않은 배우, 작가분들을 많이 봐왔으니까요. 그래서 "이것도 다 노력과 재능이 있어야 가능한 일이에요."라고 말하기에는 제가 하는 일에 운이 많이 작용했어요. 저는 여복이 많다고 종종 표현하는데, 에너지가 잘 맞는 좋은 언니들이 주변에 많았어요.

앤 그동안 해오신 콘텐츠를 보면 점점 대중적인 방향으로 변화했다고 느껴지는데 어떠세요?

여 제 생각엔 대중적인 것을 할 기회가 생긴 것에 가까워요. 사실 저는 보이지 않는 곳에서는 전혀 대중적이지 않은 개인 작업도 하고 있는데, 대중적인

여러 우물을 파다 보니 세상을 이해하는 폭도 넓어졌죠

작업에서 크고 작은 성취가 생기니까 대중적인 것을 만들 기회가 다시 오는 거죠. 그건 엄청나게 감사한 일이에요. 또 경제적으로도 생계를 가능하게 하는 일들은 어쨌든 대중적인 작업일 가능성이 크잖아요. 그렇다 보니까 그 일들에 조금 더 시간을 많이 쏟고 책임감을 가지고 임하지만, 사실 제가 대중적인 콘텐츠를 지향하는 것은 아니에요.

처음에 작가를 시작했던 것 자체가 배우 일만 해서는 경제적인 자립을 유지할 수가 없었기 때문이었거든요. 그게 뭐가 됐든 내 물건은 내가 살 수 있는 사람이 되려고 시작한 것도 있어요. 그러다 보니 저는 돈을 많이 주는 곳에 책임감을 많이 가져야 한다고는 생각하는 편이에요. 다만 돈을 벌 수 있는 일들에 가장 많은 시간을 쏟되 사이사이에 내가 하고 싶은 것들을 해요. 점점 대중적으로 간다기보다 대중적인 것을 함으로써 비대중적인 것도 할 수 있는 여유를 제 안에서 찾아낸 거죠.

🔵 뭔지 알 것 같아요. 제가 느끼기에는 예술가적인 기질이 있으신 것 같거든요. 보통 그런 분들이 대중적인 작업은 별로 안 좋아하시는 거 같은데, 그게 염문경 님 안에서 합의가 된 걸까요? 그렇게 합의하는 데 어렵지 않았나요?

🔵 약간 자랑 같지만 저와 함께 일하는 PD님, 대표님, 감독님들은 제가 되게 소통이 잘 된다고

생각하세요. 아마 고집을 잘 안 부려서 그렇게
생각하시는 것 같아요. (웃음)

그러니까 흔히 말하는 예술적인 혹은 작가적인
고집 같은 걸 많이 안 부리는 편이에요. 그 고집이라는
건 내 작업물에 어떤 피드백이 왔을 때 일어나는
저항에서 오는 거거든요. 내 정체성을 담아 만든
작업물이다 보니 나 자신과 동일시하게 되고, 그
작업물을 부정당하면 나를 부정당하는 것처럼
느끼는 거죠. 근데 저는 작가로서는 웬만하면 다
받아들여서 고치는 편이에요. 그 이유는 그 기획의
시작이 제가 아니기 때문이에요. 그러니까 제가 만든
단편이나 완전히 저로부터 시작된 아이디어는 사실
제 마음에 저항이 많이 일어나거든요. 근데 지금까지
제가 작가로 했던 큰 작업은 대부분 기획자가
따로 있었어요. '자이언트 펭TV'도 마찬가지였고,
《모럴센스》라든지 《메이드 인 루프탑》이라든지
심지어 책도요.

책은 거의 저 자신이라고 할 수도 있지만
편집자분이 먼저 제안을 주셨단 말이에요. 그러다
보니까 '내 작품이니 내가 원하는 모양으로 만들겠어'
이런 고집보다는 '저 사람이 원하는 그림에 내가
최대한 협력하고 싶다'라는 생각을 많이 했던
것 같아요. 아무래도 제 오리지널이 아닌 경우에
거리두기가 잘 된달까요?

(옌) 근데 그걸 처음부터 잘하셨나요. 보통 어릴 땐 그게 더 어렵잖아요. 저는 어릴 때 욱해서 막 싸우고 그랬는데. (웃음)

(옌) 저도 20대 때는 힘들었어요. 배우 일과 글은 조금 다르지만 어쨌든 자기 자신을 평가받는 거잖아요. 특히 배우는 내 생김새, 움직임, 목소리를 평가받으니까 이게 나의 직업에 대한 건지 나 자신에 대한 비판인지 혼란스럽고 자존감이 많이 떨어졌어요. 그러다 보니까 작가 일을 할 때는 더 그러기 싫더라고요. 내 마음의 갈등을 피하고 싶어서 오히려 더 거리를 두는 것 같고요.

아직 작품화되지는 않았지만 멘토링 프로그램으로 장편 시나리오를 쓴 적이 있었거든요. 그때는 멘토 선생님하고 저하고 의견이 갈리면 엄청 화가 났어요. '내 진의를 모르셔!' 이러면서 혼자 막 부글부글하고 그랬는데, 그건 제가 하고 싶었던 이야기다 보니까 그랬던 것 같아요.

(옌) 그리고 업을 점점 확장해 나가셨잖아요. 그러면서 세상을 보는 관점이라든지 일에 대한 관점의 변화가 있었을까요?

(옌) 배우를 할 때는 '한 우물을 파야 해', '더 올인해야 해', '헌신해야 해' 하는 강박이 엄청났어요. 비전공자다 보니까 '너는 연영과도 안 나왔어',

여러 우물을 파다 보니 세상을 이해하는 폭도 넓어졌죠

'너는 먹물이야' 이런 시선들에서 자유로워지고 싶고 아니라는 걸 보여주고 싶었거든요. 그래서 더 무리해서 헌신으로 나를 증명하려고 했던 것 같아요.

🅔 내가 이 일에 이만큼 진심이라는 걸 보여주고 싶으셨던 거죠.

🅨 그러니까 스스로 나를 굉장히 열심이고 예술적인 사람으로 만들려고 했던 거 같아요. 내가 이상향으로 그려놓은 어떤 존재가 되기 위해서 스스로를 학대하고 몰아갔던 거죠. 지금은 그럴 필요가 없다는 걸 알게 됐어요. '나는 그저 내 루틴을 즐겁게 지키면서, 행복을 느끼면서, 균형을 지키면서 살고 싶다'는 게 지금의 생각이에요.

예전 같으면 N잡러냐는 이야기를 들으면 '문어발이라는 말인가? 전문성이 떨어지나?' 그런 고민을 했었어요. 지금도 그런 생각을 아예 지우진 못했는데, 그래도 저를 긍정하고 있어요. 한 우물을 파려고 노력하던 시절에는 아무래도 스스로가 힘들고 절박하니까 세상을 보는 시야도 좁았어요. 화도 더 많이 나고, 뭔가 사회를 꼬집는 일을 해야 할 것 같고. 그런데 지금은 사람에 대한 이해도 더 늘어난 것 같아요. 세상이 복잡하다는 것도 좀 알게 되었고요.

🅔 다른 인터뷰를 보니까 펭수가 잘되고 불안 증세가

여러 우물을 파다 보니 세상을 이해하는 폭도 넓어졌죠

내가 이상향으로 그려놓은
어떤 존재가 되기 위해
스스로를 몰아왔던 것 같아요.
지금은 그저 내 루틴을
즐겁게 지키면서
행복을 느끼고 싶어요.

"

찾아왔다고 하던데요.

     ㋈ 그때 한창 '나는 누구? 여긴 어디?' 그런
생각을 많이 했어요. (웃음) 지금도 관리하고 있는데
제가 우울이나 불안에 취약한 기질인 것 같다는
생각도 해요. 그런데 그때 처음 터졌던 걸 보면 제가
생각하는 것보다 더 견디기 힘들었던 일들이었나 보다
싶죠.

㋒ **당시에 너무 바빠서 그랬을까요?**

     ㋈ 바쁜 것도 바쁜 건데 그 바쁜 일들이 내가
원해서 하는 게 아니라는 감각이 있었어요. 창작으로
바빴던 게 아니라 대외적인 협상, 마케팅 같은
것으로 바빴거든요. 되게 어른 같은 책임감을 가지고
결정해야 하는 일들의 무게가 저를 누른 거죠.
그러면서 '내가 하는 일이 이게 맞아? 이제 내 다음
커리어는 어디로 가는 거야?' 하는 고민이 많았고요.
저의 이기심이기도 하죠. 사실 작가로서 내가 만든
콘텐츠가 잘되면 그냥 기뻐하면 되는데 나 자신이
빛나고 싶은 그런 마음도 있었을 거고요.

    또 내가 원하는 일로 지금 빨리 커리어를 채워야
하는데 여기서 뭐 하고 있는 거지 하는 불안도
있었을 거고요. 그때 진짜 너무 바빠서 동료들도
다들 예민해지고, 일단 일은 빨리 굴러가게 만들어야
하는데 소통할 시간은 부족하고 그랬거든요. 세상이

보기에는 가장 최정상에 올랐을 때, 저뿐만이 아니라
동료들 모두 각자의 힘듦을 다 한차례 겪고 지나갔던
것 같아요.

(얘) 갑자기 너무 높이 올라가 버려서 어디로 가야 할지
모르는 순간이 왔던 것 같아요. 지금 여기서 까딱하다가는
떨어질 것 같다는 그런 느낌 때문에 불안해지는 거죠. 좋은
점과 안 좋은 점이 정말 극명하게 나뉘었을 것 같은데,
염문경 님한테 개인적으로 펭수라는 캐릭터는 어떤
존재인가요?

(염) 저한테 펭수는 참 부러운 존재죠. 펭수는 정말
자신만만하고 멋대로잖아요. 저는 사실 현실에서
그런 인간을 만나면 진짜 짜증 나거든요. (웃음) 나는
그러면 안 된다고 교육받았고 사람들 눈도 있어서 못
하는데 쟤는 그렇게 행동하는 게 짜증 나는 거예요.
근데 심지어 펭수는 이쁨을 받아요. 사람이었으면 좀
짜증 나는 캐릭터일 수도 있잖아요. TV 속 캐릭터라고
하더라도 펭수는 어린애고 펭귄이고, 그렇게 한다고
해서 세상에 대단한 폐를 끼치는 것 같지도 않으니
오히려 대리 만족을 주는 부분도 있는 것 같아요.
그래서 펭수가 계속 안하무인으로 지내는
게 제작진과 재미난 갈등을 빚으면서도 펭수의
정체성이라고 생각해요.

⑩ 책에서, 펭수의 성공은 내가 좋아하고 믿을 수 있는
사람들과 즐거운 일을 잔뜩 벌이고 사람들에게 보여줬을
때 더 잘 이해받을 수 있다는 희망을 알게 해줬다고 말씀
하셨더라고요. 좋은 시너지를 내는 동료란 어떤 사람이라고
생각하시나요?

⑭ 또래라고 생각해요. 제가 사회에 나와서
일하면서 또래만으로 구성된 팀은 사실 펭수
팀밖에 없었어요. 저는 늘 저보다 조금 어른처럼
느껴지는 사람들하고 일했거든요. 그런데 '자이언트
펭TV'에서는 세대가 비슷한 또래들이 모이다 보니까
노는 것처럼 일하는 기분이 들어 좋았어요. 그래서
어느 정도 시간이 흘러 "저는 이제 배우 활동도 해야
하고 드라마도 써야 하니까 방송 작가는 못 해요."라고
했으면서도, 결국 지금까지 왕래하고 있는 것 같고요.
약간 대학 때 동아리방 놀러 가는 것 같은 기분을
저한테 줬던 거예요.

또래라고 표현은 했지만, 꼭 내 또래가 아니더라도
삶의 지향성이 비슷한 사람들이 맞는 것 같아요. 비슷한
개그 코드를 좋아하고 삶의 방향성이 비슷한 사람들.
코드가 너무 다르면 콘텐츠를 만들 때도 의견 차이가
많이 나더라고요.

⑩ 정말 재미있게 일하신 것 같은데 모든 부분이 예상과
딱 맞아떨어질 수는 없잖아요. 펭수를 기획하고 콘텐츠를

여러 우물을 파다 보니 세상을 이해하는 폭도 넓어졌죠

만들면서 진짜 이건 예상 밖이었다 하는 것도 있었을까요?

㉡ 일단 펭수 콘텐츠가 타기팅이 슬슬 정조준되기 시작한 게 아까 말했던 'E육대' 이후예요. 처음 예나 PD님과 기획할 때 재밌는 걸 만들자고 하면서 그런 얘기를 했어요. 요즘은 너무 유해하게 재밌는 것만 많다, 그렇다고 무해하면 사람들이 재미없다고 느낀다. 그 중간 지점의 무해하면서도 재밌는 걸 만들어보자고 했거든요. 근데 저희는 그 재미가 아슬아슬한 수준에 머물러 있기를 바랐는데 선을 조금 넘으면 '우리가 유해한 콘텐츠를 만들고 있나?' 하는 생각을 하게 되더라고요.

예를 들면 '뚝딱이가 꼰대라니, 하하하 재밌어'로 시작했는데 그 꼰대성을 공격하는 어떤 댓글이 나온다거나 할 때. 사실 개그라는 게 특정 계층이나 누군가의 특성을 과장하고 싶게 되잖아요. 뚝딱이 같은 경우는 꼰대 캐릭터로 많은 놀림을 받은 거죠. 근데 그 놀림이 심해지면 에이지즘(Ageism)처럼 되기 마련이니까요. 그런 걸 유발했다는 게, 특히나 EBS 콘텐츠로서 그래도 되는지 계속 성찰하게 만드는 거예요. 그래서 뚝딱이한테 '왕년에는 다들 나를 좋아했는데 친구들이 다 떠나서 외로워' 이런 서사를 주면서 중화시키기도 했고요.

또 펭수는 약자이면서 펭귄이기 때문에, 사람이라고 생각하면 살짝 애매한 것도 많은 분들이

염문경   **341**

"

좋은 시너지를 내는 동료는
비슷한 개그 코드를 좋아하고,
삶의 방향성이
비슷한 사람들인 것 같아요.

"

여러 우물을 파다 보니 세상을 이해하는 폭도 넓어졌죠

넘어가주는 부분이 있거든요. 좀 무례해도 봐주고. 엽기적이고 귀여운 친구니까 짱구처럼 굴어도 되는 거죠. 그랬던 건데 펭수 자체가 일종의 셀럽이 되면서 자기 멋대로 구는 게 너무 폭력적으로 비치지 않을까 고민하게 되는 거예요. 또 펭수를 우습게 봐야 재밌는데 팬들은 예쁘고 소중하게 보니까 재미를 유발하는 지점에서 제작자들은 고민이 될 수밖에 없고요. 펭수를 데리고 어떻게 해야 그냥 힐링이 되는 것을 넘어 웃음을 유발할 수 있을까 하는 거죠.

(앤) 기획자가 생각한 것과 대중이 받아들이는 것에 차이가 생기면서 기획자는 어떻게 다른 방식으로 표현할까 고민하는 시간이 있었던 것 같아요. 그렇다면 콘텐츠를 만드는 입장에서 내가 가진 선호도와 트렌드 사이에서 현명하게 줄타기하는 방법이 있을까요?

(염) 앤드류 님은 갖고 계신가요?

(앤) 누가 저한테 댓글로 그러더라고요. 이 친구는 남들이 듣고 싶어 하는 얘기로 시작해서 자기가 하고 싶은 말로 끝난다고. 그게 제 전략이에요. 일단 클릭해서 들어오면 제 얘기를 전달할 수 있으니까요. 기대한 걸 안 채워주면 어그로가 되는 거고, 기대한 걸 채워주면 후킹 포인트가 되는 거고요.

(염) 맞아요. 펭수도 썸네일에 굉장히 공을

들여요. 전체 내용 중에 아주 잠깐 들어가는 내용을 전면에 세우기도 하고요. 근데 제 작업에서는 이제 그렇게까지 신경 안 쓰려고 해요. 왜냐하면 콘텐츠 소비층이 훨씬 더 다원화된 것 같고 내가 아무리 대다수에게 맞추려고 해도 실패하더라고요. 어떤 사람에게는 결국 안 맞는데 하고 싶은 이야기를 나를 지우면서까지 해야 하나 싶더라고요. 그럴 바에는 대중의 입맛을 맞추려 하기보다 타깃을 확실히 하는 게 더 유효하겠다는 생각이 들었어요. 그게 저한테도 즐거울 것 같고요. 그렇다고 해서 제가 취향이 그렇게 마이너하지는 않거든요. 그러니까 스스로 자신의 취향을 믿을 수 있도록 계속해서 콘텐츠들을 흡수하는 과정이 오히려 중요한 것 같아요.

그렇게 콘텐츠를 흡수해서 내 것으로 만드는 건 어떤 식으로 하세요? 뜨는 콘텐츠에 대한 감각이 확실히 있으신 것 같거든요.

사실 어떤 콘텐츠든 한철이라고 생각해요. 왜냐하면 저도 계속해서 하루가 다르게 구세대가 되어 갈 테니까. 그거는 인정하려고 해요. 그걸 억지로 역행하려고 하면 오히려 우스꽝스러워질 것 같고요. 지금은 최대한 제 취향을 넓힐 수 있는 만큼 넓히려고 하고 있어요. 내가 이미 만들어놓은 취향에 갇힐 것 같아서요. 유행하는 것들은 다 찾아보고

유튜브나 넷플릭스에서 화제가 되는 것들은 짤로라도
소비하고요.

예를 들어서 넷플릭스에 새로 나오는 시리즈는
항상 반응이 많이 갈리더라고요. 제 주변에 콘텐츠를
만드는 사람 중에 또래나 저보다 윗선의 제작자들이
"별로더라, 재미없더라."라고 하는 작품을 대중은
재밌다고 하는 경우도 더러 있거든요. 일부러 그런
걸 의식하려고 해요. 그리고 나는 얼마나 재미있게
봤는가 하는 것도 의식하고요. 아예 안 보면 나도 계속
뒤처질 테니까요. (웃으며) 물론 언젠가는 뒤처지겠지만
100세 시대니까 그때 할 수 있는 콘텐츠가 또 있을
거라고 생각해요.

**⑩ 책에서 메시지보다 어떻게든 재미있게 만드는
방식으로의 전환을 위해 노력한다고 하셨어요. 가장
중요하게 생각하는 방법이 있다면요?**

⑪ 저는 사회를 구조적으로 보는 성향이 있어요.
이게 잘만 되면 어떤 현상을 '명징하게 직조'해서
그려낼 수 있겠지만 자칫하면 아주 도식적으로만
세상을 그리게 돼요. 세상의 구조라든지 계급 같은
걸 나눠서 분석하고 이건 이래야 돼, 저건 저래야
돼 딱딱하게 도식화하는 거죠. 저한테 그런 속성이
있다는 걸 느낀 적이 있었어요. 예를 들어 '소수자는
이래야 해'라는 이야기를 하기 위해서 소수자인

캐릭터와 아닌 캐릭터를 나누고 흐름을 짜고 전달하고
싶은 메시지부터 시작하는 거죠.

근데 저한테 글을 가르쳐준 김지현 PD님이랑
이야기하고 있으면 그분은 아이디어가 막 터져
나와요. "이런 얘기는 어때? 어떤 애가 갑자기
초콜릿을 먹으면 뭐로 변하는 거야?" 이러면서 되든 안
되든 아무렇게나 막 던져요. 그래서 '저 사람은 어떻게
저런 상상이 퐁퐁 샘솟을까?' 부러워했던 기억이
있거든요. 그래서 그냥 아무 의미 없는 아이디어를
던져서 그 인물이 어디로 흘러갈지 생각해보는 걸
연습 중이에요. 그러다 보면 자연스럽게 그 인물이
내가 말하고 싶었던 메시지를 전하는 방식으로
흘러가기도 하더라고요. 그러니까 메시지부터
시작하지 않아도 내가 그런 말을 하고 싶은 욕망을
가지고 있으면, 캐릭터가 그 방향으로 움직여주기도
한다는 걸 알게 되었죠.

⑩ 그러니까 순서를 바꾸는 거네요. 내가 기본적으로 가진
것 반대편에 있는 걸 앞으로 가져와서 자연스럽게 따라오게
하는 거군요.

㉡ 네. 펭수도 마찬가지로, 펭수에게 붙은
여러 수식어를 고려하고 만들지는 않았어요. 그냥
자연스럽게 특이하고 자유롭고 귀여운 설정을 만든
거죠. 외모나 특징은 펭수에게 가장 잘 어울리는 어떤

것일 뿐이에요. 그런데 나중에 MZ 세대라든지 소수자, 약자 같은 해석이 붙은 거예요. 만드는 사람들이 어떤 선한 메시지를 전하고 싶다고 합의하면 콘텐츠에 자연스레 그려지는 것 같아요.

⑩ 저는 그게 좀 신기했어요. 펭수는 굉장히 대중적인 캐릭터인데 젠더 문제나 성소수자, 어린이 같은 사회적 약자를 드러낸단 말이에요. 어떻게 그걸 왔다 갔다 하는지 신기한 것 같아요.

⑭ 그러게요. 펭수가 그래서 참 귀한 존재예요. 펭수를 만들 때는 그런 모든 요소를 생각한 건 아니지만 그게 조금씩 심어졌죠. 저희 팀이 같은 가치관을 공유하는 사람들이었기에 가능했던 일이라고 생각해요. 예를 들어 "펭수는 펭귄이니까 성별을 몰라."에서 시작해서 "그럼 펭수는 발레복도 입을 수 있고 턱시도도 입을 수 있어."라는 아이디어가 나왔거든요. 근데 여기에 우리 구성원 중 하나가 "그래도 남자 펭귄인지 여자 펭귄인지는 사람들한테 보여줘야지."라고 확고하게 주장했다면 이런 게 나오지 못했을 거예요. "이것도 귀엽고 이것도 귀여운데."라고 다 같이 동의할 수 있는 사람들이어서 나온 결과물이죠. 그런 연출을 했던 게 아주 자연스러운 방식으로 어떤 마이너리티를 대변하는 캐릭터가 되었어요.

ⓠ 그럼 만약 내가 펭수만큼 파급력이 생긴다면, 인간
염문경은 어떤 메시지를 세상에 전하고 싶어요?

　　　ⓐ 의도했던 건 아닌데, 제가 하는 일들이 일종의
사회적 메시지를 담게 된 경우가 많았어요. 저도
최근에 그게 좀 궁금하거든요. 내가 왜 그런 선택을
했을까. 다른 선택도 있었는데. 근데 그 모든 것에서
통일된 메시지를 찾자면 '너만 그런 게 아니야'인 것
같아요.

　　　처음에는 제가 다른 사람들을 대신 공격하고
싶어서 그게 콘텐츠에 나오나 생각하기도 했어요.
진지한 작품에서 흔히 빌런으로 그려지는 사람들을
막 까고 싶은 걸까? 꼰대 같은 걸 공격하고 싶어서
저렇게 희화화해서 그리나 했거든요. 그런 마음도
어느 시점에는 있었을 것 같아요. 근데 그렇게 한다고
제 욕망이 충족되고 통쾌하고 시원하지는 않았거든요.

　　　저는 이렇게 나도 우습고 저 사람도 우습고
그래서 서로를 혐오하기도 하는 이 세상에서 우리가
어떻게 같이 살고 있는지가 늘 신기했고 그게 계속
고민이었던 것 같아요. 그래서 제가 하고 싶은 말은
"자기를 혐오하고 상대방을 혐오하는 마음은 우리
모두에게 있고 우리는 조금씩 다 부족하니 화합해서
살아보자." 하는 거거든요. 태평한 소리처럼 느껴질
수도 있지만, 서로를 공격하고 할퀼 일이 아니라 그냥

우스운 일로 만들어보자는 거예요. 그러면 좀 같이
살만한 세상이지 않을까 하는 생각이 들어요.

엔 그래서 『내향형 인간의 농담』이란 책이 나왔을까요?

　　염　처음엔 가제가 '아무도 불편하지 않은
농담'이었어요. 그런데 그건 너무 어려운 일이죠.
지금도 계속 골몰하는 지점이 거기인 것 같아요. '너를
미워하거나 증오해서 이런 농담을 하는 게 아니야.
나도 부족해'라는 입장에서 그려보고 싶은 마음.

엔 이 책은 어떤 기획 의도를 가지고 쓰게 되셨어요? 제가
느끼기에 책의 첫인상은 꽤 밝거든요. 근데 읽다 보면 어두운
면이 있어서, 다양한 면을 가진 책이라는 생각이 들더라고요.

　　염　너무 감사하게 편집자분이 먼저 책을 써보는
게 어떻겠냐고 제안을 주셨어요. 처음에는 펭수
작가로서의 어떤 성공담을 원할 거라고 생각해서
거절했거든요. 근데 제 글을 다 찾아봤고 자유롭게
쓰면 된다고 해서, 내 인생에 언제 또 이런 기회가
오겠나 싶어서 시작했어요. (웃으며) 정말 아무거나
하나씩 써서 보냈더니 이렇게 편집을 해주신 거예요.
지금까지 살아오면서 제가 하고 싶었던 이야기가
아직 많이 남아 있었던 거죠. 그리고 제가 겪었던
시행착오를 공유하고 싶었어요. 누군가는 비슷한
일을 겪을 것 같은데 작게나마 어딘가에라도 도움이

여러 우물을 파다 보니 세상을 이해하는 폭도 넓어졌죠

되었으면 좋겠다는 마음이 제일 컸고요. 그러면서
다들 궁금해하실 테니까 1, 4장에 펭수 팀이 어떤
분위기인지, 어떻게 만들어졌는지 그런 내용도 넣었죠.
결과물은 밝은 이야기로 시작하고, 무겁고 어두운
이야기를 중간에 끼워 넣는 식이 되었어요.

🄰 그렇죠. 이건 펭수 작가 이전에 염문경이란 사람의
책이니까. 지금까지 해온 작품 활동을 보면 젠더, 성소수자,
어린이, 학력 문제 등을 창작 소재로 쓰고 계시는데요.
이렇게 다양한 소재를 선택하게 된 계기가 있을까요?

🄰 일단 제가 연극하면서 처음으로 자기 이야기를
올린 게 젠더에 관련된 거였어요. 여자 배우로서
헌신하고 나를 증명하려고 고군분투하면서 느꼈던
어려움들을 이야기했어요. 흔히 말하는 '갑질'이라고
하는 것에는 구조적 차별도 있지만 젠더 문제도
분명히 들어 있다고 느꼈고, 자연스럽게 그런
이야기를 한 것 같아요. 그러다가 갑자기 물살을
타듯이 대한민국에 그런 이슈들이 계속 화두에
올랐죠. 오히려 처음에 제가 그런 얘기를 했을 때는
목소리가 너무 없었거든요. 지금은 전장이잖아요.
그러면서 오히려 저는 막 끓어오르던 분노와 그
욕망이 정제되면서 '평생 나라를 반으로 나눠서 살
것도 아닌데 어떻게 해야 같이 살 수 있지?' 생각하게
됐어요. 기계적으로 '이해하고 삽시다'가 아니라

'어떻게 해야 사람들이 행복하게 공존할 수 있지?'
이런 생각들을 더 많이 하게 됐고요.

지금도 젠더 이슈나 성폭력 문제에 관련된 걸
쓰고 있는데 그러다 보면 아무래도 남자 대 여자로
이야기가 흘러가요. 그런 것들을 그리면서도 어떻게
해야 좋은 선택을 한 사람들을 응원하는 이야기가
될 수 있을까 이런 고민을 많이 하면서 쓰게 되는 것
같아요.

⑩ 누군가가 불편하지 않고 상처받지 않는 콘텐츠를 만들기
위해서 노력하시는 것 같아요. 인터뷰하면서도 조심스러운
태도가 느껴지거든요. 아무도 불편하지 않은 콘텐츠란 어떤
거라고 생각하세요?

⑭ 없어요. 뭘 해도 누군가는 싫어해요. (웃음)
아무도 불편하지 않았으면 좋겠다는 걸 목표에 두고
있으면 오히려 내가 상처받는 것 같아요. 누군가는
어차피 싫어하게 되어 있으니까요. 저는 피드백이나
댓글 같은 것도 많이 보거든요. 그러면서 내가 받아들일
부분만 받아들이려고 하고 있어요. 내가 구현하고
싶었던 것을 구현했으면 그거 자체를 싫어하는
사람에게는 애써 설명하려 하기보다 그냥 '싫어할 수도
있구나' 하고 인정하고 넘어가려고 해요.

⑩ 맞아요. 오이 알레르기가 있는 사람한테 오이냉국이

얼마나 맛있는지 설명해 봤자 이해받지 못하겠죠.

＠ 맞아요. 그러면 안 되는 일이기도 하고요. 그건 오히려 자의식 과잉인 것 같기도 해요. 그 사람들을 미워할 필요도 없고 상처받을 필요도 없어요. 내가 하려던 이야기를 했고 그게 누군가에게 전달되었으면 다행인 거라고 생각하려고요. 대신 누군가를 함부로 판단하고 대상화하는 일은 피하려고 해요.

＠ 그럼 지금까지 했던 그 많은 일들을 관통하는 키워드를 꼽자면 무엇이 있을까요?

＠ 어떤 키워드든 상관없나요? (웃음) 저는 다른 작가분들이 어떻게 일하는지 잘 몰라요. 아는 작가분도 많지 않고요. 근데 제가 글을 쓸 때는 사실 배우로서의 경험이 많은 도움이 되거든요. 제가 쓴 글에 나오는 사람들 대부분 약간 저 같은 부분이 있어요. 배우로서 어떤 인물에 접근할 때랑 똑같은 방식으로 접근하면서 쓰다 보니까 캐릭터에 이입하면서 그의 행동이나 하는 말을 정하는 것 같아요.

그래서 제가 하는 일들을 관통하는 키워드는 '이입' 혹은 '이해'라고 볼 수 있을 것 같아요. 그러니까 글을 쓸 때 그다음에 어떤 말을 할지 혹은 어떤 행동으로 시작할지 고민이 될 때, 일단 그 사람의 입장이 되어보는 연기 연습을 할 때랑 비슷한 상태로 임하는

것 같거든요. '나라면 어떻게 할까'를 생각하면 한계가
있어서, 다른 사람들을 관찰하고 이해하고자 노력
중이고요. 제가 하는 일은 다양하지만 기본적으로는
이해하는 직업인 것 같아요.

🅰 그렇다면 프리랜서로 일하지만, 내가 하는 일과 하지
않는 일의 기준점이 있을까요?

　　　🅑 일단 대의나 메시지를 떠나서 제가 어려워하는
사람과 함께 일하는 건 힘들어요. 제가 하는
일이니까요. 저는 내향형 인간이라서 주도적이고
성취적인 타입의 사람이 좀 어렵거든요. 물론 예나
PD님도 무척 주도적이고 성취적인 사람이긴 해요.
근데 우리는 이미 같이 겪어온 세월이 있어서 이해가
생겼어요. 그래서 그분의 주도성은 제가 아무런
저항감 없이 잘 따라갈 수 있어요. 근데 처음 만났는데
제가 휘둘리는 느낌이 들면 아무리 돈을 많이 줘도
힘들겠구나, 스스로 판단할 수 있게 됐어요. 예전에는
그래도 일이니까 해야 한다고 생각해서 끌려갔다면
지금은 같이 일하는 사람의 결을 보는 편이에요.
그다음에는 내가 도전할 수 있는 소재인가 그런 것도
좀 보고요.

🅰 최근에 관심 갖는 새로운 주제나 소재가 있을까요?
　　　🅑 최근 디지털 성폭력 관련한 실화 기반의

스토리를 쓰고 싶어서 작년부터 오랫동안 생각하고
있어요. 취재도 꾸준히 하고 기본적으로 시간을 많이
쓰고 있고요.

　　개인 작업으로는 '좋은 남자 페미니스트란
어떤 걸까?'라는 주제를 다룬 이야기가 있어요.
페미니스트라는 말이 사실 상당히 오염되어 있다고
생각해요. 특히 지금 한국 사회에서는요. 저는 그래도
스스로를 여전히 페미니스트라고 생각하고 여러
가지 오해와 혐오 같은 것도 인지하고 인정해요.
어떤 사람에게는 굉장히 싫을 수 있다는 것도
이해하고. 다만 저는 그 안에서 공존을 생각하다
보니까 서로 어떻게 이해할 수 있을지를 고민하게
되는 거예요. 여자 입장에서는 남자들이 왜 이렇게
그런 말을 싫어하는지를 이해해 볼 수 있었으니까,
남자 입장에서는 여자들이 왜 이렇게 화가 나 있고
분개하고 극단적으로 행동할 수밖에 없는지를 이해할
수 있으면 좋겠다는 거죠. 그런 생각을 하면서 어떤 두
남녀가 만나는 이야기를 써봤는데, 그냥 그것도 병맛
코미디 같은 거예요. (웃으며) 완전 진지하게 가면 이제
논란이 생길 거고 저도 답이 안 나올 것 같아서요.

　⑩　불편한 이야기를 불편하지 않게 만드는 것. 그것도
능력인 것 같아요.

　　　⑬　유튜브에 '현피 염문경' 검색해보세요. (웃음)

염문경　　　　　　　　　　　　　　　　**357**

여러 우물을 파다 보니 세상을 이해하는 폭도 넓어졌죠

“   제가 하는 일들을   ”
관통하는 키워드는
'이입' 혹은 '이해'예요.
'나라면 어떻게 할까'에는
한계가 있어서, 다른 사람들을
관찰하고 이해하고자
노력중이에요.

방금 말한 것의 전신 같은 작품인데 옛날부터 이런 게 하고 싶었던 것 같아요. 인터넷에서는 익명으로 사람들이 많이 싸우잖아요. 그 사람들이 인터넷에서 그렇게 싸워놓고 실제로 만나도 그렇게까지 싸울 수 있을까 항상 궁금했거든요. 그래서 현피를 뜨는 내용의 단편영화를 만들었는데, 이게 어디 내기에는 좀 애매한 퀄리티라 유튜브에 올렸었어요. 감사하게도 유튜브 영화제 상도 받았답니다. (웃음)

저는 이런 이야기를 계속할 것 같아요. 그러면 어떤 사람들은 분명히 싫어해요. 이거를 남자가 싫어할 수도 있고 여자가 싫어할 수도 있어요. 왜냐하면 둘 다 희화화해버렸으니까요. 근데 저는 모두를 만족시키는 건 불가능하다고 생각해요. 자꾸 하고 싶은 이야기가 그런 데에 있더라고요. 이해의 실마리 같은 걸 찾아야 우리가 실제 현실에서도 서로를 그나마 이해하면서 살 수 있지 않을까. 그게 약간 저를 구원하는 길이기도 해요. 저도 다른 사람을 미워하면서만 살고 싶지 않고 서로의 처지를 이해하면서 살고 싶어요.

⑩ 인스타그램을 보니까 개인사업자를 내셨더라고요.

㉔ 네, '호랑이연구소'입니다.

⑩ 왜 호랑이예요?

㉠ 사실 2년 전에 불안증이 처음 왔는데 작년에
또 비슷한 게 왔어요. 그래서 병원에 다니면서 상담도
하고 있고요. 또 디지털 성폭력 관련된 글을 쓰고 있다
보니 취재하는 과정에서 멘탈이 많이 무너져요. 저는
제가 그런 힘듦을 잘 조절하는 타입인 줄 알았는데
이게 신체 증상으로 오더라고요. 그래서 꾸준히
관리할 겸 상담도 받고 명상도 하고 있어요.

근데 어느 날 갑자기 책을 읽다가 그런
생각이 드는 거예요. 나의 이 욕망이나 무의식을
이미지화해서 실체를 주면 대화하기 쉽겠다는
생각이요. 제가 고양이도 좋아하고 올해 2022년이
검은 호랑이의 해이기도 해서 청소년 호랑이
같은 이미지가 생각났어요. 그래서 그때부터 걔를
호랑이라고 생각하고 뭔지 모르겠지만 마음이
불편할 때 '너 왜 그래?'라고 물어보기 시작했거든요.
나 자신에게 묻는 것보다 좀 더 수월하게 스스로와
대화가 되는 기분이 들더라고요.

전 지금껏 동물원 호랑이였던 것 같아요. 많이
억압되어 있었던 것 같고 눈치도 많이 보고 세상에
어떻게 비칠까에 대해 많이 생각했던 것 같아요. 요새
제가 지향하는 건 그냥 내가 원하는 것을 그대로
바라보고, 인정하고, 충분히 느끼고, 보내주자는
거예요. 그런 의미에서 나를 연구하는 것이, 그리고
세상의 많은 호랑이를 연구하는 것이 내 직업이지

않을까 생각했어요. 왜냐하면 많은 이야기에 등장하는
캐릭터들은 일상적으로 사회화된 우리가 아니라
우리 안의 욕망을 다루는 것들이니까요. 그래서
호랑이연구소라고 했어요.

　　또 배우로서의 나는 그냥 호랑이라고 상을
정해둔 거예요. 그래서 오늘 호피 무늬도 입고
왔잖아요. (웃음) 이것도 진짜 별거 아니지만 평소의 저
같으면 인터뷰에 이런 옷 절대 안 입고 왔을 거예요.
인터뷰에는 더 단정하게 꾸미고 어떤 이미지로 비쳐야
할지 어떤 각도가 예쁘게 나오는지를 숙지하는 게
덕목이라고 배웠거든요.

　　근데 이제 제가 아이돌을 할 나이도 아니고,
못생기게 나오면 좀 어때요? 저 자신에 대한
사전 검열이 되게 강했는데 그냥 의식적으로
흘려보내려고 하고 있어요. 그런 의미에서 동물원
호랑이를 풀어주는 시기를 보내고 있는 거죠. 탈출한
호랑이가 되고 싶고 세상의 수많은 탈출한 호랑이를
그리고 싶다는 의미로 지은 이름이에요. 그래서
사업자 업태에 굉장히 많은 게 들어 있어요. (웃으며)
영화 만들기, 작가, 매니지먼트 넣을 수 있는 거 다
넣었거든요.

저는 동물원 호랑이였던 것 같아요.
많이 억압되어서
눈치도 많이 보고.
이제는 내가 원하는 것을
그대로 바라보고, 인정하고,
충분히 느끼면서
동물원 호랑이를 풀어주고 싶어요.

순간순간을
만든다,
기회가 나를
찾아올 수 있도록

"될지 안 될지 모르지만,
일단 해보는 거죠.
하다 보면 새로운 게
그려질 수도 있으니까요."

조조
—
조인혁

일러스트레이터, 시각디자이너, F&B 회사 '카린지프리젠트'와
라이프스타일 브랜드 '언스(UNS)' 운영 중.
패션 회사, 엔터테인먼트사, 커피 브랜드 프릳츠를 거치며
디자이너뿐만 아니라 브랜딩 전문가로서 커리어를 넓혀갔다.
카린지, 미도림 등 외식업 브랜드와 '스튜디오 킨조'를 활발히 운영 중이다.

어느 날 내 눈길을 사로잡은 한 커피 브랜드가 있었다. 레트로한 물개 로고를 중심으로 다양한 제품 패키징, 인테리어까지 MZ 세대를 저격하기에 완벽했다. 디자이너 출신인 나는 무엇보다도 브랜드 아이덴티티를 이렇게 시각화한 디자이너가 누군지 궁금해졌다. '조조'라는 닉네임의 디자이너 계정에서 그의 여러 작업물과 작업 과정을 볼 수 있었는데, 그런 그가 외식업에 도전했다는 소식을 접했다.

일본식 카레 전문점 카린지, 카페 오브코하우스, 와인바 미도림. 파는 음식도 콘셉트도 전혀 다른 공간이지만 조조 디자이너의 색으로 가득하다는 것만은 확실했다. 디자이너가 어쩌다 외식업을 하게 되었을까? 조조 디자이너를 만나기로 한 날, '오피스+커피+하우스'의 정체성을 가진 그의 카페 '오브코하우스'로 갔다. 가지런히 정렬된 테이블과 그의 의자, 너무 밝지도 어둡지도 않은 조도 등 그의 세심한 인테리어 감각이 곳곳에 묻어 있었다. '도대체 이런 감성은 어디서 오는 걸까?' 설레는 마음으로 그와 대화를 시작했다.

앤 조인혁 디자이너님은 '조조'라는 활동명으로 더
많이 알려져 계시잖아요. 다양한 브랜드의 디자인에
참여하셨고요. 특히 대중한테는 프릳츠의 디자이너로 친숙할
것 같아요.

조 네, 지금은 독립해서 '스튜디오 킨조'라는
회사를 운영하고 있고요. 다양한 외주 작업을 하고
있습니다.

앤 프릳츠도 처음에는 외주 작업으로 시작하셨다고
들었어요.

조 프릳츠와의 인연은 TRVR 정승민 대표님의
소개로 시작됐어요. 당시에 회사 다니면서 외주로
로고 작업을 하곤 했는데요. 프릳츠의 김병기
대표님이랑 작업하다 보니 잘 맞더라고요. 그래서
친하게 지내며 여러 작업을 함께하다가, YG에서
퇴사할 무렵 김병기 대표님이 와서 같이 일하면
좋겠다고 하시더라고요. 사실 고민되긴 했어요. 당시
프릳츠 규모가 그리 크지 않았거든요. 작은 조직이다
보니 아무래도 시스템이 잘 안 잡혀 있을 것 같다는
생각이 들기도 했고요. 근데 딱 하나, 재밌을 것 같은
거예요. 그래서 재밌게 일하면서 제 개인적인 활동도
하면 좋겠다 싶어서 가게 되었죠.

💬 디자인은 언제부터 하셨어요?

   🔵 어릴 적부터 그림 그리는 걸 좋아했어요.
부모님은 그림 그리는 걸 반대하셨지만 저는 그림을
그리고 싶어서 합의점을 찾은 게 취업이 잘 될 것 같은
디자인과였죠. 처음에는 영상이 더 취업하기 좋겠다
싶어서 영상디자인을 전공으로 선택했다가, 군대
제대하고 시각디자인으로 바꿨어요.

💬 그때도 그림은 계속 그리셨고요?

   🔵 그때는 디자인에 별 관심도 없었어요. 아직도
선명하게 기억나는 일인데, 교수님이 제 과제물을
보고 디자인하면 안 된다고 하셨어요. 그때는 상처도
받고 한편으로 약간 오기도 생기고 그랬죠. 어쨌든
디자인에는 크게 관심 없이 그냥 그림 그리는 걸
좋아했던 것 같아요. '일러스트레이터가 될까?',
'게임 쪽 일러스트를 그려볼까?' 그런 생각을 많이
했죠. 사실 학부 때는 아무 생각 없었어요. 그저 놀기
바빴고요. 제대로 뭔가 해봐야겠다고 생각한 건 20대
후반부터였던 것 같아요.

💬 근데 대학생 때 사업도 하지 않으셨어요?

   🔵 사업이라고 하기엔 규모가 작긴 한데요. 제가
제대하고 한 2년 방황했었어요. 그때 빚도 생기고
해서, 학교 다니면서 돈 벌 수 있는 게 뭐가 있을까

고민하다가 제가 디자인한 그림들을 티셔츠에 프린트해서 판매하면 좋지 않을까 생각했어요. 당시 네이버 자체 커뮤니티가 있었는데 '좋아요' 수가 많으면 메인에 노출됐었거든요. 거기 노출되면 뭔가 해볼 수도 있겠다는 생각이 들어서, 제가 작업하는 과정을 다 정리해서 올렸는데 '좋아요'를 많이 받았어요. 그렇게 메인에 노출되면서 주문 제작 의뢰가 들어오기 시작했죠.

당시 옷에 실크스크린으로 프린트했거든요. 다 수작업이어서 하루에 20개 정도밖에 못 만들었어요. 그래도 한 개 팔면 마진이 2만 원 정도 남았으니까, 꽤 괜찮았죠.

그렇게 팔아서 빚도 다 갚았는데, 이게 손으로 일일이 하려니까 너무 힘든 거예요. 실크스크린 장비도 있으면 좋겠고, 공장처럼 대량으로 만들 수 있으면 좋겠더라고요. 그래서 찾아다니다가 실크스크린 할 때 쓰는 로터리기를 대여해서 그때부터 본격적으로 장사하기 시작했죠. 티셔츠에 프린트해서 11번가, G마켓, 옥션 이런 오픈 마켓에 판매했거든요.

앤 그럼 잘된 거잖아요. 계속 그쪽으로 가도 됐겠어요.

조 잘되었다고 말하기에는 조금 애매한 부분이 있어요. 당장 판매가 좋다고 해도 처음 시작할 때 네이버 메인에 노출됐던 게 영향을 준 거라 지속성은

순간순간을 만든다, 기회가 나를 찾아올 수 있도록

없었거든요. 그렇다고 광고를 집행하기에는 비용 대비 효과를 따져보기도 어려웠고요. 엄청나게 잘되는 것도, 그렇다고 안되는 것도 아닌 애매한 상황이었어요. 사실 브랜드가 성공하려면 디자인도 중요하지만, 마케팅 등 여러 요소가 중요하잖아요. 근데 그때는 디자인만 생각했던 것 같아요. '예쁘면 다 팔리지 않나?' 하는 개념으로 접근한 거죠. 그러다가 이대로 머물면 안 되겠다는 생각이 들어서, 정리하고 서울로 올라왔어요.

🄔 서울에 오셔서는 어디서 일을 시작하셨어요?

🄑 제가 쌓아온 포트폴리오가 아무래도 패션 쪽 그래픽이었고, 스펙이 막 좋지도 않다 보니까 작은 회사부터 가야겠다고 생각했어요. 처음 들어간 곳이 '티라이브러리'라는 회사였는데, 작지만 색깔이 뚜렷한 패션 브랜드였어요. 해외 쇼에도 많이 참가하고 주로 해외 비즈니스를 하는 곳이었죠. 문학 작품에서 영감을 얻어 그래픽화하는 콘셉트로 제품을 선보였는데요. 그때까지는 사실 빈티지에 전혀 관심이 없었는데, 거기서 일하면서 빈티지 기법의 작업을 많이 진행하게 되었어요. 그게 제 스타일에도 반영되었고요.

🄔 작업물에 빈티지, 레트로 스타일이 많이 묻어나는데, 그때 많은 영향을 받으셨군요.

ⓒ 그렇죠. 그때 클래식한 판화 기법의 하나인 에칭(Etching)을 주로 썼어요. 그러다 보니 제가 직접 그릴 수 있으면 더 자유롭게 풀 수 있을 것 같더라고요. 그래서 어떻게 하면 이런 느낌을 낼 수 있을까 혼자 분석하면서 연구했죠. 1년 동안은 손으로 일일이 그려보면서 연습했어요.

ⓔ 전 디자이너로서 조조 님 작업들을 보면서 어떻게 그린 건지 궁금할 때가 많았거든요. 보통 디자이너들이 스톡 이미지를 구매해서 사용하는 경우가 많은데, 조조 님 작업은 다 직접 손으로 만들고 연구하신 거였네요.

ⓒ 네, 계속하다 보니까 나중에는 되더라고요.

ⓔ 그건 그 회사에 다니기 때문에 어쩔 수 없이 그렇게 된 걸까요, 아니면 거기에 관심이 있었기 때문에 그쪽으로 발전한 걸까요?

ⓒ 제가 영향을 잘 받는 스타일이다 보니까 거기서 해야 하는 것들에 영향받긴 했어요. 처음부터 관심이 있던 건 아니지만, 많이 보다 보니까 좋은 점을 계속 발견한 거죠. 아무래도 작업하려면 다양한 레퍼런스를 찾아봐야 하는데, 보면서 '오, 이거 재밌네?' 하는 것들이 계속 생겼고요.

ⓔ 그러면 계속 패션 그래픽만 하셨어요?

ⓒ 저는 사실 대기업에 가고 싶었어요. 패션
그래픽을 했던 많은 이유 중 하나이기도 하고요.
보통 디자이너는 에이전시에서 일을 시작해 좀 더
큰 에이전시로 옮기고, 그 가운데 다양한 프로젝트로
포트폴리오를 쌓아 기업으로 입사하는 루트가
일반적이에요. 근데 저는 그게 자신 없더라고요.
제가 일을 시작할 무렵은 야근도 많던 시절이라
매일 늦게까지 일하는 것도 자신 없었고요. 그래서
대기업을 가자고 생각했죠.

어떻게 대기업에 갈까 고민하다가 그나마 패션
쪽은 상대적으로 경쟁이 덜하기도 해서 그쪽으로
방향을 잡은 거고요. 티라이브러리를 다닌 다음에는
데님 브랜드인 게스에 다녔어요. 거기서 한 1년 일하니
경력직으로 대기업을 갈 조건이 되기는 했어요.
패션 쪽 대기업이라고 하면, 이랜드나 LG패션이나
삼성물산 같은 곳들이 있는데요. 막상 거기 들어갈
수 있겠다 싶은 때가 되니, 생각이 변하더라고요.
패션 그래픽으로는 너무 범위가 좁다고 해야 할까요?
나아가는 데 한계가 보이니까 '그다음에는 어떻게
해야 하지?' 이 고민을 했던 것 같아요.

ⓔ 왜 대기업에 들어가고 싶으셨어요?

ⓒ 아버지가 군인이시기도 하고, 제가 보수적인
집안에서 자랐거든요. 안정적인 직장이나 큰 회사에

가야 한다는 생각이 있었어요. 연봉이 높기도 하고, 대기업에 들어가면 부모님이 되게 좋아하실 것 같은 거예요. 그동안 실망을 드렸던 것도 만회할 수 있을 것 같았고요. 제가 미술 쪽으로 진로를 정하고 서울에 있는 대학에 가겠다고 호언장담했었는데 입시에 실패했었거든요. 좋은 대학교는 가지 못했으니 회사라도 좋은 데 가야겠다는 마음이 항상 있었죠. 좀 현실적으로 생각하는 스타일이라서 그때는 그게 목표였던 것 같아요. 큰 회사 가는 거.

🙂 게스도 외국계 대기업이라고 할 수 있잖아요. 어느 정도는 목표를 이루신 건데 그다음에는 어디로 가셨어요?

🙂 제가 회사 다니면서 외주를 많이 했거든요. 이제 경력도 어느 정도 쌓으면서 포트폴리오도 채웠으니 어디 지원할 수 있을까 살피고 있을 때, 공고가 뜬 곳이 라인프렌즈였어요. 거기 지원해서 최종 합격까지 했었거든요. 근데 그때 YG 엔터테인먼트에서 입사 제의를 받았어요. 그래서 고민하다 YG로 가게 됐죠. 거기가 더 재밌을 것 같아서. (웃음)

🙂 제가 듣기에도 YG가 더 재밌을 것 같아요. (웃음) 그렇게 큰 회사에서 제안받을 수 있었던, 본인만의 강점은 무엇이었나요?

ⓐ 제가 일러스트를 많이 그리다 보니까 아트워크 부분이 강점이죠. 다른 디자이너들보다는 그림을 잘 그린다고 생각했고요. 저는 그림이 하나의 스킬이라고 생각하거든요. 제안 주신 곳들은 아무래도 그 부분을 높이 봐주셨던 것 같아요. 그리고 라인프렌즈 같은 경우는 그때 한창 굿즈 사업을 시작했었거든요. 제가 패션 회사도 다녔고 이것저것 많이 만들어본 경험이 있다 보니 좋은 결과가 있었던 것 같고요. YG도 아티스트 굿즈 디자인이나 상품 쪽 관련된 직무라 저한테 잘 맞는 자리였죠.

ⓔ YG에서 여러 아티스트의 제품을 작업하셨을 텐데 어떠셨어요?

ⓐ 재밌었어요. 근데 연예인 상품은 그 아티스트 팬분들이 많이 구매해주시니까, 이게 제 디자인 때문에 잘 팔리는 건지 아니면 연예인 때문에 잘 팔리는 건지 잘 모르겠더라고요. 팬분들이 되게 좋아해 주시긴 했어요. 팬덤 사이에서 디자인 정말 좋다는 피드백은 있었지만 뭔가 갈증이 있었죠. 연예인 상품도 좋지만 다른 것도 해보고 싶다. 그리고 그때쯤 생각이 바뀌어서 대기업은 답이 아닌 것 같다는 생각이 커졌어요. 그다음 스텝이 잘 안 보이는 거예요. 대기업에 들어간다고 쳐도, '그럼 그다음에 나 뭐 하지?' 그런 생각을 하게 된 거죠.

ⓔ 그러고 나서 프린츠로 가신 거죠. 프린츠에서는
만족감을 느끼셨을 것 같아요. 직접 만든 로고나 굿즈가 크게
사랑받고 화제가 되고 하는 것들을 보면서 어떠셨어요?

ⓙ 그게 프린츠에 간 제일 큰 이유였어요. 제가
주도적으로 디자인에 대해서 선택할 수 있고 기획도
할 수 있으니까요. 사실 거기서 동기부여를 많이
받았던 것 같아요. 사람들이 좋아해 주는 걸 보면 또 더
많은 것을 해보고 싶어지더라고요.

ⓔ 그게 디자이너에게는 꽤 중요한 부분인 것 같아요. 다들
창작 욕구가 있는데, 기업에서 일하면 틀에 맞춰 일해야
하잖아요. 근데 작은 회사에서는 좀 더 주도적으로 일할 수
있는 환경이 만들어지기도 하니까요. 비록 대기업만큼의
복지 수준에는 못 미치지만, 저는 그 자율성도 복지라고
생각하거든요. 특히 프린츠 같은 경우는 제가 디자이너로서
봐도 베리에이션을 너무 잘해서 늘 감탄했어요. 브랜딩
방향성이 흐트러지지 않는 선에서 다양한 것들을
시도하니까요.

ⓙ 대표님이 자유롭게 할 수 있는 환경을
만들어주셔서 가능했어요. 터치가 없다 보니까 저도
신나서 계속했던 것 같아요.

ⓔ 조조 님 인스타그램이랑 유튜브 통해서 알게 된 건데,
디자이너로서 안정적인 수입이 필요해서 프리랜서가 되었고

디자인 일만으로는 부족해서 사업을 시작하셨다고요. 꽤
유명한 디자인 작업들을 많이 하셨는데, 수익적인 부분에서
부족함을 느끼셔서 그랬던 걸까요?

㉢ 그건 아니고 솔직히 욕심 때문이었죠. 사실
누구나 경제적 자유를 생각하잖아요. 회사에 다니면
누구든 지칠 때가 오는 것처럼 저 역시 그럴 때마다
내 브랜드가 있으면 좋겠다고 생각했어요. 그러면서
어딘가에 투자하고 싶다는 생각도 했고요. 그게 뭐가
되든 상관없었어요. 근데 저 혼자 하기는 어려울 것
같고 기회가 오면 도전해봐야겠다 정도로 생각했어요.
말하자면 총알을 모으고 있었던 거죠.

㉠ 내가 하고 싶은 디자인을 더 눈치 안 보고 마음껏 하기
위한 마음도 있지 않았을까요?

㉢ 그런 것도 있었죠. 제가 주도적으로 선택할
수 있지만, 책임도 제가 지는 거죠. 그런 것들도 한번
경험해보고 싶다고 생각했어요. 제가 한번 결심하면
하는 스타일이라서 기회가 왔을 때 바로 실행했어요.
카린지 같은 경우가 그랬죠.

㉠ 그래픽디자이너인데 외식업으로 커리어를 옮겨가신 게
조금 특이한 케이스처럼 보여요. 외식업으로 확장한 계기가
있을까요?

㉢ 제가 음식에 관심이 있진 않았고요. '뭔가

하고 싶다', '기회가 오면 도전해야겠다' 생각만 하고
있던 때에 지금 사업을 같이하는 정동우 대표를
만났어요. 그 친구가 컨설팅하는 친구거든요. 만약에
앤드류 님이 카페를 하고 싶다고 하면, 카페에
대해서 아예 A부터 Z까지 만들어주는 일을 하는
거예요. 그러다 보니 디자인이 필요한 부분들을
저한테 많이 의뢰했어요. 하다 보니까 서로 취향도
성향도 비슷하고, 부족한 것도 잘 채워줄 수 있을 것
같아서 "나중에 우리 뭔가 해보자."라는 이야기를
했었어요. 그러다가 준비가 됐을 때 '지금이다' 하고
의기투합해서 만든 게 카린지라는 브랜드였죠.

🟣 **그러면 카린지나 오브코하우스*, 미도림 모두 함께**
운영하시는 거죠? 각자 역할이 정해져 있나요?

🟤 그렇죠. 시각적으로 보이는 것들은 다 제가
담당하고, 음식 기획이나 마케팅은 정동우 대표가
담당해요. 저는 사실 음식에 관심이 별로 없거든요.
그래서 정동우 대표가 제안하는 건 어지간하면 좋다고
하고, 정동우 대표도 디자인적인 건 제가 하고 싶은
대로 하면 된다고 해서 트러블은 없었어요.

* 오브코하우스는 2022년 5월 31일까지 영업하고 잠정 휴무 중이다.

순간순간을 만든다, 기회가 나를 찾아올 수 있도록

🔵 그럼 진짜 신날 것 같아요. 내가 로고, 패키지, 공간 다 디자인하고. 디자이너라면 당연히 좋아하는 일들이잖아요. 반면 힘든 점은 없었어요?

🔴 둘 다 브랜드를 만드는 사람이니 운영 부분에서는 사실 초보였죠. 그냥 만들어놓으면 굴러갈 줄 알았는데 그게 아니더라고요. 처음 만들었을 때 시스템도 안 잡혀 있고, 디자인만 신경 쓰다 보니까 비효율적인 결과가 나오기도 했고요. 예를 들어 음식 맛에 치중하다 보니 한 사람이 만들 수 있는 양이 너무 적은 거예요. 그리고 숙련된 기술자가 와야만 만들 수 있는 음식들이라 처음에 정말 조금밖에 못 만들었어요. 그래서 이걸 어떻게 하면 대량으로 만들 수 있을지 한 6개월 넘게 고민했던 것 같아요. 오픈하고 난 다음 그런 일이 발생해서 참 힘들었죠. 시스템을 잡는 게 제일 중요하다는 교훈을 얻었습니다.

🔵 그렇죠. 저도 작년에 처음으로 팀을 꾸렸는데, 신기하게도 계속 뭔가가 발생하더라고요. 뭔가 삐그덕거리면서 시스템이 잡혀가는 것 같아요. 저희도 매주 바뀌어요. 매주 우리 이렇게 하자, 다음 주에 이렇게 하자.

🔴 저는 또 외식업은 처음이니까 사무실에서 일하는 사람과 현장에서 일하는 사람의 생각이 아예 다르다는 것도 몰랐거든요. 예를 들어 휴가나 휴식

시간에 대해서도 생각이 다르고요. 그런 것들을 다
고민해서 어떻게 하면 일하는 사람이 불만 없이 좋은
환경에서 일할 수 있을지 계속 생각했죠. 실은 지금도
고민이에요. 계속 인건비가 오르기도 하고, 이제는
현장에서 일하는 사람을 찾기 힘드니까.

엔 그렇군요. 스튜디오 킨조는 시작한 지 얼마나 됐나요?

조 예전부터 제 이름으로 디자인 작업을 했지만
본격적으로 스튜디오를 만든 건 직장을 그만두고
나서예요. 나중에는 브랜드화가 되는 확장성까지
생각해서 새로운 이름과 협업에 용이한 캐릭터도
만들었죠.

엔 스튜디오 킨조에 팀원이 점점 늘고 있잖아요. 몇 분 정도
계세요?

조 저 포함 총 네 명이에요. 언스(UNS)랑 스튜디오
킨조랑 좀 섞여 있어요. 디자이너 한 명, 포토그래퍼
한 명, 회계 한 명, 이렇게 네 명입니다.

엔 혹시 팀원을 스카우트하거나 채용하실 때의 선택 기준이
있을까요?

조 물론 있죠. 제일 중요하게 생각하는 건 '협업을
잘하는 사람인가'예요. 서로 성향이 맞아야 일할 수
있으니까요. 스타플레이어보다는 두루두루 어울리며

일할 수 있는 사람이 필요하고요. 그런데 사실 면접
자리에서 이야기하는 것만으로 사람을 판단하기는
어렵잖아요. 그래서 면접 때 대화를 엄청 오래 해요.
여러 가지 물어보면서 대화해보면 그래도 조금이나마
더 알 수 있어요. 질문지를 만들어서 질문도 많이
하고. 할 수 있으면 레퍼런스 체크도 해보고요. 같이
일하려면 잘 맞아야 하니까요.

　　디자인을 잘한다고 무조건 좋은 결과가 나온다고
생각하지 않거든요. 다 잘하는 사람만 모이면 최고의
팀이 되어야 하는데, 그렇지는 않잖아요. 저는
분위기 좋게 일하는 걸 중시해서, 팀으로 들어왔을
때 우리와 분위기가 맞을지도 유심히 보고요.
기본적으로 디자인은 잘해야겠지만, 퍼포먼스가
아무리 뛰어나다고 해도 성향이 맞지 않으면 채용하기
어려워요. 일단 이력서나 포트폴리오를 통해서 디자인
실력은 일차적으로 걸러지니까 면접 때 인성이나
성향, 방향성, 우리와 어울릴 것인가 등을 보는
편이에요.

🅔 **그렇다면 면접 보실 때 꼭 하는 질문이 있을까요?**

　　🅙 먼저, 일할 때 어떤 걸 제일 중요시하는지
물어봐요. 우리랑 잘 맞아야 하는데, 어떤 걸
중시하는지 들어보면 대략적인 성향을 파악할 수
있거든요. 그리고 대화할 때 잘 웃는지도 많이 보는

순간순간을 만든다, 기회가 나를 찾아올 수 있도록

팀원을 채용할 때,
스타플레이어보다는
협업을 잘하는가를
보는 편이에요. 디자인
잘하는 사람들만 모였다고
좋은 결과가 나오는 건
아닌 것 같거든요.

"

편이에요. 말투나 표정에서도 성격이 드러나니까요. 그리고 입사해서 어떤 걸 하고 싶은지도 꼭 물어봐요. 너무 큰 기대를 하고 있다면 제가 정확하게 정정해드리려고. (웃음) 제가 질문을 많이 하는 편이긴 해요. 시간 안에 최대한 성향을 파악해야 하니까요.

📱 브랜딩하신 카레집, 카페, 와인 바. 전부 색깔이 다르거든요. 이렇게 정하게 된 계기가 있나요?

㈜ 사실 처음부터 계획하고 진행한 일은 아니에요. 같이 일하는 정동우 대표도 그렇고 저도 브랜드를 만드는 사람이다 보니까 둘 다 어떤 공간을 보면 '아, 여기에 어떤 브랜드가 있으면 참 좋겠다' 생각하게 되더라고요. 그러니까 또 브랜드를 만들게 되고요. (웃음)

미도림도 처음에 사무실을 알아보려고 갔는데 "여기는 와인 바 하면 좋겠는데?" 이야기가 나온 거죠. 와인 바는 밤에 장사하니까 낮에는 사무실로 쓰고 밤에 와인 바 하면 되지 않나 단순하게 생각하고 시작했어요. 근데 또 생각지 못한 게, 와인 바는 와인 재고를 엄청 많이 확보해두어야 하는데 보관할 곳이 부족한 거예요. 그러니 뒤에 사무실로 꾸려놓았던 곳까지 창고로 쓰는 상황이 되었고요. 그래서 새로 사무실을 얻고, 거기는 와인 바로만 운영하고 있어요.

순간순간을 만든다, 기회가 나를 찾아올 수 있도록

㈜ 공간마다 콘셉트가 확실해요. 기본 베이스는 레트로면서 각기 다른 콘셉트가 있는 것 같은데, 설명 좀 해주세요.

㈜ 오브코하우스는 '오피스+커피'가 브랜드 정체성이다 보니 사무실을 떠올렸을 때 좋았던 요소들을 선택해서 만들었어요.

카린지는 인도식 카레, 영국식 카레, 일본식 카레, 태국식 카레 등 나라별로 기호에 맞게 카레를 발전시켰어요. 그러다가 우리나라만의 카레를 만들어보면 어떨까 하는 생각으로 메뉴 개발을 했죠. 그래서 영문 표기도 원래는 'curry'지만 'kare'라고 우리나라 발음 그대로 썼어요. 인테리어는 저만 아는 디테일이 있어요. 오래된 조명 가게에서 한국 빈티지 조명을 찾아 달고, 옛날 식당 테이블 소재를 벽 자재로 써보기도 했죠.

미도림은 편안한 주점 느낌이 나는 와인 바를 만들고 싶었어요. 깔끔하고 미니멀한 느낌보다는 편안하게 술 한잔할 수 있는 곳이 되었으면 좋겠다고 생각했죠. 그래서 좌석을 모두 바 형태로 만들어서, 옆에 앉은 사람끼리 마음 맞으면 술 한잔할 수도 있는 공간으로 만들었어요. 정동우 대표와 셰프가 음식을 기획하는데, 양식보단 퓨전 한식을 다뤄서 차별화하려고 했고요.

㈜ 말씀해주시는 것도 그렇고, 유튜브를 보니까 조명이나

창틀, 나무, 바닥 소재나 마감재까지도 정말 꼼꼼히 신경
쓰시더라고요. 그런 건 어디서 배우신 거예요?

(조) 제가 프릳츠 양재점에서 브랜딩 작업을
할 때 내부 디자이너가 인테리어도 해야 하는
상황이었거든요. 대표님이 해보고 싶냐고
물어보시길래 해보고 싶다고 했죠. 근데 이게 관심
갖기 시작하니까 깊이 파고들게 되더라고요. 예를
들어 나무에 색을 입히는 걸 '스테인(Stain)'이라고
하는데, 회사마다 스테인 컬러가 조금씩 다르더라고요.
자연스러운 질감이 나는 게 있고 아닌 게 있고요.
처음에는 웹에서 사진만 보고 주문했는데, 실제로
발라 보니까 너무 부자연스러운 거예요. 왜 그럴까
궁금해서 페인트 회사별로 스테인을 다 주문한 후
직접 칠해봤죠. 그런 식으로 직접 알아보고 서칭도
많이 하고요. 어디 가서 좋아 보이는 거 있으면 이건
어디 회사 건지 살펴보기도 하고.

(옌) 하나에 빠지면 끝까지 파고드는 장인 정신이
있으시네요. 공간 설계할 때 공을 참 많이 들이잖아요. 그게
인스타그래머블한 걸 겨냥한다든지 타깃을 구체화해서
기획하시는 걸까요?

(조) 그건 제가 부족한 것 같아요. 그 감성을 잘
모르겠어요. 그런데 이제부터는 생각해야 할 것
같아요. 그게 지금 저의 숙제인 것 같고요. 그래서 사진

순간순간을 만든다, 기회가 나를 찾아올 수 있도록

찍었을 때 음식이 잘 나오는 상판 소재는 어떤 건지,
이런 것들을 연구하고 있어요. 사진이 자연광에서
제일 잘 나오니까 자연광을 어떻게 확보할 수
있을지도 고민이고요.

(예) 그럼 가게를 오픈할 때 가장 신경 썼던 건 어떤 게
있을까요?

(주) 편안함!

(예) 편안함을 가장 중요시하는 이유가 있을까요?

(주) 제 욕심이라서 그래요. 특히나 공간은 새로운
것보다 편안한 걸 중요시하는 것 같아요. 익숙하고
편안한 것. 제가 자주 가는 가게들을 보면 그냥
편안하게 커피 한잔 마실 수 있고, 맛있게 음식 먹을 수
있고, 술 한잔할 수 있는 가게더라고요. 그러다 보니까
제가 만드는 브랜드에도 그런 게 녹아 있지 않나
싶어요. 전 불편한 게 싫더라고요. 의자도 편했으면
좋겠고. 조명들도 눈부시면 불편하게 느껴지고.
오브코하우스도 형광등이 너무 밝게 느껴져서 제가
시트지를 몇 번 감아 조도를 약하게 만들었어요.

(예) 그렇게 디자이너에서 사장님이 된 거잖아요. 어려운
점이 많았을 것 같아요.

(주) 진짜 힘들어요. 회사 다닐 때가 편했던 거예요.

순간순간을 만든다, 기회가 나를 찾아올 수 있도록

(웃음) 그걸 새삼 느꼈어요. 사업하게 되는 순간 '오늘 할 일 끝났다, 쉬자'라는 게 없어지는 것 같아요. 쉬려는 순간 부담감이나 책임감이 몰려오니까.

⑩ 처음에는 디자인적인 것만 책임지면 되겠다고 생각했어도, 막상 오픈하면 신경 쓸 게 많아지잖아요. 그 역할을 어떻게 구분하세요?

㋡ 외식 사업도 하고 제 디자인 사업도 하고 있으니까 둘 중 하나에만 치우치면 안 되잖아요. 둘 다 해야 하는 환경에 있으니 계속 제 몸을 갈아 넣으면서 일했던 것 같아요. 근데 이건 선택의 여지가 없었어요. 무조건 해야 하는 거라고 심플하게 생각했어요. 어쨌든 해야 하는 거니까 그냥 하자.

⑩ 제가 주변에서 '해야 하는 일이 있는데 몸이 게을러지면 어떻게 하냐'는 질문을 많이 받거든요? 저는 그렇게 얘기해요. 어쩔 수 없이 하게 되는 시스템을 만들어라.

㋡ 맞아요. 근데 저는 그것보다, 원체 미리미리 하는 스타일이에요. 미루고 몰아서 일하는 성격이 아니어서 먼저 준비해서 처리해두는 편인데, 좀 특이한 케이스죠. (웃음)

일단 루틴이 있어요. 저는 아침에 제일 작업이 잘 되더라고요. 디자이너나 아티스트 중에는 새벽에 작업하는 분이 많은 것 같은데, 저는 새벽에는 오히려 센티한 느낌이 들고 집중이 안 돼요. 그래서 우선 일찍 일어나요. 7시에서 7시 반쯤 일어나서, 일어나자마자 커피 마시면서 바로 일을 시작해요. 그때 작업이 제일 잘 되더라고요. 아침에 이렇게 일하면 점심 먹고 방전돼요. 그래서 항상 낮잠을 한 15분~20분 정도 자요. 그러면 이제 다시 태어나요. 그때부터 또 시작이죠.

🙆 **하루를 두 번 사는 느낌인데요? 되게 규칙적으로 사시네요.**

　　　㊐ 저희 아버지가 그렇거든요. 항상 새벽 4~5시에 일어나서 매일 운동하시고 규칙적으로 생활하세요. 그 영향인지 저도 규칙적인 생활이 좋더라고요.

🙆 **들어보면 디자이너로서의 커리어를 탄탄하게 잘 밟아오신 것 같거든요. 작게나마 사업도 운영하면서 어느 정도 유의미한 성과를 내본 적도 있고요. 실력을 잘 쌓아서 작은 회사부터 탄탄하게 경력을 쌓고, 대기업도 들어가고 스카우트도 되고. 그리고 작업물이 대중적으로 유명해지기도 했고요. 혹시 아끼는 후배 디자이너가 있다면 해주고 싶은 조언이 있으실까요?**

　　　㊐ 제가 일하면서 많은 디자이너를 만나잖아요. 잘하는 사람 정말 많거든요. 그런데 제가 일하고 사람들을 만나면서 디자인 잘하는 것보다 이게 더

중요할 수도 있겠다는 생각을 한 게, 바로 멘탈 관리랑 건강이에요. 이것 때문에 일 잘하는 친구도 트라우마가 생겨서 실력 발휘를 못 하기도 해요. 힘들어하는 친구들을 많이 보다 보니까 그런 것을 관리해야 오래 디자인할 수 있겠구나 생각이 들더라고요.

🙂 어떤 상황일 때 멘탈 관리가 필요할까요?

    🙂 정말 다양하죠. 단순히 일이 힘들 수도 있지만 어떤 회사에 다니면서 상사랑 트러블이 있을 수 있고, 클라이언트랑 힘든 상황이 생길 수도 있고요.

🙂 제 주변에도 건강 때문에 디자인을 포기한 친구들이 진짜 많아서 공감 가요. 디자인이라는 게 시간을 쓸수록 퀄리티가 좋아지는 건 당연하니까요. 절대적인 시간의 양을 무시하지 못하니까 그만큼 자기를 갈아 넣어서 하는 경우도 많잖아요. 그래서 건강을 해치는 경우가 많고요.

    🙂 맞아요. 지인 중에 아주 잘하는 친구가 있었는데 첫 회사에서 힘들었었거든요. 그러다 보니까 이게 트라우마처럼 박혀서 일에 겁이 나는 거죠. 어떤 회사에 가도 힘들 거라는 생각이 들고요. 경험을 쌓기 위한 시도를 아예 하지 못하는 거죠.
    저는 경험도 중요하다고 생각하는데, 처음부터 너무 센 경험보다 차근차근, 이렇게 좀 단련해 나가야 하지 않나 싶어요. 스트레스 많이 받는 사람은 아마

본인이 잘 알 거예요. 스스로 휴식을 잘 섞어가면서
관리해야겠죠. 자신이 자신을 제일 잘 아니까,
컨디션이나 멘탈이 감당할 수 있는 범위 안에서 스스로
일을 조율해야 하지 않을까 싶어요.

🔵 프린츠 작업뿐만 아니라 만드는 F&B 브랜드마다
핫 플레이스가 됐잖아요. 영감을 끌어내서 아웃풋으로
잘 도출하시는 것 같아요. 그런 능력을 갖춘 디자이너가
되기 위해서 어떤 노력을 하시나요?

　　　🔵 제 브랜드들의 정체성이 '편안함'이라고
말씀드렸잖아요. 제가 가장 중요하게 생각하고
좋아하는 것이 편안함이다 보니까 익숙한 것과
옛것에서 영감을 얻어요. 혼자 오래된 동네 돌아다니다
보면 '옛날에 이런 시도가 있었구나', '이런 건 재밌네'
하는 게 굉장히 많아요. 동네마다 스타일도 너무
다르고요. 서울도 동네별로 건물 구조가 다르거나
간판 느낌도 다르고 그런 게 아주 많아서, 보다 보면
재밌더라고요. 재밌는 표현이라고 생각이 들면
기억해두었다가 나중에 써먹을 때도 있어요. 제가
그런 걸 좋아해요. 아예 새로운 것보다 익숙함 안에서
새로움을 찾는 게 더 재밌어요.

🔵 평소에 진짜 많이 돌아다니시나 봐요. 일부러 시간을
내서 다니세요?

ⓐ 네, 혜화 같은 데 한번 가면 두세 시간씩 걷기도 하고요. 해외여행 가면 호텔 주변을 몇 시간 산책하기도 해요. 그런 습관이 있어요. 어떤 공간이든 그곳만의 개성이 있거든요. 예를 들어 지하철만 해도 호선마다 타일이나 디자인이 조금씩 달라요. 오래된 역은 아주 옛날에 쓰던 조명들이 남아 있기도 하고요. '저게 저렇게 표현되어 있구나', '이 지하철은 이런 색감으로 되어 있구나' 보면 재밌죠. 친구들이랑 술 한잔하러 노포에 가면 '노포는 이런 것 때문에 편안한 느낌이 드는구나' 생각하고, 새로 오픈한 곳에 가면 '이런 식으로 표현하고 이런 마감재를 썼구나, 멋있다' 생각하죠.

그렇게 걸으면서 이것저것 보면 아이디어를 떠올리기도 하지만 혼자 생각을 많이 하는 시간이기도 해요. 걸으면서 생각 정리가 되거든요. 단순히 디자인에 대한 생각만 하는 게 아니고 회사 운영을 어떻게 해야 할지 생각하고, 개인적인 것도 좀 정리하고요. 아예 상관없는 생각도 많이 하고요. 그리고 그 시간이 저한테 꼭 필요해요. 그렇게 걸어 다니고 산책하는 시간은 단순히 디자인을 보는 것뿐만 아니라 생각을 정돈하는 시간이에요.

ⓔ 이야기를 듣다 보니 꾸준하게 묵묵히 뭔가를 파는 사람이라고 느껴져요. 보통 디자이너들은 그렇게 오래된

동네를 일부러 간다거나 하는 리서치를 굳이 안 하거든요.
귀찮아서 그냥 인터넷으로만 뒤진다거나 그런 경우가
많아요. 근데 뭔가 더 본질적인 것, 원론적인 것을 위해
시간을 투자해서 꼼꼼히 보시는 것 같아요.

ⓙ 그런 걸 즐기기도 해요. 산책하는 것도
좋아하고 영화도 일부러 오래된 영화를 찾아서 보기도
하거든요. 거기에는 당시 풍경이 녹아 있으니까 볼
게 많죠. 인터넷도 무척 많이 검색해 보고, 이것저것
가리지 않고 다 보는 것 같아요.

ⓔ 내가 좋아하는 거랑 일이랑 섞여 있는 것 같네요.

ⓙ 네, 저는 사실 그 구분이 뚜렷하지 않아요.
이게 좋은 건지는 잘 모르겠지만요. 친구들은 일
중독자라고 놀려요. 저는 일 그리고 일을 발전시킬 수
있는 것을 찾아보는 데서 행복감을 느끼는데, 그거
말고도 충분히 즐길 게 많다는 건 알고 있어요. 근데
저는 솔직히 그런 부분에서는 행복감을 못 느껴요.
제가 뭔가를 만들어내고 거기에 피드백이 오고,
그럴 때 몹시 살아 있는 것 같다고 느껴요. 근데 이게
좋다고는 생각 안 해요.

ⓔ 본인의 직업 정체성을 뭐라고 생각하세요? 저는
여러 가지 이름으로 불리지만, 저를 소개할 때는 그냥
'크리에이터'라고 얘기하거든요.

순간순간을 만든다, 기회가 나를 찾아올 수 있도록

ⓒ   저는 별로 그런 생각을 안 해봤어요. 어떤
분들은 작가님이라고 하시고 사장님, 실장님 등
호칭은 아주 많거든요. 근데 아직 제가 저 자신을 정의
내릴 수 있을 만큼 성장한 것 같진 않아요. 저도 계속
변하니까요. 사실 제가 외식업을 한 지 이제 2년 정도
됐는데 그사이에도 생각이 많이 변했어요. 그러니
지금 이렇다 저렇다 말할 수는 없을 것 같아요.

ⓔ 저는 디자이너 정체성이 가장 클 거라고 예상했었거든요.

ⓒ   사실 어떤 식으로 기회가 올지 모르고 어떤
식으로 변화할지 모르기 때문에 항상 열려 있어요.
먼 계획은 잘 안 세우는 스타일이거든요. 순간순간의
기회를 잡고 여러 가지 일을 하다 보면 어느 순간
만들어져 있지 않을까 싶어요. 그래서 새해 계획 같은
것도 안 세우는 편이에요.

ⓔ 디자이너님한테 '브랜딩'은 어떤 의미인가요?

ⓒ   그 주제는 진지하게 생각하는 편인데요.
브랜딩에는 굉장히 많은 요소가 들어 있잖아요. 그리고
어쨌든 사업이니, 성공이냐 아니냐를 따져야 하기도
하고요. 근데 디자이너로서 봤을 때 브랜드 디자인이 잘
됐다고 해서 성공하느냐 하면 그건 또 아니라고 봐요.
    기업은 좀 다를 수도 있지만, 작은 브랜드에게는
겉모습이 중요한 것 같진 않아요. 예를 들어 어떤

멋있는 사람을 만들어달라는 의뢰가 왔다고 쳐요.
겉모습은 멋있고 그럴싸하게 꾸밀 수 있지만 그
사람이 착하고 매너도 좋고 인자하다는 속성은 제가
만들 수 없잖아요. 그 부분은 브랜드를 운영하는 사람,
대표나 관리자에 의해서 달라지는 것 같아요. 그래서
단순히 디자인만 잘 됐다고 성공이 보장되는 건 아닌
것 같아요. 저는 사람들이 봤을 때 막 이상해 보이지
않는 선에서 클라이언트가 원하는 걸 시각적으로 잘
표현해 주는 사람, 딱 그 정도인 것 같아요.

⦿ 스튜디오 킨조가 나중에 브랜드가 될 수도 있다고
얘기하셨잖아요. 스튜디오 킨조는 어떤 브랜드가 될 거라고
예상하시나요?

㉣ 저도 궁금해요. 사실 이걸 어떻게
만들어야겠다는 거창한 계획을 세우고 시작한 게
아니다 보니까 앞으로 어떤 방향으로 나갈지도
미지수예요. 지금은 디자인 외주를 주로 하고 있지만,
제가 새로운 기회로 다양한 활동을 하다 보면 또
다른 일을 벌일 수도 있잖아요. 그 활동들이 모여 제
색깔이 되고, 그게 브랜드로 이어질 테니까요. 어느
방향으로도 갈 여지가 있는 거죠. 그래서 미리 이렇게
가야겠다, 저렇게 해야겠다 계획을 세우지는 않았어요.
지금 주어진 일들을 잘해 나가면 어느 정도 그림이
그려지지 않을까 싶어요.

(앤) 그래서 브랜드 언스도 만드시고 유튜브도 하시는 거죠.

　　(조) 개인적으로는 유튜브가 좀 잘됐으면 좋겠습니다. (웃음)

(앤) 정말요? 유튜브를 시작하신 특별한 계기가 있나요?

　　(조) 인스타그램만으로는 한계가 있지 않을까 생각했어요. 친구들 때문에 그런 생각이 든 건데요. 친구들이 이제는 영상의 시대라고 유튜브를 해야 한다는 이야기를 많이 하더라고요. 바빠죽겠는데 영상 찍는 것도 그렇고 편집할 줄도 모르겠고. (웃음) 어쨌든 다들 그 얘기를 하니까 해야겠다는 생각이 들었어요. 저는 한다고 마음먹으면 하는 스타일이거든요. 고민하다가 만화를 그려서 시작했죠.

　　저는 뭔가를 해야만 어떤 현상이 일어난다고 생각하거든요. 뭐라도 해야 어떤 기회로든 이어지잖아요. 그저 들어오는 외주 작업을 받아서 하는 정도로는 새로운 기회를 만들 수가 없으니까요. 가만히 있으면 기회가 오지 않으니, 제 이야기를 더 많이 할 수 있는 채널이 있으면 좋겠다고 생각했어요. 제가 저를 알리는 게 새로운 기회로 이어지는 건 당연하니까요. 그래서 유튜브를 열심히 해서 대중한테 저를 보여줄 수 있으면 좋겠어요. 그러다 보면 거기서 또 여러 재밌는 일이 일어나지 않을까 생각하고 있고요.

퍼스널브랜딩이라는 건 자연스레 만들어지는 것 같아요. 제가 의도해서 제 PR을 할 수는 있지만, 브랜딩이라는 건 좀 다르다고 생각해요. 제가 '저는 이런 브랜드예요'라고 말하는 게 아니라, 사람들이 '아, 이런 브랜드구나' 느끼는 순간 브랜드가 되는 것 같거든요. 꾸준히 하다 보면 저절로 되지 않을까요?

⑩ 그렇게 하고 싶어도 못 하는 사람도 있을 거라는 생각이 들어요. 자기 자신을 드러내서 이야기해야 하는 시대이다 보니 그렇게 해야 할 것 같고 하고 싶지만, 성향이나 여러 조건 때문에 어려울 수도 있잖아요.

㉠ 그래서 그것도 재능이라고 생각해요. 디자이너에게 굉장히 중요한 부분이기도 하고요. 예를 들어, 실력이 뛰어난 디자이너가 자기 PR에 두려움이 있는 경우와 반대로 상대적으로 조금 퍼포먼스가 떨어지지만 자기 PR을 잘하는 사람이 있다고 해볼게요. 이런 경우 자기 PR을 잘하는 친구한테 일감이 가게 되고, 이게 반복되면 그 친구가 더 많은, 더 좋은 포트폴리오를 쌓게 되겠죠. 그렇게 되면 자기 PR 자체도 재능이라고 볼 수 있지 않을까요?

경력이 쌓이고 성장하게 되면 개인의 퍼포먼스보다 팀을 잘 이끌어서 결과물을 만들어낼 줄 아는 사람이 더 큰 능력자더라고요. 어쨌든 그 사람은 팀을 만들어서 결과물을 내놓을 수 있으니까요. 그런 걸 보면 단순히 이제 디자인만 잘하는 게 중요하지 않은 시대가 된 것 같다는 생각을 계속하게 돼요.

저도 사실 드러내는 걸 좋아하지 않지만 결국 드러내느냐, 안 드러내느냐 두 가지 선택지밖에 없거든요. 중간이 없잖아요. 그럼 이제 눈 질끈 감고 해야 하는 거죠. (웃음) 그래서 고민을 많이 했어요. 근데 계속 말씀드리지만 저는 행동하지 않으면 아무것도 안 한 거라고 생각하거든요. 머릿속에 생각만 있고 하지 않았다면 그거는 그냥 안 한 거예요. 뭔가를 해보고자 욕심이 생겼다면 좀 적극적으로 시도하고 부딪혀 봐야죠. 성공할지 실패할지는 모르지만요. 저도 외식업을 시작할 때 걱정 많이 했어요. 잘될 수도, 안될 수도 있지만 해보지 않고서는 알 수 없으니까 도전한 거죠.

💬 그렇다면 사람들이 조인혁 디자이너 혹은 스튜디오 킨조를 어떻게 생각해줬으면 좋겠어요?

㉿ 어렵지 않은, 부담 없는 편안한 브랜드. 말은 이렇게 하지만 그것도 사실 정해놓은 게 없어요. (웃음) 제 유튜브도 한 가지 류의 콘텐츠만 나오는 게 아니라 제가 좋아하는 것, 친구, 인테리어, 디자인하는 것도 나오고, 제 평소 고민도 나오거든요. 그런 것이 점점 쌓였을 때 완성될 것 같아요. 지금은 그걸 말할 수 있는 단계가 아닌 것 같아요.

🅔 아직은 방향성을 찾고 계시는 거군요.

   Ⓐ 언스도 밀크글라스로 만든 컵과 접시로 시작했지만, 이게 점점 사랑받으면 더 다양한 키친웨어들을 만들게 되겠죠. 여러 가지 만들고 나서야 그때 '우리 브랜드가 제품을 만드는 것에서 나아가 어떤 메시지를 전달할 수 있을까'를 더 많이 고민하게 될 것 같아요. 하지만 지금은 제가 그걸 말하는 게 사실 허황된 소리이기도 하고, 저 자신에게도 와닿지 않는 거죠. 그래서 지금은 그걸 향해 전진하는 중입니다.

🅔 계획을 세우지 않고 일하신다고는 하셨지만, 그래도 앞으로 하고 싶은 게 아주 많을 것 같아요. 새롭게 하고 싶은 게 있다면요?

   Ⓐ 지금도 다양한 제안을 검토하고 있어요. 아직 100% 정해진 건 없어서 확언은 못 하지만, 일단 패션 브랜드와 일해볼 기회가 있어서 그 프로젝트를 잘 만들어보고자 하고요. 그리고 가구 디자인 쪽으로도 추후 뭔가를 선보일 수 있지 않을까 싶어요. 계획한 게 아닌데, 열심히 살다 보니까 계속 이런 제안들이 오더라고요.

   그리고 저는 서울 말고 강릉 쪽에서 뭔가 해보고 싶어요. 강릉 가보면 진짜 좋거든요. 강원도가 아직 발전할 여지가 많다는 생각이 들어요. 지금 거주는

좋은 결과물을
만들어내는 것도 중요하지만,
자기 PR을 잘하는 것도
중요한 시대인 것 같아요.

순간순간을 만든다, 기회가 나를 찾아올 수 있도록

다 수도권에 몰리니까 이 사람들이 어딘가 놀러 갈 곳이 필요할 거란 말이에요. 강원도가 너무 멀지도 않아 적절한 여행지 아닐까 싶어요. 그래서 개인적인 목표는 올해 강릉에 언스 쇼룸을 만들고, 서울 마포 쪽에서도 뭔가를 해보고 싶어요.

됨지 안 될지 모르지만, 일단 해보는 거죠. 하다 보면 새로운 게 그려질 수도 있으니까요.

"

행동하지 않으면
아무 의미 없다고 생각해요.
잘될 수도 있고
안될 수도 있지만,
해보지 않으면 알 수 없죠.

"

업 사이 클링

1판 1쇄 인쇄 2022년 9월 13일
1판 1쇄 발행 2022년 9월 20일

지은이 드로우앤드류
기획 샌드박스스토리

펴낸이 이필성
사업리드 김경림 | **책임편집** 한지원
기획개발 김영주, 서동선, 신주원, 송현정 | **영업마케팅** 오하나, 유영은
사진 샌드박스네트워크 프로덕션 솔루션 팀 | **디자인** 렐리시

펴낸곳 (주)샌드박스네트워크 샌드박스스토리
등록 2019년 9월 24일 제2021-000012호
주소 서울특별시 용산구 서빙고로 17, 30층(한강로3가)
홈페이지 www.sandbox.co.kr
메일 sandboxstory@sandbox.co.kr
전화 02-6324-2292